KB046393

뉴해피

New Happy: Getting Happiness Right in a World That's Got It Wrong

Copyright © 2024 by Stephanie Harrison
All rights reserved.
including the right of reproduction in whole or in part in any form.
This edition published by arrangement with TarcherPerigee, an imprint of Penguin Publishing Group, a division of Penguin Random House LLC.

이 책의 한국어판 저작권은 알렉스리 에이전시 ALA를 통해서
TarcherPerigee, an imprint of Penguin Publishing Group, a division of Penguin Random House LLC 사와 독점계약한 세종서적에 있습니다.
저작권법에 의하여 한국 내에서 보호를 받는 저작물이므로
무단전재와 복제를 금합니다.

행 복 을 바 라 보 는 새 로 운 관 점

뉴해피

스테퍼니 해리슨 지음, 정미나 옮김

New Happy

세종

행복해지고 싶은 이들에게
이 책을 바친니다

Contents

4부 • 재능의 재발견

5부 • 세상에 도움이 되기

들어가는 글

나의 이야기를 시작하며

얼마나 오래 그러고 있었는지는 기억나지 않지만, 나는 침실 바닥에 몸을 잔뜩 웅크리고 누운 채 울고 있었다. 2013년이었고, 한 가닥 은빛 햇살이 내려앉으며 뉴욕 곳곳에 잔잔한 어둠이 번져가고 있었다. 어둑한 기운이 내 안으로도 스멀스멀 번지는 것 같았다.

그러다 불쑥, 방금 전과는 아주 다른 감정이 일어났다. 문득 궁금해졌다. 내가 어째서 이토록 절망에 사무쳐 있는지 그 이유가 궁금했다. 사람들이 말하는 대로라면 나는 제대로 살아가고 있는데, 행복해질 만한 일은 죄다 하고 있는데 왜 이렇게 불행한 걸까?

사실, 나는 행복해지기는커녕 못 견디게 외로웠다. 하루가 멀다 하고 패닉에 시달리다 스트레스성 자가면역질환까지 생겼고 매일같이 주체하기 힘든 절망감에 사로잡혔다.

'나는 왜 이럴까?' 곰곰이 생각하다가 또다시 눈물을 쏟았다.

그때만 해도 몰랐다. 이 순간이 내 삶을 영원히 바꿔놓을 줄은.

나는 어린 시절부터 항상 행복해지기를 소망했다. 하지만 아무리 노력해도 행복은 늘 나를 피해 달아났다. 매번 이번 일만 달성하면 가질 수 있는, 눈앞의 모퉁이에 있는 무언가를 좇는 기분이었다.

네가 조금만 더 예뻐지면

네가 조금만 더 날씬해지면

네가 조금만 더 좋은 성적을 받으면

네가 친구들을 많이 사귀면

네가 사람들에게 호감을 얻으면

네가 동료들을 만족시키면

네가 좋은 학교에 입학하면

네가 일류 기업에 입사하면

네가 그 회사에서 최고가 되면

네가 지금보다 조금만 더, 더 잘해내면

……그땐 행복해질 거야.

이 속삭임에 귀를 기울였냐고? 물론이다. 더 많이 노력했냐고? 당연하다. 이후로도 몇 번이나 더 노력했다. 이런저런 목표에 도달하면 행복해질 것이라는 사실이 마치 번복 불가능한 법칙 같았다. 주변을 가만히 둘러보니 나 외의 다른 사람들에게는 이 법칙이 다

적용되는 것 같았다. 그들의 직업, 배우자, 모임, 미소를 보면 정말 그래 보였다. 나는 알아채지 못한 무언가를, 다른 사람들은 알아낸 것이 분명했다. 아무래도 나에게 무슨 문제가 있는 것 같았다.

나는 내 신념을 실현하기 위해, 사람들에게 인정받을 만한 목표들을 제때제때 흠잡을 데 없이 달성하는 완벽한 사람이 되기 위해 그야말로 죽도록 노력했다. 이제 곧 상황이 달라질 거라고 믿어 의심치 않았다. 명문대에 들어가 우수한 성적을 받았고 남들이 선망하는 직장에 들어가 멋진 아파트에 살며 사람들이 칭찬하고 부러워하는 인생을 살았지만, 이런 삶은 나를 행복하게 해주지 못했다.

나는 끊임없이 모퉁이를 바라보고 또 바라보면서, 다음번 성취를 달성하고 나면 틀림없이 나만의 행복이 기다리고 있을 것이라고 생각했다. 문제가 많은 직장에 다니거나 단기간에 승진하지 못하거나 별로인 동네에서 사는 것을 나의 문제라 여겼다. 계속 노력하고 또 노력해서 완벽한 삶을 완성하면 이제 그만 달리기를 멈추고 끝내 행복해질 수 있을 거라 믿었다.

그러다 처음으로 의문을 갖게 되었다. 방바닥에 드러누운 채 흐느끼던 그날, 그 유레카의 순간에 번뜩 떠올랐던 궁금증을 계기로 말이다. 지금껏 마음속 깊이 믿어왔던 행복의 정의와 그것을 추구하는 방법에 대해, 이제는 낡은 교본을 버리고 새로운 기준을 시도해야 할 때였다.

서서히 삶을 변화시켰다. 뉴욕을 떠나 샌프란시스코로 이사를 했고 더 의미 있는 직업을 찾았으며 보다 건강한 관계를 맺었다. 내가 어디서부터 엇나가기 시작했는지 이해하기 위해 행복을 공부하고, 닥치는 대로 관련 글을 찾아 읽었다. 그러는 동안에도 궁금증이 머릿속을 맴돌았다. 혹시 나만 이렇게 완전히 그릇된 행복을 좇았던 걸까? 아니면 다른 사람들도 나와 마찬가지일까?

내가 존재론적 위기를 겪던 시기에는 마침 인간의 행복을 연구하는 긍정심리학이라는 새로운 학문이 부상하고 있었다. 나는 2015년 펜실베이니아 대학의 석사 과정에 입학해(이때까지도 명문대에 들어가고자 하는 열의는 버리지 못했다) 우리가 행복의 정의를 완전히 잘못 짚고 있었다는 취지의 논문을 썼다. 논문에서 나는 사랑, 봉사, 보편적인 인간성 추구를 바탕에 둔 새로운 행복New Happy의 정의를 제시했다. 바로 그 논문이 지금 당신이 읽고 있는 이 책, 뉴해피를 탄생시킨 계기가 되었다.

석사 과정을 마친 후에는 심리학 박사 과정을 밟으며 연구를 계속할 생각이었다. 하지만 삶은 나를 위해 다른 계획을 준비해놓고 있었다.

2017년 겨울, 나는 알렉스라는 남자를 만나 정신을 못 차릴 만큼 홀딱 빠져들었다. 아티스트이자 디자이너였던 그는 운동을 즐겼고 몽상가 기질도 있었다. 열정적이고 다정하고 똑똑한 남자였다. 그렇게 생기 넘치는 사람은 내 평생 처음이었다. 매 순간 충실하려는 열정을 주체하지 못해 활력이 뿜어져 나올 정도였다. 나를 만나기 전에는 어린 시절 즐겨 타던 스케이트보드에 푹 빠져 있었다. 어느 정도였냐면, 이제 막 동이 트려는 새벽 다섯 시에 슬그머니 자리에서 일어나 아직 개장도 안 한 스케이트보드장에 가서 철망 울타리를 넘어 들어갔다. 세 시간 뒤 내가 일어나면 땀에 흠뻑 젖은 채 한껏 들뜬 모습으로 집에 돌아와 있었다.

나처럼 알렉스도 더 나은 세상을 꿈꾸었다. 우리는 주말이면 샌프란시스코 곳곳을 걸으며 커피를 마셨고, 보다 아름다운 세상을 만들 방법에 대해 이런저런 구상을 했다.

그렇게 우리가 만난 지 1년이 채 되지 않은 어느 날, 알렉스가 병에 걸렸다. 독감 같은 게 아니었다. 진단도 내려지지 않는 원인 불명의 병이었다. 어떤 의사도 병명을 알아내지 못했다.

건강하고 독립심 강했던 알렉스는 이제 혼자 힘으로는 제 몸 하나 보살피지 못하는 사람이 되어버렸고, 그 후로 4년 동안 우리는 가슴 미어지는 나날을 보냈다. 일주일 내내 하루도 빠짐없이 운동과 스케이트보드를 즐기며 활동적으로 지내던 사람이 동네 한 바퀴를 못 걷고, 아파트 밖은 고사하고 침대 밖으로도 나가지 못했다. 그래도 알렉스는 건강을 회복하기 위해, 일을 계속하기 위해, 단지 하루하루를 견뎌내기 위해, 내가 봐왔던 그 누구보다 악착같이 기를 쓰고 노력했다. 하지만 결국엔 끝없는 통증과 주체하기 힘든 피로에 시달렸고, 다른 사람이 옆에 있는 것조차 견디지 못해 홀로 어둠 속에서 하루하루를 보냈다. 내가 알고 사랑했던 알렉스는 그렇게 몸만 남은 채 사라져버렸다.

그때 나는 너무 순진했다. 의사에게 치료를 받으면 완치될 것이라 생각했다. 겪고 나서야 알게 된 사실이지만, 미국에서는 원인을 알 수 없는 만성질환에 걸리면 그런 기대는 하지 않는 게 좋다.

알렉스 곁에서 전담 보호자와 의학탐정과 대변인 역할까지 하느라 박사 학위를 취득하려던 내 계획은 서서히 시들해졌다. 내 연구를 진행하는 대신 밤마다 희귀병을 조사했다. 점심시간에는 잠깐 짬을 내어 온라인 의학 포럼을 열심히 들여다보았고 현기증이 날 만큼 가짓수가 많은 알렉스의 약을 관리했으며, 원인 불명의 병으로 쩔쩔매고 있는 같은 처지의 낯선 사람들에게 이메일을 보냈다. 휴가를 받으면 알렉스를 데리고 8개월째 대기자 명단에 올려둔 의사들을 찾아가 도와달라고 애원했지만 젊고 건강한 남자가 이렇게까지 쇠약해질 수 있다는 사실에 당황스러워하거나 도저히 믿지 못하겠다는 답변만 돌아왔다. 의사들은 그에게 모든 일은 마음먹기에 달려 있다며 긍정적인 생각을 하고 억지로라도 운동을 하다 보면 '정상으로 돌아올' 거라고 말했다. 내가 검사 결과, 특수검사 의뢰서, 알렉스의 증상을 시간 순으로 정리한 문서를 보여주면 눈을 굴리며 피식 웃기도 했다.

매달 새로운 약을 타고 처치를 받았지만 전혀 차도가 없었다. 내가 사랑했던 남자가 쇠약해지는 모습을 매일매일 무기력하게 지켜봐야만 했다.

뉴해피, 새로운 행복의 발견

알렉스를 살리기 위해 고군분투했던 당시에 비하면 과거 뉴욕에서 겪은 난관들은 애들 장난 수준이었다.

하지만 그때의 나와 5년 전의 나는 달랐다. 이제 나는 인생의 새로운 신념과 삶의 도구를 가졌고, 그 신념과 도구가 인생의 오르막과 내리막에 모두 유용하다는 사실도 깨달았다. 행복의 새로운 정의를 학문으로 배운 상태였고, 인생이 나에게 그동안 배운 지식을 시험할 기회를 주고 있었다. 실천해보니 이 새로운 정의는 학문적 연구에서만이 아니라 현실에서도 유효했다. 그 어떤 외부적인 측면에서 봐도, 인생 최저점을 찍으며 고통을 겪던 와중에도 나는 행복을 찾을 수 있었다. 다만, 그 행복은 더 어렸던 시절의 내가 가지려고 애썼던 행복의 종류와는 근본적으로 달랐다.

모든 게 '제대로' 되어가고 있는데도 혼란스럽고 비참하고 외로운 기분이 들었던 2013년의 나에 비해 2018년의 나는 모든 게 '잘못' 되어가고 있는데도 평온함과 즐거움과 목표의식을 훨씬 더 크게 느꼈다. 이럴 수가 있나 싶을 만큼 나는 완전히 달라져 있었다.

대단한 것을 발견한 느낌이었다. 뒤이어 아주아주 중요한 질문이 꼬리를 물고 이어졌다. 이 실천이 다른 사람들에게도 나처럼 효과가 있을까?

2018년, 나는 학위 논문을 토대로 〈더 뉴해피〉라는 무료 주간 뉴스레터를 개설해 여러 가지 깨달음, 팁, 사례를 공유했다. 첫 이메일

발송자는 열일곱 명이었다.

그래도 꾸준히 글을 쓰다 보니 차츰 구독자가 생겼다. 〈더 뉴해피〉를 전 세계로 발송하게 되면서 내 질문의 답을 얻기도 했다. 나만 그런 게 아니었다. 절대 아니었다. 어디서나 사람들은 별다른 충족감을 주지 못하는, 빈껍데기 같은 행복을 좇는 데 지쳐 있었다. 나처럼 뭔가 다른 것에 목말라했다. 사람들의 놀라운 반응은 나에게 목적을 갖게 해주었다.

2020년에 접어들자 알렉스의 병이 더 심각해졌고, 하루 종일 옆에 붙어서 그를 보살펴야 하는 지경이 되었다. 나는 스라이브 글로벌Thrive Global에서 학습 부문 총괄을 맡아 세계 유수 기업들의 직원들이 건강하고 행복해지도록 돕는 프로그램의 개발을 주도하고 있었지만, 일을 그만두기로 했다.

이러한 상황을 기회로 여기기 위해 최선을 다했다. 누군가를 보살피는 역할이 생활의 중심이 되었지만, 이러한 여건 덕분에 〈더 뉴해피〉를 통해 사람들에게 도움을 줄 만한 시간을 더 많이 낼 수 있을 거라고 생각했다. 당시는 팬데믹이 시작된 지 3개월째여서 많은 사람들이 어려움을 겪고 있었다. 내가 활용할 수 있는 모든 매체를 동원해 직접 발견한 깨달음을 전부 공유하기로 결심했다. 기사를 쓰고 미술품을 창작하고 팟캐스트를 시작하고 연습 프로그램을 진행했다. 필요한 사람은 누구나 무료로 이용할 수 있게 했다.

솔직히 말하면 나 자신을 위해서도 필요한 일이었다. 내가 하던 이 모든 활동은 다른 사람들 못지않게 나에게도 도움이 되었다. 나는 진료실과 병원에 머무는 동안 글을 쓰며 스케치를 했고, 알렉스가 약을 투약받기 전과 후의 증상을 기록했다. 그의 침대 옆을 지킬 때는 한 손으로 그의 손을 잡고, 다른 손으로는 휴대폰을 들고 떠오르는 아이디어를 적었다. 내 인생에서 가장 암울했던 그 시간 동안, 유용하게 활용할 만한 도구를 찾아 다른 사람들도 유익하게 활용하길 바라는 마음으로 주변에 알려주었다. 알렉스 역시 하루하루를 견디려 안간힘을 쓰는 와중에도 어쩌다 한번씩 컨디션이 괜찮아지면 어떻게든 나에게 도움을 주려 했다. 포기하고 싶어질 때마다 알렉스가 엄청난 고통 속에서도 더 나은 세상을 만드는 데 힘을 보태려고 얼마나 애쓰고 있는지를 떠올렸다.

〈더 뉴해피〉는 지극히 무모하다고 생각했던 내 꿈을 넘어섰다. 거의 100만 명이 모인 잘나가는 커뮤니티가 되었을 뿐만 아니라 우리 주변에 공동의 행복을 불러일으키려는 더 큰 운동으로 발전했다. 우리의 연구 자료는 지금까지 세계 곳곳의 초등학교, 고등학교, 대학, 가정, 교도소, 정부, 기업, 병원, 치료 센터, 심리상담소에서 활용되고 있다.

지금까지 내가 알아낸 바를 토대로 확언컨대, 당신에게는 스스로의 삶을 바꿔 지속적인 행복을 찾을 힘이 있다. 지금부터 이 책을 통해 다양한 사례를 소개하려 한다.

이 책에서 전하고자 하는 메시지

지금부터 뉴해피의 철학을 단계별로 차근차근 알려주려 한다. 철학이라고 하니 어렵다거나, 서재에 혼자 앉아 깊은 사색에 잠기거나, 보통 사람들은 구현할 수 없는 고매한 이상향에 대한 이미지가 떠오를지도 모르겠다. 이 책에서 말하는 철학은 그런 것이 아니다. 뉴해피의 철학은 하나의 생활 방식이다. 당신이 하는 행동이자 누구나 쉽게 할 수 있는 것이다. 뉴해피는 아주 쉽지만 당신의 행복에 아주아주 큰 영향을 미칠 수 있다.

나의 접근법을 빠르게 소개하자면, 뉴욕대 재학 시절 배운 이분야 융합 학문interdisciplinary scholarship 방식이다. 말하자면 핵심 주제나 의문(이 책에서는 '어떻게 해야 지속가능한 행복을 찾을 수 있을까?'에 대한 의문)을 규정한 다음, 여러 가지 관점에서 탐색하는 방식이다. 이러한 접근법은 전통적인 학문 규범을 깨뜨리기 때문에 흥미로우면서도 새로운 통찰에 다다를 수 있다는 장점이 있다. 특정 주제를 살펴볼 때 좁은 렌즈를 들이대는 게 일반적이다. 가령 행복을 살펴볼 때 심리학자는 주로 개인에게 초점을 두고 사회학자는 주변 환경에 집중하며, 경제학자는 일과 소득에 집중하는 식이다. 이런 방식은 특정 주제를 깊이 있게 파고들기에는 아주 유용하다.

하지만 행복과 같은 주제를 살펴볼 때는 뒤로 물러나 더 큰 그림을 보아야 한다는 게 나의 생각이다. 우리가 행복을 찾는 데 이렇게까지 애를 먹는 이유 중 하나는, 행복의 복합적인 특성을 등한시하기 때문이다. 나는 더 온전한 그림을 파악하기 위해 사회학, 철학, 심리학, 경제학, 역사, 인류학, 종교, 교육, 생물학, 사회복지, 예술, 문학, 비즈니스, 디자인, 정치학 전문가들의 연구 결과를 두루 연구해 통합시켰다. 지면의 한계상 책에 모두 수록하지 못한 참고문헌만 수백 개에 이른다. thenewhappy.com/bookreferences에 접속해 참고문헌 및 상세한 관련 자료와 또 다른 추천 도서들을 참고하기를 바란다.

지금부터 내가 설명할 철학을 읽다 보면 대담하면서도 친숙하다고 느낄 것이다. 우리가 지금까지 들어왔던 것과 아주 달라서 대담하게 다가오는 동시에, 우리의 내면 깊이 자리한 본성과 일치하기 때문에 친숙하게 느껴지기도 할 것이다.

이 책의 활용법

당신에게 부탁하고 싶은 점과 바라는 점이 있다.

먼저 부탁하고 싶은 점을 언급하겠다. 당신은 이 책을 서점이나 도서관의 자기계발 코너에서 발견했을 것이다. 왜 그런지는 책을 읽으면서 차차 알게 되겠지만, 사실 참 아이러니한 일이다. 아마 당신은 행복해지고 싶은 사람일 것이다. 열린 마음의 소유자이면서 발전하고 변화하고 싶은 사람이기도 할 것이다. 이 책에서 소개하는 일부 개념은 우리가 배워온 것과 단지 어긋나기만 하는 것이 아니라 세상의 권력자들이 우리가 생각조차 하지 않길 바라는 개념이다. 이런 개념을 찬찬히 생각하면서 직접 실천해보길 부탁한다. 당신은 무엇이 자신에게 가장 좋은지 알고 있다. 이 철학을 받아들여 자신의 것으로 소화시키면 좋겠다.

이번에는 나의 바람이다. 아주 절실한 마음으로 바란다. 이 책이 당신의 내면에 공감을 일으키기를. 그 공감이 아주 크게 울려 퍼져 당신 마음속 깊은 곳에 자리 잡은 거짓 메시지들을 완전히 흔들어 박살내기를. 그러고 나서 드러난 빈자리에서 당신만의 진정한 행복을 발견하기를.

1

The Happiness Myth

우리는 행복을 오해하고 있다

1

우리는 완전히 잘못 알고 있었다

행복을 바라던 한 남자가 있었다.

남자는 어린 시절을 힘들게 보냈다. 자라면서 부모에게 사랑을 느끼지 못했고, 유독 비정했던 아버지는 아들이 하는 일이 성에 차지 않으면 사사건건 지적을 했다. 학교에 가면 왕따와 괴롭힘을 당했다. 아들은 이런 현실을 피해 좋아하는 책을 파고들었고, 책 속에 등장하는 영웅들의 이야기와 판타지 세계에서 위로를 받았다. 어른이 되면 이 모든 고통에서 벗어나 행복해지겠다고 마음먹으면서.

행복해지기 위해서는 방법부터 알아야 했다. 행복에 필요한 조건이 뭔지 알아내기 위해 세상사를 눈여겨보니 답이 확실해졌다. 성공해서 권력을 가지고 부자가 되면 행복해질 것 같았다.

그는 뼈를 깎는 노력을 통해 빠른 시간 내에 자신의 분야에서 선두 주자가 되었다. 하지만 그의 선택에는 대가가 따랐다. 자꾸만 초조한 생각이 들었고 낮이고 밤이고 머리가 빙빙 돌았다. 이 정도면 충분할까? 어떻게 해야 더 많이 얻을 수 있을까? 약혼녀는 갈수록 심해지는 그의 강박에 질려 결국 헤어졌다. 그는 자신의 선택을 정당화하며 스스로를 설득했다. "조금만 더 노력하면 곧 목표를 이루고 행복해질 거야. 그러면 모든 사람과 잘 지낼 수 있을 거야."

그는 지독하게 행복을 좇았다. 하지만 아무리 열심히 일하고 많은 것을 얻어도 행복은 잡힐 듯 잡힐 듯 잡히지 않았다. 마음이 괴로우니 화가 나고 인색해지고 까칠해져, 시간이 지날수록 외톨이가 되었다.

그렇게 몇 년이 지난 어느 날, 기적이 일어났다. 잠에서 깨어 눈을 뜨는 순간 행복해진 것이다!

이게 어떻게 된 일일까? 행복이 보장되는 특별한 성공을 붙잡아 마침내 '목표를 이룬' 것일까? 아니면 다른 사건이 벌어졌던 걸까? 그렇다면 어떤 일이 일어났기에 그토록 오랜 시간 비참함 속에서 허우적대던 남자의 삶을 확 바꿀 수 있었을까?

행복은 모든 일의 원동력이다

우리는 모두 행복해지고 싶어 한다. 이 남자도, 당신도, 나도, 우리

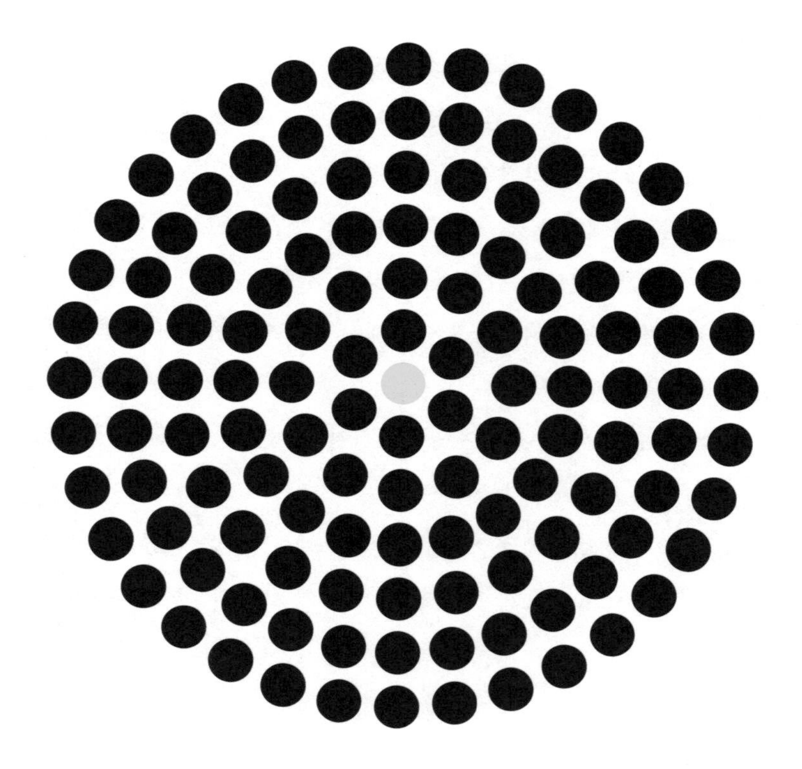

우리는 누구나 행복해지고 싶어 한다.
행복은 우리가 하는 모든 일의 구심점이다

가 아는 모든 사람들도 다 똑같다.

행복은 인간의 삶에서 가장 중요한 단 하나의 목표다. 당신이 하는 모든 일의 원동력이다. 당신이 세우는 모든 목표, 당신이 내리는 모든 결정, 당신이 취하는 모든 행동 하나하나가 행복으로 오르는 계단이다. 단기적이든 장기적이든, 더 행복해지는 방법을 찾아가는 여정이다.

- 오늘 아침에 챙겨 먹은 식사
- 새로운 일자리를 얻기 위한 면접
- 이제 막 시작한 운동
- 사귀는 사람
- 주말 계획
- 직업인으로서의 야망
- 원대한 인생 목표

이러한 요인들은 모두 저마다의 방식으로 행복을 약속한다. 내면의 나침반처럼 길잡이가 되어, 자기만의 진북(眞北, 지구의 북쪽 끝이자 북극성이 위치한 방향)인 행복을 가리켜주다.

47개국에 걸쳐 조사한 어느 연구 결과에 따르면, 조사에 참여한 학생들은 행복을 '극히 중요한' 요소로 꼽았으며 가장 중요한 단 하나의 인생 목표로 여겼다.

인간의 뇌 회로는 우리를 행복하게 해줄 만한 일을 추진하도록 거든다. 우리가 뭔가를 원하면 뇌에서 동기부여 과정을 발동시키고 이것을 행동으로 밀어붙이도록 다그친다. 그 일을 완수하고 나면 즐겁고 만족스러운 감정이 일어나는 것을 느낀다. 이런 과정을 거치다 보면 차츰 어떤 일이 우리의 기분을 확실히 좋게 만들어주는지 터득하고, 그 일들을 다시 하고 싶은 의욕을 느낀다.

"저는 그저 행복해지고 싶을 뿐이에요." 심리치료를 받으려는 사람들이 흔히 하는 말이다. 부모가 자식에게 품는 가장 간절한 바람은 '행복했으면' 하는 마음이다. 우리는 어떤 결정을 앞두었을 때 '어떤 선택을 해야 내가 행복해질까'를 따진다. 그러고 보면 미국 심리학의 아버지인 윌리엄 제임스가 1902년에 했던 이 발언은 정말 하나도 틀리지 않았다. "행복을 어떻게 얻고 어떻게 지키고 어떻게 회복하느냐는, 사실 시대를 막론하고 대다수 사람들의 모든 행동 이면에 숨겨진 동기를 보면 알 수 있다."

혹시 지금도 행복 나침반이 잘 보이지 않는가? 한 걸음 물러나 당신이 일상에서 하는 행동과 선택을 바라보면 점차 시야에 들어올 수 있다. 우리 내면의 어린아이와 소통하는 가장 좋은 방법은 이렇게 묻는 것이다. '내가 왜 그런 결정을 내렸을까?'

당신이 직장생활에 좌절감을 느껴 일을 그만둘지 고민 중이라고 가정하자.

- 나는 왜 직장을 그만두려고 할까? 심한 스트레스에 시달리며 살고 있기 때문이다.

- 왜 이런 스트레스가 생기는 걸까? 지금 하는 일이 나에게 잘 맞지 않기 때문이다.
- 왜 이 일이 나와 잘 맞지 않을까? 나의 가장 탁월한 능력을 펼치지 못하기 때문이다.
- 왜 나의 가장 탁월한 능력을 펼치고 싶은가? 그래야 행복해질 것 같기 때문이다.

이번에는 고등학교 졸업 이후의 진로를 고민한다고 가정하자.

- 나는 왜 대학에 가고 싶을까? 유용한 기술을 배우는 데 도움이 될 것 같기 때문이다.
- 왜 유용한 기술을 배우고 싶을까? 졸업 후 좋은 일자리를 얻는 데 도움이 될 것 같기 때문이다.
- 졸업 후 좋은 일자리를 얻고 싶은 이유는? 돈을 많이 버는 데 도움이 될 것 같기 때문이다.
- 돈을 많이 벌고 싶은 이유는? 원하는 것을 모두 살 수 있을 것 같기 때문이다.
- 원하는 것을 모두 사고 싶은 이유는? 그러면 행복해질 것 같기 때문이다.

'이유'를 충분히 묻다 보면 결국 내면의 가장 깊은 곳에서 나의 원동력으로 작용하는 바람, 즉 행복에 도달한다. 프랑스 철학자이자 수학자인 블레즈 파스칼도 이렇게 말하지 않았는가. "모든 사람은 행복을 추구한다. 여기에는 예외가 없다. 방법은 제각기 달라도 모두가 향하는 목적지는 같다. 전쟁을 벌이려는 자들도 전쟁을 피하려는 자들도 서로 주의를 기울이는 관점만 다를 뿐 행복을 추구한다는 바람은 똑같다."

하지만 행복이 우리의 가장 중요한 목표라는 사실이 무색하게도 우리 중에는 불행한 사람들이 너무 많다. 여러 연구를 통해 밝혀졌듯 오늘날의 미국인은 최근 50년 사이에 가장 불행한 사람들이다. 미국인 세 명 중 한 명이 외로움을 느낀다. 미국인의 20퍼센트가 정신질환을 앓고 있으며, 최근의 한 조사 결과에 따르면 미국 근로자의 76퍼센트가 적어도 한 가지의 정신건강 이상 증상을 가지고 있는 것으로 나타났다. 2000년부터 2018년 사이에 자살률이 35퍼센트 증가하기도 했다.

행복을 추구하는 것이 우리가 하는 모든 활동의 원동력이라는데, 대체 우리는 왜 이렇게 비참할까?

행복이 대체 무엇일까

이 질문에 답하기 위해 앞에서 소개한 남자의 사례를 다시 주목하자. 이 남자는 당신이 아는 사람이다. 구체적인 사연은 조금 다를 수 있지만, 오래전부터 수없이 접해 익숙한 인물이다. 바로 찰스 디킨스의 소설《크리스마스 선물》에 등장하는 에비니저 스크루지다.

그는 어두운 그림자를 달고 다니는 비참한 사람으로 유명하지만, 그의 마음을 깊숙이 들여다보면 당신과 나처럼 단지 행복해지고 싶은 사람이다.

스크루지의 단 한 가지 문제는 행복을 잘못 정의했다는 점이었다. 그 바람에 자신과 주변 사람들을 비참하게 만드는 선택을 하게 되었다.

이쯤에서 대체 행복의 정의가 어떻다는 건지, 행복의 정의를 바꾼다고 우리 인생에 무슨 대단한 영향을 미칠 수 있다는 건지 의아할 수 있다. 이런 문제가 좀처럼 다루어지지 않는다는 점을 감안하면 그럴 만도 하다. 나 역시 방바닥에 드러누워 울던 그날이 없었다면, 나만의 행복에 대해 고민하지 못했을 것이다. 나는 지금껏 알고 있던 행복에 아무런 의심이 없었다. 그 정의가 내 안에 너무 깊숙이 박혀 있었기에 당연히 진실이라고 생각했다. 이것이 얼마든지 변경할 수 있는 하나의 개념에 불과하다는 생각을, 단 한 번도 해본 적이 없었다.

행복의 정의가 매우 중요한 이유는 이것이 모호하고 어렴풋한 개념이기 때문이다. 행복은 누구나 어떤 느낌인지는 알지만 의자나 꽃이나 달팽이처럼 콕 집어 말할 수 있는 것이 아니다. 철학계와 과학계에서도 행복이 무엇인가를 놓고 수천 년에 걸쳐 설전을 벌이고 있으며 지금까지 등장한 개념만 해도 수백 개에 이른다.

사전에서 행복을 찾아보면 '웰빙감과 만족감을 느끼는 상태'라고 정의하고 있다. 읽어봐도 그다지 와닿지 않는다. 행복이 우리가 하는 모든 활동의 원동력이라면 우리에게 절실한 문제는 어떻게 해결해야 행복한 상태에 이를 수 있을까? 분명한 정의가 없으니 세상이 행복의 의미를 알려주길 기대한다. 그렇게 접한 세상의 정의는 우리의 신념 사전에 기록된다. 그대로 하면 행복해질 것이라 믿게 된다. 그리고 바로 이 정의가 우리가 평생 행복을 추구하며 실천하는 모든 결정과 행동을 이끄는 길잡이가 된다.

스크루지는 크리스마스 날 자신을 찾아온 죽은 동업자 제이콥 말리와 과거, 현재, 미래의 세 유령을 보고 충격을 받아, 그제야 자신이 행복에 대해 얼마나 잘못 알고 있었는지 깨닫는다. 돌연 무엇이 행복인지 아주 확실하게 보인 것이다.

예전처럼 돈과 성공을 좇는 길은 절대로 자신을 행복하게 해주지 않을 것 같았다. 아직 부족하다고 채근하는 마음 깊숙한 곳의 그 목소리를 따라가다간 고립될 것 같았다. 계속 지금과 같은 방식으로 살면 누구에게도 사랑받지 못한 채 고독 속에서 숨을 거둘 테고, 자신의 사망 소식을 들은 주위 사람들은 오히려 안도의 탄성을 내지를 듯했다.

스크루지는 미래의 유령에게 간절히 애원한다. "이제부터 다르게 살면 저에게 보여주신 이 어두운 환영을 바꿀 수 있다고 말해주세요!"

스크루지는 새로운 기회를 한 번 더 받았고, 이것을 붙잡았다. 잠에서 깨어난 그는 이전과는 완전히 새로운 삶을 살기 시작했다. 이

사회는 행복의 의미를 왜곡하고 우리를 현혹시켜
온갖 잘못된 대상을 좇게 만든다

웃 사람들은 달라진 그를 알아보지 못했다. 여태껏 아무도 그가 웃는 모습은 본 적이 없었기 때문이다. 단 한 번의 선택으로 삶을 완전히 바꾼 덕분에 주변에서 가장 비참한 사람이었던 그가 이제는 "좋은 벗이자 좋은 주인이자 좋은 사람이 되었다. 이 오래된 도시에서, 아니 세상 곳곳의 그 어떤 오래된 도시나 마을에서 사람 좋기로 소문난 이들 못지않은 사람이 되었다."

이 이야기는 보통 우화로 통하지만 나는 다른 관점을 가짐으로써 경각심을 일깨워주는 이야기로 접근할 필요가 있다고 생각한다. 사람들에게 행복이란 무엇이라고 배웠는지 물어보면 놀라우리만치 비슷비슷한 대답을 한다. 스크루지는 이러한 답변의 극단적인 사례일 뿐이다.

세상이 우리에게 알려주는 행복의 조건은 다음과 같은 것들이다.

- 완벽해지거나 가능한 한 완벽에 가까워지기
- 더 많은 돈을 벌기
- 더 많은 물건을 소유하기
- 이미 정해진 세상의 기준을 따르기
- 더 열심히 노력하기 (그리고 절대로 쉬거나 느긋해질 틈을 갖지 않기)
- 명성과 인기와 호평을 얻기
- 남들과 경쟁하기 (그리고 이기기)

이것은 낡은 행복Old Happy이다. 우리 사회가 만들어낸 행복의 엉터리 정의이자, 사실상 우리 마음 깊은 곳에서부터 불행을 불러일으키는 원흉이다.

알고 보면 이 중에 우리를 행복하게 해주는 것은 단 하나도 없다. 여러 연구를 통해 밝혀졌다시피 완벽주의는 우울증과 불안의 주원인이다. 더 많은 소유를 중요하게 여길수록 웰빙 지수는 낮아진다. 무리해서 일하다가 몸과 마음의 건강을 크게 해치고 만다. 진정한 자아와 자신의 중요한 가치를 부정하면 도리어 일빙ill-being에 빠진다. 명성과 재물 같은 목표를 지나치게 좇다간 우리의 내면이 진정 필요로 하는 진정성과 유대감을 방해받기 쉽다. 삶을 경쟁으로 바라보면 스트레스와 외로움이 점점 심해진다.

스포츠계와 문화계의 대표적 아이콘으로 꼽히는 샤킬 오닐은 최근 팟캐스트 인터뷰를 가졌다. 이때 NBA에서 수차례 MVP로 선정되고 네 번이나 NBA 우승을 차지하는 등 일일이 열거하기조차 힘든 무수한 성취를 이룬 그의 입에서 나온 말은 낡은 행복의 극단적 실상을 드러내주었다. "저는 800평이 넘는 집에서 혼자 살고 있어요. 나 자신이 내 인생을 이렇게 다 망쳤다는 걸 저라고 모르겠어요?"(샤킬 오닐은 재혼한 부인 쇼니 오닐과 다시 헤어졌고 불륜 스캔들에 휘말리는 등 여러 여성과 염문을 뿌렸다-옮긴이)

당신의 삶에도 낡은 행복이 침투해 있는지 궁금하다면 우리 커뮤니티 회원들이 털어놓은 다음 하소연 중에 공감 가는 말이 있는지 살펴보길 권한다.

"아무리 해도 이 정도면 충분하다는 느낌이 들지 않아요."

"원하던 것을 가졌는데도 여전히 불안해요."

"긴장을 풀고 느긋하게 쉬지 못하겠어요."

"내가 아닌 다른 사람 행세를 하며 사는 기분이에요."

"시도 때도 없이 너무 외롭다는 느낌이 들어요."

"마음속으론 비참해하면서도 안 그런 척해요. 나만 이런 걸까요?"

"해야 하는 것들을 하고 있는데 왜 달라지는 게 없을까요?"

우리는 낡은 행복을 삶의 중심으로 삼고 추구하며 살아가고 있다. 더 많은 것을 갖고자 더욱더 열심히 노력하도록 스스로를 밀어붙인다. 이런 행복을 추구하도록 부추기고 장려하고 강요하는 문화에 젖어들고 있다. 많은 사람들은 진짜로 행복해본 적 없이 가짜 행복으로 삶을 포장하고 살면서도 어떻게든 '목표를 이룰' 것이라는 희망을 끝내 내려놓지 못한 채 삶을 마감하는 비극을 맞이한다.

하지만 우리도 스크루지처럼 너무 늦기 전에 행복의 정의를 바꿀 수 있다. 내가 미래의 크리스마스 유령이 되겠다. 당신이 뉴해피의 정의를 따를 경우 어떻게 잘못된 길에서 벗어날 수 있는지를 자세히 설명하고, 마땅히 누려야 할 삶을 살아가는 데 유용한 도구와 과학적 근거를 알려주며 옆에서 힘이 되어주겠다.

지속가능한 행복은 존재한다

행복을 규정할 만한 더 바람직한 정의는 무엇일까? 이것이 지난 10년 내내 나를 따라다닌 의문이었다. 그동안 수천 건의 학술 연구 자료와 철학자, 신학자, 예술가, 리더 들이 쓴 수백 권의 책을 읽으며 거듭 발견한, 두 가지 일관된 맥락이 있다. 자기 자신이 될 필요성과 자신을 내어줄 필요성이다.

저마다 다른 방식으로 표현했을 뿐 이 맥락에 담긴 메시지는 같았다. 가령 《프랑켄슈타인》의 저자 메리 셸리는 이렇게 썼다. “삶이라는 복잡한 수수께끼를 풀 방법은 딱 하나, 스스로가 더 나은 사람이 되면서 타인의 행복에 이바지하는 것뿐이다.”

모든 전통과 규율에도 이런 메시지가 담겨 있다. 노벨상 수상자인 마리 퀴리 역시 다음과 같이 썼다. “우리 각자는 스스로를 갈고닦기 위해 힘쓰는 동시에, 전 인류에 대해 전반적인 책임을 가져야 한다. 우리 각자는 자신의 재능이 가장 쓸모 있게 쓰일 만한 곳으로 가서 사람들을 도울 특별한 의무가 있다.”

많은 사랑을 받는 리더, 우러러 추앙받는 인물들도 이런 메시지를 지지했고 마틴 루터 킹 주니어는 다음과 같이 말했다. “행복을 갈망하지 않는 사람들이야말로 행복을 찾을 가능성이 가장 높다. 행복을 찾아 헤매다 보면 행복해지는 가장 확실한 방법이 타인을 위한 행복을 찾는 일이라는 사실을 잊어버리기 때문이다.”

나는 이러한 맥락을 과학적 사실을 통해서도 발견했다. 여러 연구가 증명하는 바에 따르면 자신만의 고유한 강점을 활용하면 더 행복해지고 발전할 수 있기 때문에 자신을 드러내는 기회를 더 많이 얻을 수 있다. 타인과 유대감이 있는 사람들이 더 오래, 더 행복하게 산다. 이 두 가지가 결합되면 삶의 의미와 목적을 의식하면서 세상에 영향을 미치고 자신의 인생이 중요하다는 느낌도 받을 수 있다.

일련의 시간을 통해 얻은 나의 결론은 이렇다. 행복해지려면 자신이 어떤 사람인지 깨닫고 남들에게 자신을 기꺼이 내어줌으로써 세상에 도움이 되어야 한다. 이것이 행복에 이르는 길이자, 내가 말하는 뉴해피이다.

어찌 보면 딱히 새로운 개념은 아니다. 이미 아주 오래전부터 아리스토텔레스와 석가모니 같은 위인들이 비슷한 개념을 내세웠다. 다만, 이들의 개념을 당시엔 우리 일상에 적용하기 어려웠고 지금은 그때에 비해 세상이 극적으로 달라졌다는 차이가 있을 뿐이다. 당시엔 이용할 기회가 없었던 혜택을 지금 우리는 누리고 있다. 현대 과학의 놀라운 발전으로 이들의 통찰이 확인되었고 더욱더 크게 진전되었다. 이 책에서 소개하는 뉴해피의 철학은 이들의 지혜로 틀을 잡되, 실생활에서의 필요를 다루기 위해 현대 연구를 바탕으로 구체적으로 확장한 개념이다.

지금껏 우리가 배운 것과 달리, 행복은 획득하거나 기다리거나 누군가를 만족시켜야 얻어지는 것이 아니다. 이것은 낡은 행복이 얼씬거리는 곳에서는 발견할 수 없으니 직접 찾겠다며 들락거려도

소용없는 일이다.

스크루지가 경험한 변화는 그저 동화 속 이야기가 아니다. 당신에게도 일어날 수 있는 일이다. 당신도 하루하루 충족감을 느끼고, 당신의 존재 자체로 주변 사람들이 더 행복해지는 하루하루를 살아가면서 기쁨의 순간을 만끽할 수 있다. 행복의 정의를 바꾸면 다른 모든 것이 달라진다.

우리는 바로잡을 수 있다

혹시 지금까지 낡은 행복을 기준으로 살아왔다면 꼭 짚고 넘어갈 사실이 있다. 그렇게 산 것은 당신의 잘못이 아니다. 다음 장에서 곧 언급하겠지만 당신이 알고 있는 행복의 정의는 사회로부터 주입받은 것이다. 당신에겐 선택할 기회가 없었다.

우리는 배운 대로 믿고 실천한다. 선생님과 부모님, 명망 높은 멘토를 믿고 그들이 알려주는 대로 행동하면 되는 줄 안다. 살면서 다른 개념을 터득하지 않는 한, 자신이 배운 그대로 주변에 전한다. 낡은 행복을 기준으로 자녀와 친구들과 공동체를 대한다. 이러한 과정을 거치면서 낡은 행복이 고착화되면 근거도 증거도 없이 진실로 받아들이는 것이다.

그러나 낡은 행복은 우리가 오랜 세월 믿어왔지만 결국 틀린 것으로 밝혀진 여러 오해 중 하나에 불과하다.

우리는 한때 지구가 우주의 중심이라고 믿었지만 결국 지구가 태양의 주변을 회전한다는 사실을 알게 되었다. 왕과 여왕은 신으로부터 선택받은 존재이니 다른 모든 인간을 지배할 권능이 있다고 믿었지만 세월이 흐르고 흐른 뒤에야 민주주의를 탄생시켰다. 시신을 해부한 뒤 곧바로 다른 환자를 진료하는 것이 아무렇지 않던 시절도 있었다. 손을 씻어야 심각한 전염병이 예방된다는 사실은 나중에야 밝혀졌다.

식수원에 오물을 버려도 괜찮다고 믿고 있다가 이러한 행동이 치명적인 질병을 일으키는 원인이 된다는 사실도 발견했다.

선조들의 삶을 돌아보며 바보 같다고 비웃기 쉽다. 바라건대 언젠가 우리 후손들이 지금의 낡은 행복을 돌아보며 우리를 비웃는 시대가 왔으면 좋겠다.

다행히 우리에겐 잘못된 신념을 바로잡을 방법이 있다. 더욱더 배우고 싶어 하는 내면의 갈망이다. 세상에는 언제나 탐험을 벌이며 우리가 이미 안다고 여기는 지식의 경계를 허무는 용감한 사람들이 있다. 수천 명의 과학자, 철학자, 예술가, 사회 운동가, 혁신가를 비롯해 당신 같은 사람들이 우리를 분발하게 만들어, 통념을 바꾸고 새로운 가능성을 탐험한다.

세균 이론을 통해 환자를 진료하기 전에 손을 씻는 것이 중요한 방법이라는 점을 배웠듯, 이제 우리에게는 낡은 행복이 재앙과 같은 문제를 일으킬 수 있다는 증거가 충분하다. 이 지식을 활용해 문화적 변화를 일으킴으로써 더 행복한 세상을 만들 수 있다.

사회가 규정해둔 정의에 집착하는 마음을 버릴 때
행복을 찾을 수 있다

이제는 행복해질 때다. 당신은 충분히 노력했다. 충분히 순응했고 충분히 기다렸다. 이제는 오래 지속할 수 있는 즐거움을 찾을 때다.

핵심 포인트

- 사람은 누구나 행복해지고 싶어 한다. 행복 추구는 우리가 하는 모든 일의 원동력이다.
- 행복을 찾으려면 행복의 정의를 내려야 한다. 우리는 사회가 내린 행복의 정의를 무의식적으로 채택하는 경향이 있다.
- 사회는 행복이 성취, 완벽함, 물질의 획득으로 얻는 것이라고 말한다. 하지만 연구로 증명된 결과에 따르면 이러한 요소는 우리를 행복하게 해주지 않는다.
- 당신에게는 행복의 정의를 바꿀 힘이 있다.

2
모두의 삶에 영향을 미치는 숨겨진 힘

낡은 행복을 버리고 진실하고 지속적인 행복을 찾으려면 맨 처음부터 시작해야 한다.

매일 약 38만 5,000명의 신생아가 태어난다고 한다. 이 모든 아기는 인간이라면 누구나 품고 있는, 행복해지고픈 순수하고 아름다운 욕망을 가지고 세상에 태어난다. 갓난아기에게 행복의 정의는 보편적인 동시에 한정적이다. 안전하고 충분히 먹고 자며 사랑을 느끼면 그것으로 행복해한다.

이제 현재를 살펴보자. 아기는 자라서 어른이 되었다. 직업에 따라 특별한 목표를 달성하고, 이웃보다 나은 삶을 살고, 가능한 한 완벽에 가까워져야 한다고 믿게 되었다.

이렇게 되려고 기를 쓰며 노력하고 때로는 건강, 인간관계, 공동체, 지구를 희생시키지만 그렇게 애쓰던 일을 성취해도 실제로 행복해지지는 않는다.

대체 이 아기들에겐 무슨 일이 있었던 걸까?

세상이 일깨워주는 중요한 가치관

국제 공동 연구팀으로 구성된 문화신경과학계 연구팀이 2013년 한 논문을 통해 사람들이 낡은 행복과 같은 일단의 신념에 사회화되는 과정을 세밀히 다루었다. 사회화는 태어난 지역의 문화적, 사회적 메시지를 받아들이게 되는 과정으로, 생후 며칠 이후부터 시작된다. 연구로 증명된 바에 따르면 우리의 뇌는 이러한 외부 메시지에 극도로 예민하다.

모든 사회는 그 지역만의 특정한 무언가를 중시한다. 무엇이 중요할까? 어떤 사람이 칭송을 받을까? 무엇을 위해 힘써야 할까? 서양 문화권에서 가치관은 주로 세 가지 요인의 영향을 받는다. 개인주의, 자본주의, 타인을 지배하는 것이다.

이 세 가지는 얼핏 보기엔 우리 개개인의 평범한 일상과 동떨어진 거창한 개념으로 느껴진다. 하지만 알고 보면 행복에 지대한 영향을 미친다.

1. 개인주의

고유한 자신이 된다는 것은 중요하고도 경이로운 일이다. 자유, 목표, 희망, 자주성, 자존심을 갖는 일은 행복의 필수 조건이다.

개인주의는 바로 이 부분에서 큰 힘을 발휘한다. 1835년 미국을 방문했던 유명한 프랑스 귀족 알렉시 드 토크빌(Alexis de Tocqueville, 1년 동안 미국에서 살면서 직접 경험한 미국의 민주주의 제도와 장단점을 바탕으로 《미국의 민주주의》를 썼다-옮긴이)이 한 유명한 말에도 개인주의가 언급되어 있다. 미국인이 억압으로부터의 자유, 개인주의의 칭송, 인간 존엄성의 인정을 추구한다고 썼던 대목이다(물론, 이것이 미국의 모든 시민에게 다 해당되지는 않는다).

단점도 있다. 개인주의는 우리 자신이 남들과는 별개라고 가르친다. 토크빌의 말마따나 "공동체 일원 각자가 스스로를 다른 인간들과 분리시키는 경향을 갖게 한다."

개인주의는 미국에서 가장 강력한 문화적 가치관으로 꼽히며, 미국에서만이 아니라 다른 나라들에서도 꾸준히 주목받고 있다. 이러한 현상을 측정할 기발한 방법이 몇 가지 있는데, 한 문화의 제작물을 살펴보는 것도 그중 한 방법이다. 심리학자 패트리샤 그린필드Patricia Greenfield는 1800년부터 2000년까지 출간된 도서 150만 권 이상을 조사했다. 그 결과 시간이 지나면서 '나, '자신', '독자적' 같은 개인주의적 단어가 훨씬 더 빈번히 등장해, 우리의 변화하는 가치관을 반영해주었다. 200년 사이에 이런 단어의 사용 빈도가

개인주의는 당신이 별개의 존재이며 혼자가 더 낫다고 가르친다

4배 늘어 있었다. 또 다른 조사에서는 같은 기간 동안 방영된 TV 프로그램을 살펴보며 특정 가치관을 강조하는 빈도를 측정했다. 그 결과 1967년에는 16개의 최고 가치관 중 14위에 머물렀던 개인적 명성이 2007년에는 1위를 차지했다.

개인주의에는 또 하나의 심각한 문제점이 있다. 자신을 모든 것의 절대적 중심으로 삼는다는 점이다. 사실, 토크빌도 이런 문제가 생길 가능성을 걱정하며 미국의 장점이 약점으로 작용할 것을 우려한 바 있다. 개인주의는 타인이나 더 큰 선에 해가 되는 경우에도 자기 이익을 중시한다. 남들의 필요성보다 자신의 욕망이 더 중요하다고 가르친다. 당신을 공동체와 단절시킨다. 당신이 혼자라고 가르친다.

개인주의는 우리가 행복을 개념화하는 방식에까지 지대한 영향을 미친다. 중요한 건 나의 행복이지 우리의 행복이 아니라고 여기게 한다. 개인주의의 이런 해로운 면이 바로 낡은 행복을 떠받치는 토대를 이룬다.

2. 자본주의

미국이 건국된 해에 스코틀랜드의 윤리학자 애덤 스미스는 경제를 주제로 책을 썼다. 훗날 그를 자본주의의 창시자로 알리게 한 이 책 《국부론》에서 저자는 개인주의가 이성적이고 자신의 이익을 중시한다며, 사람들이 자신의 이익을 추구하면 사회의 필요도 함께 충족될 것이라고 주장했다.

자본주의는 소수의 사람들이 생산 수단을 지배하고 다수의 사람들이 생산 활동을 맡는 경제 체제다. 개인주의와 마찬가지로 자본주의에도 장점이 있다. 인도의 독립운동을 이끈 마하트마 간디가 글을 통해 밝혔듯 "자본은 그 자체로 악하지 않다. 악한 것은 자본의 잘못된 이용이다." 지금까지 제대로 이용된 자본주의는 수많은 사람들의 삶의 질을 향상시켰다. 세상에 새로운 제품과 혁신과 경험을 탄생시키기도 했다.

하지만 잘못 이용된 자본주의는 극도의 불평등을 낳았다. 또한 끝 모를 소비주의를 부추겼다. 경제적 가치관이 성공과 인간의 가치를 평가하는 최고의 사회적 척도가 되게 만들었다. 소수에게 특권을 주면서 다수에게는 당신들도 열심히 노력하면 경제적 안정을 얻을 수 있다고 말하는 조작된 시스템을 만들었다. 이런 탓에 공동체에 이바지하는 사회제도가 턱없이 부족해지고, 지구의 자원이 심하게 파괴되었으며, 일상 속 연민은 더 큰 성장 앞에서 뒷전으로 밀려나고 있다.

애덤 스미스는 인간의 사리 추구에 자연적 한계가 있다고 주장했지만 우리는 아직 그 한계를 발견하지 못한 것 같다. 자본주의는 우리를 쳇바퀴에 가둬두고, 속이 텅 빈 중심의 주변부를 빙빙 맴돌면서 기를 쓰게 한다. 더 많이 노력하고, 더 많이 벌고, 더 많이 갖는 것이 우리를 행복하게 해준다는 믿음을 부추긴다.

저널리스트이자 미국의 국가 인문학 훈장National Humanities Medal

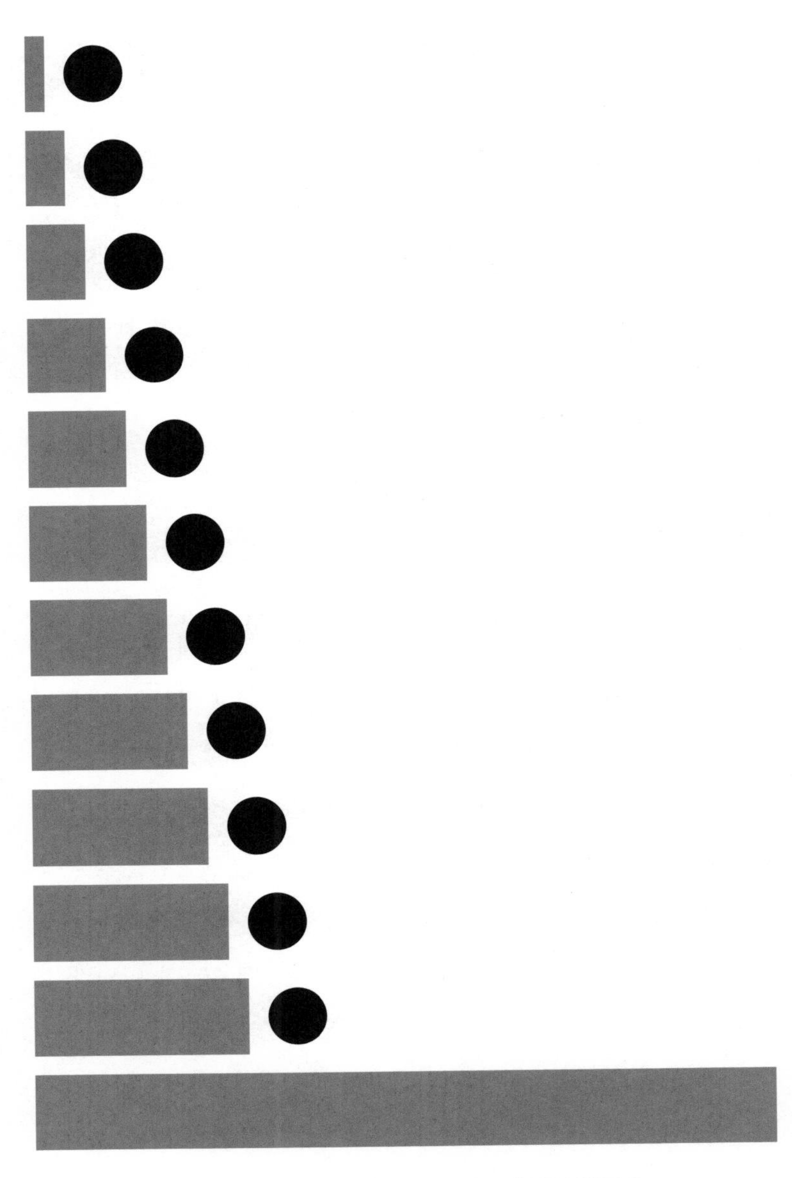

자본주의는 끊임없이 더 많은 것을 추구하도록 부추긴다

수여자인 크리스타 티펫Krista Tippett은 2016년 출간한 《현명해지기Becoming Wise》에서 다음과 같이 썼다.

"천국은 여기에 있다. 우리 바로 앞에 있다. 자본주의에서는 갈망이 조작된다. 가능성 있는 미래에 대한 조작된 갈망과 욕망이 우리 내면에 심어진다. 언제나 다음 성과, 다음에 할 큰일을 이야기한다. (중략) 자, 우리가 정말로 현재의 삶에 만족한다면 어떨까? 이곳이 천국이라는 것을 안다면 어떨까? 자본주의의 이러한 조작이 우리를 통제하기 아주 어려워질 것이다."

3. 타인에 대한 지배Domination

낡은 행복의 특징 중 마지막 한 가지는 자신의 개인적 행복을 위해 서로를 지배하려 드는 것이다. 우리는 서로를 딛고 정상을 향해 기어오르고자 다른 사람들의 몸을 짓밟는 행태도 아랑곳하지 않는다.

벨 훅스(bell hooks, 미국의 작가이자 사회운동가, 페미니스트인 글로리아 진 왓킨스의 필명-옮긴이)가 썼듯 "지배 문화는 자존감을 공략해, 다른 사람을 지배함으로써 존재감을 얻는 것을 자존감으로 여기도록 내몬다." 우리는 고유한 자신을 중시하도록 배우는 게 아니라 남들과 비교한 자신을 중시하도록 배우고 있다.

지배 문화에서는 누군가의 인간성이 무시되어야 다른 누군가가 즐거움, 힘, 소유, 인기 등을 추구하는 개인주의적이고 자본주의적인 목표를 성취할 수 있다. 이런 상황에서는 왜곡된 행복의 추구로

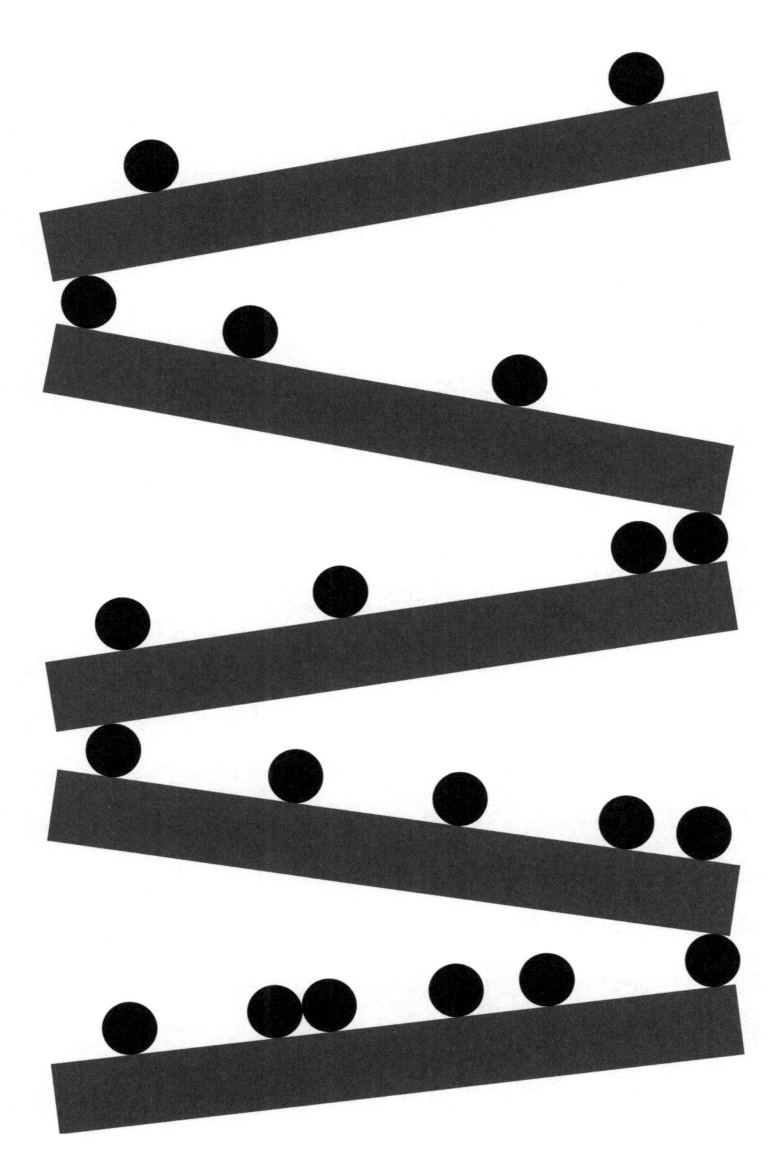

타인을 지배하려는 마음은 당신이 원하는 것을 얻으려면
다른 사람들을 억압해야 한다는 메시지를 주입한다

남들에게 자발적으로 해를 입히게 한다. 최근의 여러 연구 결과에 따르면 삶을 '내가 이기고 타인은 지는' 게임이라고 믿으면 남들을 공격적, 위협적인 태도로 대할 가능성이 훨씬 높아진다. 환경이 위계적일수록 남들에게 해로운 행동을 해도 괜찮다고 정당화하는 사람들이 많아진다는 연구 결과들도 있다.

1900년대 초에 마하트마 간디는《전쟁과 평화》의 저자이자 세계적 대문호 레프 톨스토이와 친분을 쌓는다. 몇 년 후, 간디에게 보낸 편지에서 톨스토이는 이렇게 말한다. "우리가 이웃을 괴롭히는 짓만 그만두어도 제법 살기 괜찮은 세상이 될 것입니다." 지배가 다른 누군가의 등을 밟고 기어오르는 양상을 취하는 이유는, 그렇게 해야 내가 행복해질 거라고 생각하기 때문이다.

이런 일은 사회적 차원에서도 일어난다. 한 집단이 다른 집단보다 우위에 있다고 여기는 식이다. 지배는 인간의 존재 방식에는 옳고 그름이 있으며 자신과 상이한 사람들은 응징해야 한다는 거짓된 메시지를 전한다. 인종차별, 반反유대주의, 가부장제, 성차별, 계급차별, 장애인 및 성소수자 차별, 노인차별 등이 여기에 해당한다. 지배 집단에 포함되지 않는 사람들은 개인적 교류에서든 날마다 마주해야 하는 보다 넓은 사회적 환경에서든 불평등하고 부당한 대우를 받는다.

지배는 일상의 압박에서 여러 조직적 착취에 이르기까지 온갖 방식으로 수십억 명에게 상처를 주고 있다. 삶은 곧 경쟁이라고, 자신의 목표를 달성하기 위해 다른 사람들을 이용해도 된다고, 하나의 정해진 존재 방식만이 중요하다고 가르친다.

우리의 행동에 영향을 미치는 가치관들

개인주의, 자본주의, 타인을 지배하려는 속성은 어떤 가치관이 중요한지를 강요하는 식으로 모두에게 영향을 미친다. 우리가 자라면서 접하는 여러 제도, 조직, 미디어, 상품을 통해 이런 가치관이 주입되고 확산되면서 낡은 행복의 문화가 형성된다.

지난 몇 년 동안 다음과 같은 메시지를 얼마나 자주 들었는지 떠올려보자.

개인주의

- 다른 사람들은 필요 없어.
- 혼자 힘으로 해결할 거야.
- 무엇이든 네가 원하는 대로 해.

자본주의

- 반드시 성공해야만 해.
- 한가하게 쉬면 안 돼.
- 너의 가치는 네가 어떻게 하느냐에 달려 있어.

타인에 대한 지배

- 경쟁에서 이겨야 해.
- 어떤 사람들은 다른 사람들보다 더 우수해.
- 너는 아직 부족해.

이 세 가지 요인은 서로가 서로의 발판이 되어 개개인의 힘을 더 키워준다. 신화에 등장하는 머리 셋 달린 괴물 히드라같이, 우리를 세상과 단절시킨 채 더욱더 열심히 노력해 본인의 가치를 증명하라고 닦달한다. 당신은 이러한 메시지를 따라 칭찬과 보상을 받기 위해 행동하는 것에 익숙해진다.

낡은 행복의 문화가 SNS를 하는 사람들의 전형적인 행동에 어떤 영향을 미쳤는지가 하나의 예시가 된다. 우리는 SNS에 자신을 게시함으로써 개인주의를 드러낸다. 또한 자신의 성취와 소유물을 과시하며 자본주의에 걸맞은 행동을 한다. 최대한 팔로워 숫자를 늘리기 위해 자신이 얼마나 특별한지, 남들보다 얼마나 잘났는지 기를 쓰고 인증하면서 지배적 가치관을 표출한다. 이러한 행동에 동참함으로써 우리에게 해를 가하는 낡은 행복의 메시지를 타인에게 전파하고, 이 문화를 더 영구화시킬 수도 있다.

행동은 신념을 바꾼다

낡은 행복의 문화 속에서 자라면서 이러한 분위기에 젖어들수록 세상을 바라보는 관점이 바뀐다. 이 관점은 이른바 세계관을 형성한다.

세계관은 당신의 삶에 지대한 영향을 미치는 일련의 신념과 가정이다. 세상을 바라보는 당신의 개인적 모델이자, 당신의 경험을 기반으로 수년에 걸쳐 구축하는 저마다의 현실이다. 우리는 자신의 세계관을 바탕으로 세상을 이해하고 설명한다. 그 결과, 각자의 세계관이 저마다의 행동에 영향을 미친다.

자신의 세계관을 글로 작성하고, 살아가는 동안 의식적으로 들여다보며 신중히 수정해 나가는 사람은 아무도 없다. 신념은 세상 속에서 다양한 경험을 하면서 배우고 다른 사람들과 교류하는 과정을 통해 더 심원한 차원으로 완성된다.

어릴 때는 시행착오를 겪으면서 물리적 세계의 규칙을 배운다. 벽을 뚫고 들어갈 수 없다거나, 난로는 뜨겁다거나, 물건을 떨어뜨리면 바닥으로 떨어지고 산산조각이 난다는 사실을 깨닫는다. 나이를 먹다 보면 이러한 현실에 처할 때 문을 열고 들어가고 난로를 만지지 않으며 유리잔을 떨어뜨리지 않도록 조심하는 것이 당연해진다. 비물리적 세계를 이해하는 방식도 이와 다르지 않다. 경험을 통해, 문제가 생기면 일단 스스로 해결해야 하고 성취하면 칭찬을 받으며, 자존감은 자신의 우월성에 달려 있다고 인지한다. 그리고 이러한 인식에 별다른 의문을 갖지 않는다.

일단 세계관이 형성되면 대다수는 대체로 의심 없이 자신의 세계관에 따라 살아가면서 지금의 삶이 진실 그 자체라고 믿게 된다. 작가 데이비드 포스터 월리스David Foster Wallace는 2005년의 한 졸업식 연설에서 세계관의 힘을 잘 설명하는 이야기를 소개했다.

> 물고기 두 마리가 나란히 헤엄쳐 가다 우연히 맞은편에서 헤엄쳐오는 나이 많은 물고기와 마주쳤습니다. 이 물고기가 고갯짓을 하며 이렇게 물었지요. "안녕, 얘들아. 물이 어떠니?"
> 계속 헤엄쳐가던 두 물고기 중 한 마리가 궁금함을 참다 못해 다른 물고기에게 질문합니다. "물이 대체 뭐야?"

우리의 세계관은 우리가 헤엄치는 물이다. 우리도 어린 물고기처럼 물이라는 것이 있다는 사실조차 모른다. 이러한 현실에서 우리 각자는 저마다의 세계관으로부터 지배를 받는다. 세계관은 우리를 내모는 요인일 뿐만 아니라, 행복을 논의할 때 대체로 인정되지 않는 부분이기도 하다. 인정되지 않는 대상을 바꾸기란 굉장히 어렵다. 심리학자 칼 융이 말했듯 "심리학 규칙에 의거하면, 내면의 상황이 의식되지 않을 경우 결국에는 외부로 드러나게 마련이다."

세계관은 당신의 개인적인 검색엔진이라고 할 수 있다. '과연 신이 존재할까?'와 같은 우주에 대한 신념부터 '사람은 믿을 수 있는 존재일까?'처럼 타인을 바라보는 관점, '이 모든 것이 일종의 시뮬레이션은 아닐까?' 류의 삶의 의미에 이르기까지, 세계관은 수많은 의문에 대한 답을 무의식적으로 채워간다.

당신의 세계관에 내재되어 있을 법한 이 숱한 의문 중에는 우리의 행복을 위해 가장 중요한 세 가지도 포함되어 있다. 당신은 이 의문들을 평생에 걸쳐 곰곰이 생각해왔다. 지금까지 낡은 행복으로부터 주입받은 이런저런 가치관의 영향을 받으며, 느리지만 확실하게 답을 형성해온 것이다.

당신이 그동안 자문했을 중요한 세 가지 의문은 다음과 같다.

1. 나는 어떤 사람일까? 이것은 정체성과 자아정체성에 관한 의문이다.
2. 내가 할 일은 뭘까? 이것은 당신의 목표, 선택, 일상에 대한 의문이다.
3. 나는 다른 사람들과 어떤 관계일까? 이것은 타인 및 더 넓은 세상과의 관계에 대한 의문이다.

얼핏 단순하게 느껴질 수도 있지만 세 가지 의문은 이 책을 떠받쳐주는 토대다. 감히 덧붙이자면, 인류의 웰빙과 지구의 생존을 위한 토대이기도 하다. 인간으로 살아가는 삶에서 중심을 차지하는 이 의문들에 대해, 낡은 행복의 문화는 우리가 갓난아기였던 시절부터 다음과 같은 아주 구체적인 답을 가르쳐왔다.

1. 나는 어떤 사람일까? 나는 아직 뭔가가 부족해.
2. 내가 해야 할 일은 뭘까? 기대되는 성과를 달성해야 해.
3. 나는 다른 사람들과 어떤 관계일까? 나는 그들과 별개의 존재야.

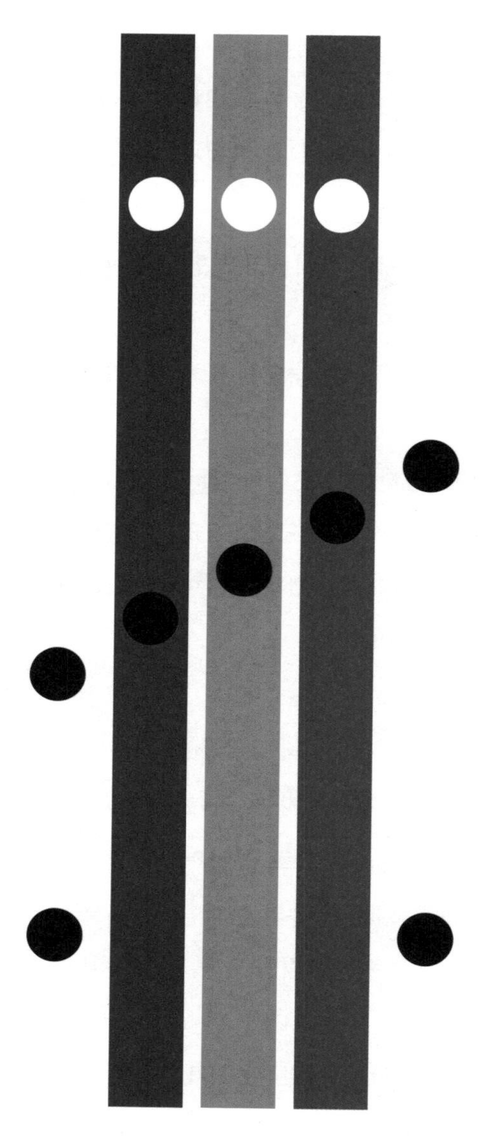

낡은 행복은 당신은 아직 부족하다고, 부단히 더 많은 성취를 이루어야 한다고,
당신은 혼자라고 믿도록 주입시킨다

이 답은 행복해지기 위해 어떻게 해야 할지를 알려주는 동시에 다음과 같이 믿도록 다그친다. '내가 그런대로 쓸 만한 사람이라는 걸 증명해야 해. 더욱더 많은 성취를 이루어 이 사실을 증명하자. 혼자 힘으로 해내자. 그러면 행복해질 거야.'

결국, 갓난아기들이 이런 식으로 자라는 것이다.

낡은 행복은 불행을 초래한다

수년 전, 과학계에서 특이한 현상을 감지했다. 적극적으로 행복을 추구하는 오늘날의 미국인들이 결과적으로는 역대 가장 불행을 느끼는 현상이 팽배했다. 대체 어찌 된 영문일까?

알고 보니 사람들이 행복을 규정하는 방식이 오히려 우울증, 불안, 불만족을 늘리는 원인이 된 것으로 드러났다. 미국인들은 낡은 행복의 세계관을 가지고 있었다. 그 결과 행복이란, 주변 사람들과 돈독한 관계를 유지하고 자신의 재능을 세상을 돕는 데 활용하기보다 자기 자신에게 점점 더 집중함으로써 가질 수 있는 것이라는 믿음을 갖게 되었다.

바로 이런 현상은 나에게도 일어난 일이었다. 오랫동안 나는 어딘가가 고장 난 사람이라고 느꼈다. 시간이 많이 흐르고 나서야 그게 아니라는 걸 깨달았다. 고장 난 것은 나 자신이 아니라 내 나침반이었다. 나의 세계관이 근본적으로 교란되어 나를 잘못된 길로 이끌었던 것이 문제였다.

나침반이 강력한 자기장에 노출되면 바늘의 극성이 없어지면서 반대 방향을 가리킬 수 있다. 과학자들이 발견한 바에 따르면, 새의 머리에 자석을 갖다 대면 새로운 자기력이 이주 경로를 찾아가는 기능에 교란을 일으킨다.

우리가 배운 행복은 이런 자기력이나 다름없다. 자기력은 우리를 필연적으로, 과학자들이 연구한 새들처럼 잘못된 방향으로 나아가게 할 수밖에 없다. 사회적 메시지가 아무리 크고, 아무리 빈번하게 이러니저러니 떠들어도, 관계의 단절이나 더 많은 성취나 스스로에 대한 우월성만 가지고는 지속적인 기쁨을 누릴 수 없기 때문이다.

낡은 행복이라고 하면 친구 제임스에게 들었던 일화가 생각난다. 그가 어렸을 때 매년 크리스마스가 되면 어머니는 특별한 푸딩을 만들어주었다. 푸딩은 친구가 제일 좋아하는 음식이다. 그러던 어느 해에, 친구는 저녁 식사 전 푸딩을 한 입만 맛볼 생각으로 살금살금 주방으로 향했다. 냉장고 문을 열고, 천으로 덮은 오목한 그릇 안으로 숟가락을 집어넣어 크게 한 숟갈 뜨는 순간, 갑자기 누군가 주방으로 다가오는 발소리가 들렸다. 친구는 들키고 싶지 않아 숟가락을 입 안으로 밀어넣었는데, 그것은 푸딩이 아닌 라드(돼지의 지방 조직에서 나온 흰색의 반고체를 정제한 기름-옮긴이)였다.

낡은 행복이 바로 이와 같다. 맛있는 디저트를 기대했다가 역겹고 니글니글한 라드 덩어리를 대신 먹는 식이다. 누구나 이런 경험이 있지 않은가? 내가 속한 집단, 공동체, 지구에 분명 피해를 주는

데도 괜찮다며 애써 마음을 다잡게 되는, 이런 공허함을 한번쯤 느낀 적이 있지 않은가? 이런 식으로 사는 것에 지치지 않는가?

낡은 행복으로부터 자유로워지기

낡은 행복의 근절을 막는 한 가지 장애물은 이것을 지칭할 마땅한 이름이 없었다는 것이다. 이제는 이름이 생겼다.

내가 하루도 빠짐없이 접하는 이야기지만, 사람들은 자신이 살아가는 방식에 극심한 혼란, 슬픔, 무기력을 느끼면서도 이러한 감정을 딱히 표현할 언어가 없어서인지 지금의 삶을 그냥 정상으로 여기며 지낸다.

이러한 상황에서는 기본값으로 자리 잡은 가정에 빠지기 쉽다. '나한테 무슨 문제가 있는 거야.' 낡은 행복은 당신이 이렇게 생각하길 바란다! 그렇게 믿어야 당신이 현재에 순응하고 성취하고 주변과 단절되기 위해 더욱 안간힘을 쓸 테니까.

당신에게는 아무 문제가 없다. 문제는 우리가 공유하는 행복의 정의와, 이 정의를 더욱 부추기는 방식에 있다. 철학자 루트비히 비트겐슈타인은 이렇게 썼다. "내 언어의 한계가 곧 내 세상의 한계다." 나이 많은 물고기가 '물'이라는 단어를 처음으로 알게 해주어 어린 물고기의 세상을 흔들었듯이, 우리도 그동안 진실이라고 당연하게 여겨온 낡은 행복의 세계관에 이름을 붙이는 식으로 우리의 세계를 흔들 수 있다.

그러니 이제부터 낡은 행복의 예시를 보게 되면 "그래, 저런 게 바로 낡은 행복이지" 하고 말하자.

- **거울을 보다가 마음속에서 나의 외모를 지적하는 소리가 들릴 때:**
  이건 낡은 행복의 목소리지 내 목소리가 아니야.
- **더욱 열심히 노력해야 할 것 같은 압박감을 느낄 때:**
  낡은 행복이 지금 나를 통제하려는 거야.
- **도와달라고 부탁하기가 어려울 때:**
  낡은 행복이 내가 혼자라고 거짓말을 하네.
- **SNS를 보다가 자신의 차와 명품백을 자랑하는 사람을 볼 때:**
  참 안쓰러운 사람이네. 틀림없이 지금 낡은 행복에 꽁꽁 갇혀 있는 기분일 거야.
- **밤늦게까지 야근하는 사람을 칭찬하는 상사를 볼 때:**
  저 사람들은 낡은 행복식 행동을 격려하고 있군.
- **정부가 국민을 옭아매는 정책을 시행하려 할 때:**
  저 정책은 낡은 행복의 문화를 더욱 부추길 거야.

이렇게 생각하면서 당신의 존재 자체는 낡은 행복의 평가로 결정될 수 없다는 사실을 깨달아라. 당신은 낡은 행복의 영향을 받아 왔을 뿐이다. 이러한 사실을 깨달으면 자기 자신을 인정하고 사랑하며, 자신에게 중요한 것을 추구하고 다른 사람들과 의미 있는 관계를 다지기가 훨씬 더 쉬워진다.

우리가 이러한 세계관 속에서 살아왔다는 이유로 남은 평생을 지금의 방식대로 살아야 할 필요는 없다. 오늘부터는 낡은 행복에 걸맞은 이름을 부르면서 그러한 편견으로부터 자유로워지자.

핵심 포인트

- 세상은 우리에게 중요한 가치관이 무엇인지 가르치고, 이러한 가치관들을 조장하는 문화를 만든다. 우리는 이런 문화 속에 살면서 세계관, 즉 세계를 바라보는 정신적 모델을 완성한다.
- 당신의 세계관에는 당신의 행복을 위해 가장 중요한 세 가지 핵심 의문이 담겨 있다. 나는 어떤 사람인가? 내가 해야 할 일은 무엇인가? 나는 다른 사람들과 어떤 관계인가?
- 낡은 행복은 당신이 아직 부족하다고, 기대되는 성과를 내야 한다고, 남들과는 별개의 존재라고 가르친다.
- 당신은 낡은 행복으로부터 자유로워질 힘이 있다. 낡은 행복을 접하는 순간 그에 걸맞은 이름을 부르면, 그때부터 진짜 행복을 향해 나아갈 힘이 생긴다.

3
뉴해피를 위한 첫걸음

1950년대 초, 음악을 전공하던 대학생 프레드 로저스는 부모님이 구입한 최신형 TV를 처음 틀어보았다. 그런데 TV에 나오는 프로그램들이 정말 보기 싫었다. 특히 어린이 프로그램에서는 특유의 복장을 한 출연진이 잔뜩 나와 서로에게 파이를 던져대며 과장되게 연기를 하는 데다, 중간중간 돈으로 행복을 살 수 있다고 말하는 광고까지 방영되었다.

그는 이런 생각이 들었다. 다른 방향의 TV 프로그램, 그러니까 아이들이 정말 기분이 좋아지고 착한 행동을 하도록 유도할 만한 프로그램을 만들면 어떨까?

그로부터 17년 후, 프레드 로저스가 직접 만든 TV 프로그램이

처음 방영되었다. 바로 〈로저스 아저씨네 동네Mister Rogers' Neighborhood〉였다. 그는 매회마다 도입부에서 세트장에 설치한 자신의 집으로 들어가 상의 정장을 벗고 자신의 트레이드 마크인 카디건 지퍼를 올린 후, 구두를 운동화로 갈아 신고 나서 아이들을 존중하는 태도로 이야기를 들려주었다.

이 프로그램은 이런 포맷으로 31시즌 동안 아이들에게 힘이 되어주었다. 냉전 중에도 자리를 지키며 꼭두각시 인형극을 통해 무기를 비축하는 것이 왜 위험한지 설명해주었다. 우주 왕복선 챌린저호가 폭발하는 비극이 일어났을 때는 일주일간 전 회차를 통틀어 죽음과 사별의 고통에 대해 알려주었다.

사랑받지 못한다고 느끼며 외로워하는 아이들에게도, 부모가 이혼한 아이들에게도, 학교에서 퇴학당한 아이들에게도, 실수를 저지른 아이들에게도, 나름의 온갖 우여곡절을 겪는 아이들에게도 용기를 주었다.

그 덕분에 프레드 로저스는 미국에서 가장 사랑받는 인물에 포함되었다. 한때는 미국에서 가장 많은 우편물을 받는 사람이 되기도 했는데, 그때도 그는 모든 편지에 일일이 답장해주었다. 현재 그의 빨간색 니트 카디건은 스미소니언 박물관에 전시되어 있다. 그가 남긴 유산은 에미상, 피버디상(우수한 라디오·텔레비전 방송에 주어지는 국제상으로 방송계의 퓰리처상으로 불린다-옮긴이), 대통령 자유 훈장, 미국 우표 인물 선정, 그의 이름을 딴 소행성, 할리우드 명예의 거리에 이름 등재, 구글 두들(특별한 기념일이나 사건을 검색엔진인 구글의 대문에 거는 것-옮긴이)의 명사 선정 등 한두 가지가 아니다. 하지만 무엇보다 중요한 유산은 여러 세대의 아이들을 일깨워준 가르침이었다. 바로 자기 자신과 다른 사람들에게 친절하라는 메시지였다.

그저 음악을 만들고 싶었던 수줍음 많고 외로움을 잘 타던 청년이 훗날 사람들이 가장 우상이라고 생각하는 인물에 꼽히고, 세상에 크나큰 변화를 일으키고 지속가능한 행복을 누리는 사람이 될 것이라고, 어느 누가 알았을까?

로저스가 이런 사람이 된 비결은 무엇일까? 바로 행복한 삶의 규칙을 발견한 덕분이다. 그 규칙이란 내가 연구를 통해서 찾아낸 사실이자, 이 책에서 차차 소개할 다음의 두 가지다.

1. 자신이 정말 어떤 사람인지에 눈 뜨기
2. 이렇게 발견한 진정한 자아상을 통해 다른 사람들에게 도움을 주기

당신이 직접 이 두 가지를 검증할 방법이 있다. 당신이 알고 있는 가장 행복한 사람들을 떠올려보라. 찬찬히 보면 자신이 어떤 사람인지 잘 알고 있으면서 주변에 도움이 되고자 하는 부류일 것이다. 아니면 가장 존경하는 사람들을 떠올리는 것도 괜찮다. 그들이 어떤 일을 하고 있는가? 자신의 특별한 재능을 세상과 나누며 사회를 더 나은 곳으로 만들기 위해 노력하고 있을 것이다.

로저스는 이 규칙 덕분에 목적과 기쁨이 있는 삶을 일구었고, 인생 전반에 걸쳐 온전함sense of wholeness을 느낄 수 있었다.

행복한 삶을 위한 두 가지 규칙은
자신이 어떤 사람인지 알고, 자신의 재능으로 세상을 돕는 데 동참하는 것이다

나 자신이 되어야 하는 이유

로저스는 세 살 때 음악에 재능을 보이더니 다섯 살이 되기도 전에 피아노로 여러 곡을 전곡으로 연주했다. 이렇게 음악 신동이었는데도 어린 시절은 순탄하지 못했다. 몸이 아파 몇 시간씩 방에서 혼자 보내야 할 때가 많았다. 그는 이때부터 이야기를 짓고 노래를 만들며 환상의 세계를 상상했고, 이런 세계를 훗날 자신의 TV 프로그램으로 선보였다. 또한 그는 어린 시절 내내 외로워서 울었던 기억을 떠올렸다. 또래들에게 괴롭힘을 당했고 진정한 친구도 없었다. 하지만 나이를 먹으면서 차츰 있는 그대로의 자신을 사랑하고 알아봐주는 사람들을 만나게 되었다. 그는 이런 남다른 경험 덕분에 음악적 재능, 공감능력, 어린 시절이 얼마나 힘들 수 있는지에 대한 인지력 등을 특별한 재능으로 키웠다.

당신에게도 고유한 재능이 있다. 그 재능은 당신을 진정한 자신이 되게 해준다. 당신의 재능은 단지 당신이 잘하는 활동만 의미하지 않는다. 지금까지 겪어온 일, 배운 지식, 마음 깊숙이 내재된 스스로에 대한 이해 역시 재능에 포함된다.

한 졸업식 연설에서 로저스는 세계적 찬사를 받는 첼리스트 요요마의 수업을 들었던 경험담을 꺼냈다. 그날 수업 도중, 어린 학생이 브람스의 첼로 소나타 연주를 마치자 요요마는 이렇게 말해주었다. "이 연주는 너 말고는 아무도 낼 수 없는 소리란다."

로저스는 세상에 하나뿐이다. 그리고 당신도 세상에 하나뿐이다.

로저스가 학사 학위를 받은 롤린스 칼리지의 건물 사잇길에는 작은 대리석 명판이 놓여 있다. 이 명판에는 '삶은 봉사를 위한 것'이라는 문구가 새겨져 있다. 로저스는 이 문구를 적어 평생 지갑에 넣고 다녔다.

로저스는 TV 프로그램 제작을 하나의 봉사 활동으로 여겼다. 1969년 리처드 닉슨 대통령이 아동 교육 프로그램의 지원금을 삭감하려 했을 때, 그는 의회로 가서 2,000만 달러의 지원금을 유지할 것을 주장하며 짧은 연설을 했다. 그는 자신의 봉사 활동에 대해 다음과 같이 설명했다.

"저는 매일 모든 아이들에게 관심을 가지고 말을 건네면서 아이들 자신이 특별한 존재라는 사실을 깨닫도록 도와줍니다. 프로그램을 마칠 때는 이렇게 말합니다. '여러분은 단지 여러분 자신이 되는 것으로 오늘 하루를 특별한 날로 만들었어요. 이 세상에 여러분과 똑같은 사람은 아무도 없고, 나는 여러분의 있는 모습 그대로를 좋아해요.' 저는 방송을 통해 자신의 감정을 말로 표현할 수 있고 본인 스스로 다룰 수 있는 것이라는 점을 확실히 일깨워줄 수만 있다면, 아이들의 정신건강에 아주 큰 도움이 될 거라고 생각합니다."

이 연설을 들은 미 상원의 소통분과위원장은 성미가 까다롭고 감정에 치우치지 않기로 유명한데도 이렇게 말했다. "내가 아주 깐깐한 사람인데 지난 이틀 사이에 소름이 돋은 건 지금이 처음이에요. 아주 인상 깊게 들었습니다. 당신이 2,000만 달러를 얻어낸 것 같군요."

로저스의 삶을 들여다보면 자칫 그를 우상화하기 쉽다. '로저스 아저씨는 정말 대단한 사람이야! 우리하고는 달라.' 하지만 그의 사망 후 공개된 2003년 인터뷰에서 50년간 그의 아내로 살아온 조앤은 이런 생각이 위험할 수 있음을 환기시켰다. "저도 정말 그이처럼 되고 싶었지만 그럴 순 없었어요." 아무도, 그 누구도 로저스처럼 될 수 없다는 단언이었다.

이 말은 그 누구도 꼭두각시 인형, 노래, 이야기를 소재 삼아 진심 어린 TV 프로그램을 진행할 수 없다는 뜻이 아니다. 누구든 로저스가 걸어간 길과 똑같은 방식으로 자신만의 길을 선택해, 내가 어떤 사람인지를 깨닫고 그 자아상을 통해 다른 사람들을 도울 수 있다는 뜻이다. 당신의 삶이 로저스의 삶을 닮아서는 안 된다. 그런 삶은 진정한 당신을 드러내는 삶이 아닐 것이기 때문이다! 가족이든 친구들이든 공동체든, 직장 일이든 심지어 더 넓은 세상이든, 누구를 대상으로 하든 당신 자신만의 고유한 봉사 방식을 찾아야 한다.

당신의 행복이 세상을 바꿀 수도 있다

지금 당신이 찾아가는 이 여정은 당신 개인에게만 도움이 되는 것으로 그치진 않을 것이다. 당신 주변의 수많은 사람들에게도 영향을 주게 되어 있다.

지금 우리가 사는 세상은 이렇게 될 만한 여지가 없다. 낡은 행복의 핵심을 이루는 제도와 믿음은 만들어낸 가짜다. 오랜 시간이 지나는 동안 일단의 사람들이 차츰 이런 제도와 믿음을 영속시키고 강화해 옹호할 가치가 있다는 판단을 해왔고, 그래서 많은 사람들이 이렇게 집착하는 것이다.

한편, 낡은 행복의 거짓 약속을 거부해온 사람들도 수백만 명에 달한다. "나이가 들수록 우리가 소유한 것들이 궁극적인 행복을 가져다줄 수 없다는 사실을 점점 더 절감한다"라고 말한 프레드 로저스가 그들 중 한 명이다. 사회 곳곳에서 로저스와 같은 사람들이 상황을 개선하고 변화시키기 위해 노력하고 있다. 당신도 이들과 동참할 수 있다.

한 연구 결과에 따르면 세상에 대대적인 변화를 야기하는 티핑포인트(작은 변화들이 어느 정도 기간을 두고 쌓이다가 어느 순간 작은 변화가 하나 더 일어나서 갑자기 큰 영향을 초래할 수 있는 상태가 된 단계-옮긴이)를 일으키기 위해서는 인구의 25퍼센트만 동참해도 된다. 때로는 단 한 사람만 노력해도 결국엔 올바른 방향으로 국면이 전환되기도 한다. 최근 한 여론조사에서 '아주 행복하다'라고 답한 미국인은 불과 12퍼센트에 불과해, 이 조사가 시작된 1972년 이후 최저치를 기록했다. 비참한 결과다. 하지만 이런 상황은 우리가 세상을 더 행복한 곳으로 바꿀 기회이기도 하다.

세상을 바꾸기 위해 직장을 그만두거나 완전히 다른 삶을 살거

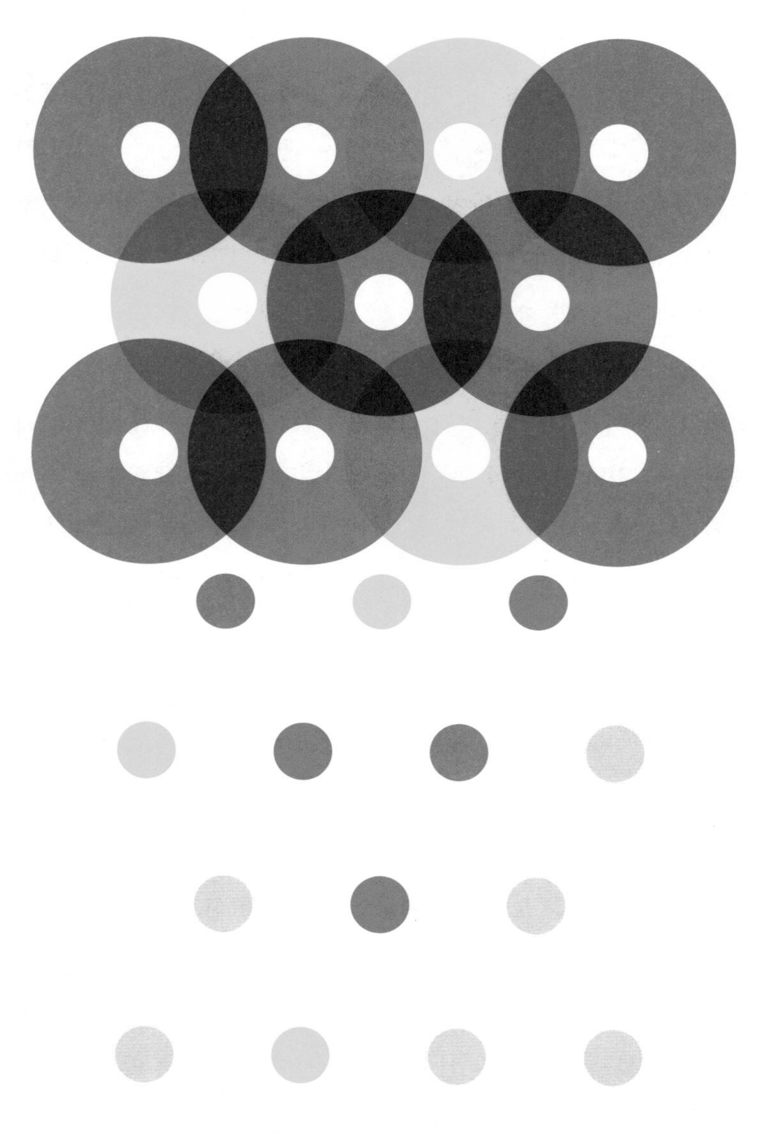

당신의 재능을 발견하고 나눔으로써
다른 사람들이 행복을 발견하도록 도울 수 있다

나 비영리 단체에 가입하거나 회사를 설립해야 하는 건 아니다. 필요한 일은 단 하나의 다른 선택뿐이다. 새로운 방식으로 행복을 추구하겠다는 선택.

로저스는 TV를 처음 틀었던 그날, 자신의 삶이 자신을 어디로 데려갈지 전혀 알지 못했다. 단지 자기 자신으로 살았고 자신의 재능을 내어주는 선택을 했고, 그 후로도 같은 선택을 이어가면서 결국엔 본인과 주변 모두에게 점점 더 많은 기쁨을 선사했다.

언제 어느 때든 당신도 다른 선택을 내릴 수 있다. 그 선택이 당신의 삶과 더불어 세상까지 변화시킬 수 있다.

몇 년 후, 오늘을 떠올리며 '그날의 선택이 나를 완전히 바꾸어놓았어'라고 생각할 수도 있다. 많은 사람들이 행복의 정의를 바꿀 수 있다면 이 세상을 모든 사람이 있는 그대로 존중받고 누군가에게 도움을 줄 기회를 얻고, 필요한 것을 얻는 곳으로 만들 수도 있다. 뉴해피가 가득한 세상이 될 수 있다.

행복으로 가는 4단계

이제 행복을 더 잘 찾게 해줄 여정으로 넘어가보자. 이 여정은 4단계로 이루어져 있다.

첫 단계는 낡은 행복의 세계관에서 뉴해피의 세계관으로 넘어가는 단계다. 당신은 지금 낡은 행복이라는 아주 무겁고 버거운 짐을 하루 종일, 매일매일 짊어지고 다니는 셈이다. 중량 조끼를 입었다는 사실을 모른 채 오르막길에서 끝없는 마라톤을 해온 것이나 다름없다. 이 단계에서는 지친 어깨에서 그 무거운 짐을 내려놓을 것이다. 곧 살펴보겠지만, 그동안 할 만큼 했으니 이제는 자신에게 중요한 일을 추구해도 된다. 당신은 다른 사람들과 연결되어 있다. 당신이 어서 빨리 깨달았으면 좋겠다. 이 해방감과, 해방감 덕분에 느끼게 될 크나큰 자기애와 기쁨과 목적을.

세계관을 바꾸고 나면 행복으로 향하는 놀라운 비밀을 깨닫는 단계로 이어진다. 이 단계에서는 나 자신으로서 온전해지고 내 본연의 모습을 구현하는 가장 좋은 방법을 파악할 것이다.

세 번째 단계에서는 당신의 재능, 즉 당신을 당신답게 만드는 요소를 알아낸다. 재능에는 세 가지 유형이 있고 당신은 유형별 재능을 모두 가지고 있다. 이 단계를 거치며 그 재능들을 활용하는 방법을 배우고 일상에서 사용하게 될 것이다.

마지막 단계는 이 모든 과정을 아울러 당신의 재능을 타인과 나눌 방법을 알아보는 것이다. 일을 통해서나 공동체와 세상 속에서 그 방법을 중심으로 두루두루 삶을 일굴 것이다.

자, 준비가 되었다면 이제 행복을 찾고 세상을 바꾸기 위한 여정을 시작해보자.

핵심 포인트

- 행복은 당신이 어떤 사람인지 깨닫고 자신의 재능을 다른 사람들에게 도움이 되도록 나누는 데서 비롯된다.
- 삶 전체를 바꾸지 않아도 된다. 행복은 단 하나의 다른 선택에서 시작된다.
- 이 선택은 당신에게만 도움이 되는 것이 아니라 주변 사람들과 세상에도 도움이 된다.

2

Unwind Old Happy

낡은 행복에서 벗어나기

4

첫 번째 거짓말_ 나는 아직 부족해

1990년대 말, 데미 무어는 영화배우로서 당대 최고의 인기를 누리고 있었다. 대중은 그녀의 미모와 연기, 사생활에 열정적으로 환호했다. 그녀는 할리우드에서 역대 최고의 출연료를 받는 여배우로 등극했고 인기 있는 액션배우를 남편으로 두었다. 그녀의 삶은 겉으로 보기엔 그야말로 완벽했다.

20년 후, 데미 무어는 당시를 회상하며 이 시기를 이렇게 회고했다. 결혼생활이 엉망이 되어가고 있는데다 식이장애까지 생겨 하루하루가 회의감과 불안의 연속이었다고 말이다. 자서전에서 썼듯 "아무리 성공해도 부족하다는 느낌을 떨칠 수가 없었다."

낡은 행복이 규정해준 성공의 온갖 이정표를 달성하는 사람들이 아무리 노력해도 부족함을 느낀다는 말을 자주 한다.

영국의 싱어송라이터 겸 배우 데이비드 보위도 이렇게 인정한 적이 있다. "나는 자아상에 심각한 문제가 있었고 자존감이 아주 낮았지만 작곡과 공연에 집착하면서 그런 문제를 감췄다. (중략) 삶을 순식간에 끝내려는 충동에 빠지기도 했다. (중략) 정말로 부족하다는 느낌이 너무 많이 들었다."

영국의 배우 겸 가수 줄리 앤드루스는 뮤지컬 영화 〈메리 포핀스〉로 아카데미상을 받았지만 그것을 다락방에 숨겨놓았다. 자신은 "그런 상을 받을 자격이 없다"는 생각 때문이었다.

어느 조사에서 CEO와 임원 116명을 조사한 결과, 한 가지 공통적인 두려움이 발견되었다. 자신이 그 자리에 앉기에 부족하다는 두려움이었다.

이러한 사례는 우리에게 중요한 진실을 지적해준다. 외부로부터 아무리 보상과 인정을 받아도, 이것으로 충분하다는 느낌을 얻는 데는 별 도움이 되지 않는다는 점이다. 세계적인 인기와 찬사, 아카데미상, 촉망받는 직함도 충분하다는 만족감을 안겨주지 않는다. 낡은 행복의 기준을 충족시키려 애를 써도 '이만하면 되었다'라는 만족감을 얻지 못한다. 그런 일은 절대 불가능하다. 카지노 도박과 비슷하다. 언제나 도박장이 이기게 되어 있다.

온갖 노력을 다하는데도 왜 여전히 부족하다고 느끼는 걸까? 낡은 행복의 핵심 관점에 당신이 아무리 노력해도 항상 뭔가가 부족하다는 메시지가 자리 잡고 있기 때문이다. 마음 깊은 곳에서 자신에게는 결함이 있고 고장이 났고 형편없는 사람이라고 느끼게 되는 것이 이 때문이다.

아직도 부족하다는 거짓말

세계관이 우리에게 제기하는 첫 번째 의문은 '나는 어떤 사람일까?'이다.

이 의문에 대한 낡은 행복의 답변은 '지금 당신에게는 뭔가가 부족하다'이다.

나는 매주 뉴해피 커뮤니티에서 서로의 안부를 확인하는 시간을 정해두고 저마다 도움이 필요한 부분을 털어놓게 한다. 몇 년 동안 이런 시간을 통해 수만 건의 메시지를 읽으면서 사람들이 어떤 문제로 애를 먹는지 많이 배웠다. 이 시간에 거듭거듭 되풀이해서 확인하는 문제들은 다음과 같았다.

"저는 부족해요."

"언제쯤 제가 가치 있는 사람으로 느껴질까요?"

"저에게 무슨 문제가 있는 것 같아요."

이쯤에서 이런 생각이 들지 모른다. '아직 부족하다고 느끼는 게 나뿐만이 아니라고?' 장담하는데, 당신만 그런 게 아니다. 사실 내

아무리 성취해도, 아무리 노력해도
나는 여전히 부족하다는 거짓말

가 부족하다고 여기는 마음은 모든 사람이 공감할 것이다.

이러한 믿음은 자신을 가혹하게 대하도록 내모는 주범이다. 우리는 낡은 행복의 가르침을 따라 지금까지 자신을 미워하며 스스로에게 벌을 주었다. 자신을 싫어한다는 말이 과장된 표현 같겠지만, 자신을 원수나 적처럼 대할 때가 얼마나 많은가? 그 증거로 당신이 마음속으로 하는 말을 찬찬히 생각해보자. 아마 다음과 비슷할 것이다.

"너는 바보야."

"너는 대체 왜 이러니?"

"뭐 하나 제대로 하는 게 없어!"

"네가 지금과 다르다면……."

머릿속에서 자꾸만 당신이 부족하다고 말하는 이 목소리는 진짜 당신의 것이 아니다. 당신이 아무리 노력해도 부족하다고 말하는 문화에서 자란 결과일 뿐이다. 당신을 족쇄처럼 감고 있는 낡은 행복을 풀어내는 것이 자신과 좋은 관계를 맺는 첫걸음인 이유가 여기에 있다. 일단 첫걸음을 내디뎌야 비로소 나는 있는 그대로 가치 있는 존재라는 사실을 알고 무조건적으로 자신을 수용할 수 있다.

나에게 점수 매기기를 그만두는 방법

낡은 행복은 우리의 가치가 지금까지 거둔 성과뿐 아니라 끊임없이 더 많은 성취를 이루는지 여부에 따라 결정된다고 믿게 해왔다. 낡은 행복이 주입시킨 것은 이뿐만이 아니다. 이러한 비인간적인 목표를 향해 나아가는 도중에도 끊임없이 스스로에게 점수를 매기며 다음과 같은 생각을 하게 만들었다.

'이번 프레젠테이션은 그저 그랬어.'
'그 업무 성과는 C 정도밖에 안 되겠네.'
'적어도 내가 제이크보다는 잘했을 거야.'

외부 기준에 따라 자신에게 점수를 매기는 일은 오래전부터 낡은 행복이 우리에게 사회화시킨 행동이다. 이 과정에서 우리는 사람으로서 자신의 가치를 규정할 때도 점수를 들이대게 되었다. 우리는 자신에게 점수를 매긴 후 그 숫자로 자신이 괜찮은 사람인지 형편없는 사람인지를(스포일러 주의: 우리는 언제나 형편없는 사람이다) 판단한다. 이런 비약은 정말 눈 깜빡할 사이에 일어난다. 다음과 같은 식이다.

'브라이언의 생일을 까먹다니, 난 정말 형편없는 사람이야.'
'어떻게 아이에게 그렇게 화를 낼 수 있지? 난 부모 자격이 없어.'

'보고서에 그런 실수를 하다니, 나는 정말 부족한가 봐.'

당신의 성과는 당신의 가치와 상관이 없다. 둘은 서로 무관하다. 자신에게 점수를 매길 때마다 당신은 스스로에게 아직 더 노력해야 하고, 아직 더 가져야 하고, 아직 부족하다는 메시지를 보내며 낡은 행복의 힘을 키워주고 있다.

앞으로는 지나치게 자책하는 자신을 발견하면 내가 '분리Breakup' 라고 이름 붙인 도구로, 당신의 성과와 가치를 떼어놓는 데 활용해 보자. 아래와 같이 두 문장으로 쪼개는 것이다.

'브라이언의 생일을 까먹다니 난 정말 형편없는 사람이야.'
'브라이언의 생일을 까먹었어. 난 정말 형편없는 사람이야.'

위의 문장은 사실이다. 아래 문장은 낡은 행복이 주입하는 거짓말이다. 아래 문장은 버리고 당신이 어떤 행동을 하든 여전히 가치 있는 사람이라고 인정하는 문장으로 바꾼다.

'브라이언의 생일을 까먹었어. 그래도 난 여전히 한 사람으로서 가치가 있어.'

이 방법은 인지행동치료의 최초 양식을 고안한 심리학자 앨버트 엘리스Albert Ellis가 1950년대에 제안한 것이다. 그는 한 가지 사건이

우리의 행동이 내가 어떤 사람인지를 규정하는 것은 아니다. 둘을 분리해서 생각하자.
당신이 어떻게 행동하든 당신은 언제나 가치 있는 존재다

나 행동으로 자신의 가치를 평가하는 일은 전적으로 비논리적일 뿐만 아니라 고통의 근원이 된다고 주장하며, 그 해법으로 무조건적인 자기수용을 제시했다. 더 잘하지 못하거나 다르게 행동하지 못해 아쉬운 마음이 들어도, 무조건 당신 자신을 있는 그대로 받아들이는 것이다.

이런 접근법은 다음과 같은 식으로도 활용할 수 있다.

'보고서를 작성하다가 실수를 했어. 그래도 내 가치가 나의 업무 실력에 따라 결정되지 않는다는 걸 알아.'
'멜리사에게 괜히 그런 말을 해서 상처를 줬어. 하지만 실수를 했어도 나는 괜찮은 사람이야.'
'오늘 할 일을 다 끝내지 못했어. 하지만 나는 최선을 다했어.'

어쩌면 이런 생각이 들지도 모른다. '그저 책임을 회피하려는 건 아닐까?' 사실은 그 반대다. '분리'하지 않으면 자신이 했던 실수나 힘들어서 고생하는 일이 자아상에 상당한 위협으로 느껴질 수 있다. 내가 한 실수가 나의 가치를 결정하는 것 같기 때문이다. 자신의 가치에 위기감을 느꼈던 때를 떠올려보자. 그때 어떻게 했는가? 나의 경우, 방어적인 태도를 취하면서 책망하고 비난하고 싶은 충동이 인다. 이런 상태에서 자신이 충분히 괜찮은 사람이라는 점을 증명하려고 애쓰다 보면 대개는 우리가 얼마나 우월한지 증명하려 노력하게 된다.

반면에 무슨 일이 있든 자신을 수용하면 이런 충동을 잠재울 수 있다. 한 연구에서 실험 참가자들에게 자신을 소개하는 동영상을 찍어달라고 부탁했다. 그런 다음 한 연구자가 그 동영상에 대해 긍정적이거나 부정적인 피드백을 주었다. 그랬더니 자신에게 더 수용적이고 온정적인 사람들이 그렇지 않은 사람들보다 훨씬 덜 방어적이었다.

자신의 가치가 안정되어 있으면 행동을 변화시키고 사과하고 배워야 하는 순간을 훨씬 더 쉽게 구분한다. 그 일은 하나의 사건일 뿐이며 그 일 때문에 한 인간으로서 나의 존재가 규정되는 건 아니라는 사실도 알게 된다.

'이번에 보고서에서 실수를 했네. 너무 서둘러 하느라 조급했던 탓이었어. 다음에는 전날 저녁부터 미리 시작해야지.'

'괜히 그런 말을 해서 멜리사에게 상처를 줬어. 내 말이 어떻게 들릴지 생각도 하지 않고 말을 내뱉었구나. 앞으로는 꼭 말하기 전에 잠깐 생각하는 시간을 갖자.'

'오늘 할 일을 다 끝내지 못했어. 업무가 너무 많았던 것 같아. 몇 가지 우선순위를 조절하는 게 낫지 않을까? 프로젝트 하나 정도는 다른 사람에게 부탁하는 방안을 고민해보자.

이런 접근법은 심지어 끈기를 키워주고, 그 결과 목표를 달성할 가능성도 높아진다. 한 연구에서 대학생들을 대상으로 두 가지 어휘 테스트를 진행했다. 첫 번째 테스트에서 대다수 학생이 낙제점을 받았다. 이후 일부 학생에게 자신을 친절하게 대하도록 상기시키는 메시지를 보여주었다. 이후 모든 학생에게 두 번째 테스트를 대비해 미리 공부할 시간을 주자, 메시지를 받은 참가자들이 그렇지 않은 참가자들보다 더 오래 공부했다.

자책하며 자기혐오에 빠져 있는 행동은 이제 그만두고, 다른 방식으로 반응하기를 선택하자. 자신의 행동에 책임을 지되, 자기 가치를 평가하는 태도는 논외로 하자.

날마다 자기 자신을 비난하는 순간이 생긴다. 그럴 때 분리 도구를 사용하면 이런 순간을 친절한 시간으로 바꿀 수 있다. 이 작은 방법으로 무슨 큰 변화가 일어날까 싶겠지만, 조금만 연습해보면 자기수용이 어느새 당신의 기본 반응이 되어 있을 것이다.

그런데 자신에게 점수를 매기는 행동에는 한 가지 짚고 넘어갈 중요한 의문점이 있다. 대체 어쩌다 이런 방식이 생겨난 걸까?

완벽한 자신의 횡포

10여 년 전의 어느 날이었다. 그날 나는 일하다가 실수를 저질러서 스스로를 심하게 자책했다. 나는 앉은 채 두 손으로 머리를 치며 말했다. "어휴, 어쩜 그렇게 멍청하니? 넌 최악이야!"

그러다 돌연 정신이 번쩍 들었다. 나 자신에게 이렇게 악평을 하는 사람이 누구지?

친구나 롤모델 같은 다른 누군가와 나 자신을 비교하는 게 아니었다. 과거의 자신과 비교하는 것도 아니었다. 비교 대상은 바로 내 머릿속에만 존재하는 완벽한 버전의 나였다. 말하자면 완벽한 자신perfect self인 셈이다.

이 깨달음이 내 세계를 뒤흔들었다. 이전까지만 해도 나는 이런 기준이 존재한다는 것도, 그 기준으로 나 자신에게 점수를 매기고 있다는 점도, 나 자신에 대한 스스로의 기대가 터무니없을 만큼 비현실적이라는 사실도 미처 모르고 있었다.

학교에서 A, B, C 따위로 등급을 매겨 채점을 하고 성적을 주었다면, 지금 우리가 저마다의 채점 기준으로 삼는 것은 완벽한 자신이다.

완벽한 자신은 낡은 행복의 문화에서 생겨난다. 개인주의에서 말하는 완벽한 자신은 언제나 강하고 독립적이며, 모든 것을 혼자 힘으로 해내고, 힘든 감정을 느끼지 않는 사람이다.

자본주의에서는 완벽한 자신이야말로 성공을 거두고, 경제 성장에 기여하고, '옳은' 길을 '옳은 방식'으로 따라가며, 당연한 얘기지만 언제나 생산적인 사람이라고 일깨운다. 우리는 불완전한 존재로서 자신의 문제를 해결해주겠다고 약속하는 수만 가지 상품과 서비스에 혹해 구매하고, 효과가 없으면 자신을 탓한다.

타인보다 우위에 서려는 지배 문화는 '옳은' 존재 방식을 규정한다. 작가이자 철학자인 오드리 로드Audre Lorde는 지배가 규정한 존재

완벽한 자신에 대한 끝없는 기대는
우리를 가두는 덫이나 다름없다

방식의 기준을 가리켜 백인에 시스젠더(생물학적 성과 성 정체성이 일치하는 사람-옮긴이)이고 이성애자이며 신체 건강하고 젊은 기독교 남성을 표방하는 '신화적 기준'이라고 일컬었다. 이러한 기준은 정상을 규정하는 일단의 기준으로 이용된다. 이런 특성을 갖추지 못하면 단지 당신의 존재 자체만으로 비인간화되는데, 이러한 양상은 세상과 교류할수록 더 강화된다. 우리 사회는 신화적 기준을 위해, 신화적 기준에 의해 세워졌기 때문이다. 미국 독립선언서에 명시되어 있는 '행복 추구권'조차 원래는 특정 집단의 사람들에게만 적용되었다.

마지막으로 짚어볼 문제는 우리가 이런저런 사람들과 섞여 지낸다는 점이다. 이에 따라 우리의 가족, 관계, 공동체, 문화가 우리에게 해야 할 일을 알려준다. 완벽주의 연구의 대표 주자라 할 수 있는 사이먼 셰리Simon Sherry의 말마따나 "완벽주의자 한 명을 키우기 위해서는 온 마을 사람들이 나서야" 하는 셈이다.

완벽한 자신은 우리가 행복해지기 위해 갖추어야 한다고 생각하는 저마다의 이상적인 자신이다. 이상적 자신은 그림자처럼 우리 옆을 조용히 붙어 다니며 기대에 미치지 못하는 점들을 일일이 상기시킨다. 남들은 다재다능해서 이것저것 다 하고 있다고, 남들은 완벽하게 해내고 있다고, 남들은 척척 잘하고 있다고.

완벽한 자신의 역할을 요약한, 다음과 같은 직무 기술서가 있다고 가정해보자.

구인 광고

담당 업무

- 있는 그대로의 자신을 숨기고 규정에 순응하기
- 상대하는 모든 사람을 만족시키기
- 21세 이전까지 세상을 변화시킬 만한 영향력을 발휘하기
- 아름답고 잘생긴 외모(주의사항: 사회적 미의 기준이 변하면 곧바로 외모를 바꿀 의향이 있는 사람을 이상적인 인재상으로 한다)
- 실수를 하거나 스트레스를 받거나 힘들어서 쩔쩔매는 경우가 없을 것

근무시간: 1년 365일, 주 7일, 하루 24시간

급여: 무급

성과는 분 단위로 평가하며, 뇌 이식 방식을 통한 실시간 피드백으로 전달함

기간 내 지원 바람

이 일자리에 지원하고 싶은가? 아닐 것이다. 만약 취직한다면 얼마나 일할 것 같은가? 당신의 일상에 어떤 영향을 줄 것 같은가?

여기서 잠깐 완벽한 자신의 24시간을 생각해보자.

- 매일 무엇을 하는가?

- 어떤 모습인가?
- 무엇을 가지고 있는가?
- 무엇을 성취했는가?
- 대인관계는 어떤가?

완벽한 자신이 머릿속에 명확하게 그려질수록 그 존재를 인정하기가 더 쉬워진다. 우리는 머리로는 이 완벽한 자아가 결코 이룰 수 없는 환상이라는 것을 안다. 하지만 직감은 그렇지 않다. 우리 중 상당수는 마음 깊은 곳에서 스스로를 좀 더 밀어붙여 열심히 노력하고, 한 사람만 더 만족시키면 결국 완벽함에 다다를 것이라고 생각한다. 심지어 그 완벽함을 계속 유지할 수 있는 비결을 찾을지도 모른다는 믿음도 가지고 있다.

완벽한 자신은 우리를 애태우는 가능성이기도 하다. 어느 날은 완벽한 자신에 가까워진 느낌이 들 수 있다. 기분이 아주 좋고, 마침내 인생을 이해한 것 같다. 그러다 다음 날 일을 망치거나 실수를 저지르면 심한 자책을 하며 스스로를 훨씬 더 강하게 밀어붙이기로 마음먹는다.

바로 이 시점에서 자기혐오가 싹튼다. 나와 내 머릿속의 완벽한 자아 사이를 가로막는 유일한 방해물이 바로 나 자신인 것 같기 때문이다. 조금만 더 열심히 하거나, 더 체계적이거나, 생산성을 향상시키는 기술에 통달하거나, 더 좋은 습관을 갖거나, 감정을 억제하거나, 지금처럼 힘들어하거나 예민하거나 감정적이거나 남들과 다르게 구는 행동을 그만둘 수 있다면, 완벽한 자신이 되어 마침내 행복해질 수 있을 것 같아 스스로가 미워진다.

완벽한 자신을 내려놓는 방법

2022년, 테일러 스위프트가 뉴욕대에서 명예 박사학위를 받으며 졸업식 연설을 했다. 그녀는 이 자리에서 우리가 스스로에게 점수를 매기면서 완벽한 자신을 꿈꾸는 나쁜 생각에 끊임없이 힘을 불어넣고 있다는 얘기를 했다.

> 십대 후반이 되었을 때 저에게 하나의 메시지가 새겨졌어요. 네가 실수하지 않으면 미국의 모든 아이들이 완벽한 천사로 자라겠지만 실수하면 전 지구가 지축에서 벗어날 것이고, 그건 전부 내 잘못이니 영원히 팝스타 감옥에 갇히게 될 것이라는 내용이었지요. 이 모든 게, 실수는 곧 실패와 다름없어서 궁극적으로는 행복하거나 보람 있는 삶을 누릴 기회를 잃게 된다는 생각에서 비롯된 것이었어요.

맞는 말이다. 연구를 통해 증명되었듯 완벽주의는 우울증, 사회적 단절, 자살 위험성 상승과 관련이 있다. 십대 후반 청소년들을 표본집단으로 한 어느 연구 결과, 완벽주의자가 스트레스를 받으면 면역체계에 이상이 생기고 이것이 건강 악화와 수명 단축의 원인이 될 수 있다는 점을 밝혀냈다. 40만 명 이상의 대학생을 대상으로 진행한 연구에서는 1989년부터 2016년 사이에 완벽함을 요구하는 사회적 압력이 33퍼센트 증가한 것으로 나타났다. 이 분야의 선도적 연구자들이 주장한 바에 따르면 세 명 중 한 명의 아이가 해로운 완벽주의를 가지고 있었다.

완벽한 자신을 추구하는 행위는 다른 사람들에게도 피해를 준다. 이런 굴레에 유독 강하게 얽매여 있는 사람들은 타인에게도 완벽함을 요구하거나 순응을 부추기거나 우월함을 내세워 지배하려 들기도 한다. 부모가 자식에게 완벽주의를 대물림할 수도 있다. 부모가 자녀의 실수에 책망과 더 높은 기대로 반응할수록 아이 역시 완벽주의자가 될 가능성이 높아진다.

완벽한 자신을 내려놓기 위해서는 가장 먼저 그 사실을 의식할 수 있어야 한다. 완벽한 자신은 다음과 같은 특정 지점에서 자주 드러난다.

- **인생에서의 역할**: 나는 완벽한 부모, 자녀, 전문가가 되어야 해.
- **목표**: 잘될 거라는 확신이 서지 않으면 아예 시작하지 않는 게 나아.
- **학교**: 올 A를 받지 못하면 나는 실패자가 되는 거야.
- **직장**: 내년엔 꼭 승진해야 해. 안 그러면 내 커리어는 끝이야.
- **가정**: 누가 집에 왔을 때 얼룩 한 점 없이 깨끗하게 해놓아야 해.
- **대인관계**: 완벽한 모습을 갖춰야 다른 사람들도 나를 사랑할 거야.

감정이 완벽한 자신의 존재를 각성시키기도 한다. 답답하거나 버겁거나 좌절하거나 울분이 치밀어오를 때는 주의를 기울이며 이렇게 자문해보자. '내 안의 완벽한 자아가 지금 나에게 어떤 행동이나 말이나 성취를 하라고 다그치고 있는 걸까?'

이번엔 내가 직접 겪은 사례를 소개하겠다. 이 책을 쓰던 중에 글이 막혀 쩔쩔맨 적이 있다. 몇 주 동안이나 이런 상태가 지속되고서야 사실상 내가 어떤 상태인지를 깨달았다.

- 내가 완벽하다면 이 책을 술술 써서 한 번 만에 완벽한 초고를 내놓을 테지.
- 당연히 나는 그렇게 하지 못해. 그래서 나를 수용하지 못했던 거야.
- 나는 이런 기준을 따라 나 자신에게 점수를 매겼어. '이 책을 잘 쓰지 못하는 나는 가치가 없다'고.
- 그 바람에 더 괴로워져서, 스트레스가 부쩍 늘고 사랑하는 가족들에게 짜증을 부리고 글은 전혀 진도가 나가지 않아 애를 먹었던 거야.

완벽한 자신이 의식될 때는 다음과 같이 하면 된다.

- **인정하기:** 완벽함이 행복을 가져다준다고 말하는 세상에서, 완벽한 자신은 나를 괴로움으로부터 보호하려는 대응 기제에 불과해. 마음속으로 또는 입 밖으로 소리 내어 이렇게 말해보자. '완벽한 나야, 네가 나를 도와주려고 그러는 건 알겠는데 실제로는 일을 더 힘들게

만들고 있어.'

- **통제권 되찾기:** '그런 말은 안 해줘도 돼. 이제 나는 행복해지기 위해 반드시 완벽해져야 하는 건 아니라는 사실을 아니까.'

이런 말을 많이 할수록 완벽한 자신은 더 조용해지고 평온함을 느끼게 된다.

완벽해지려고 안간힘을 쓰는 것은 사막에서 필사적인 갈증을 느끼는 상황과 같다. 환각이 어른거려 오아시스처럼 보이는 곳을 향해 비틀비틀 걸어가지만 아무리 걸어도 가까워지지 않는다. 완벽한 자신은 절대로 실현될 수 없는 환상에 불과하니까.

진정한 자신과 마주하기

완벽한 자신을 포기하려는 이유가 단지 그것이 불행의 원천이기 때문이어서는 안 된다. 기쁨의 원천인 진정한 자신을 수용하고 포용하지 못하도록 방해하기 때문이어야 한다.

모든 전통적인 문화권에서 일관되게 주장해온 낡은 행복식 조건 붙이기의 이면에는 누구 하나 예외 없이 애정과 유대감이 있는, 그리고 제법 괜찮은, 있는 그대로의 당신의 일면이 숨어 있다.

비교적 최근 들어 심리학계와 과학계에서 진정한 자신에 대한 연구를 진행하고 있다. 그중 흥미를 끄는 사례는 리처드 슈워츠Richard Schwartz 박사의 연구다. 슈워츠 박사는 '진정한 자신'이라는 개념을 기반으로 혁신적 심리치료인 내면가족체계치료Internal Family Systems를 개발했다. 그는 40년에 걸쳐 치료 활동을 이어오면서 모든 내담자가 진정한 자신을 가지고 있다는 사실을 발견했다. 누구나 자기 내면에 자리한 진정한 자신과 유대하면 지혜, 용기, 친절, 수용, 사랑 등 우리가 장점으로 여기는 여러 미덕을 쉽게 발휘할 수 있다.

이것이 당신의 진정한 자신이다. 당신에게는 태어날 때부터 진정한 자신이 있었다. 절대 잃을 수가 없다. 있는 그대로의 진정한 당신은 바꿀 필요도, 얻기 위해 뭔가를 이뤄야 할 필요도 없다. 있는 그대로의 당신을 가로막는 장애물을 제거하기만 하면 된다.

완벽한 자신을 내려놓을 때마다 진정한 자신을 가로막는 장애물을 제거하는 셈이다. 당신의 진정한 자신이 드러날 수 있게 길을 열어주어라. 이런 개념이 과격하게 느껴질 수 있다. 자신이 형편없다는 목소리에 세뇌된 사람일수록 특히 더할 것이다. 하지만 일단 시도하면 진정한 자신과 직접 연결되면서 본인의 장점을 경험할 수 있을 것이다. 다음과 같이 하면 된다.

1. 갈등, 괴로움, 지속되는 어려움 등 최근에 겪은 힘든 일을 떠올린다.
2. 힘들어서 쩔쩔매는 당신의 내면과 연결되는 모습을 상상한다.
3. 당신의 내면에게 '내가 네 곁에 있어', '정말 힘들겠구나'와 같은 말을 건넨다. 심호흡을 크게 하거나, 가슴에 손을 얹거나, 스스로를 안아주는 상상을 하는 것도 괜찮다. 어떻게 해야 할지 모르겠다면 같은 상

완벽한 자신으로부터 자유로워질 때 비로소 진정한 자신이 될 수 있다

황에서 친구에게 어떻게 해줄지 떠올려본다.

직접 해보면 두 가지를 느낄 수 있을 것이다. 고통에 시달리는 내면과 사랑을 보내는 내면이다. 둘 다 당신이지만 두 번째가 진정한 자신이다. 즉, 사랑과 도움을 주고 유대하기 위해 언제나 그 자리에 머물러 있는 당신의 일부다. 당신의 진정한 자신과 유대하면 '충분하지' 못하다는 생각이 부당하고 어이없게 다가온다. 자기 자신을 보라! 당신은 그야말로 경이로운 존재다.

당신은 충분하다

우리 대다수는 언젠가는 완벽한 사람이 되어 사랑받을 만한 가치를 지닐 것이라 믿는다. 그래서 자기 자신을 진정으로 사랑하기를 미룬다. 하지만 오늘이야말로 나 자신을 있는 그대로 수용하고 사랑하기로 결심할 수 있는 날이다.

우리는 불완전함이 '안 좋은' 것이라고 배워왔다. 사실, 불완전함이야말로 우리를 인간답게 해주고 이런 인간성이 선함의 근원이 되어 진정한 자신을 완성해준다. 불완전함과 인간은 떼려야 뗄 수 없는 관계다. 당신은 선하면서 불완전하다. 언제나 이 두 가지를 모두 가지고 있다. 당신은 장점도 있고 약점도 있다. 당신은 누군가에게 도움을 준 적도 있고 피해를 준 적도 있다. 성공한 적도 있고 실패한 적도 있다. 당신은 불완전하기에 있는 그대로 가치 있는 존재이며, 당신처럼 불완전하면서 가치 있는 다른 사람들과 더불어 살아가고 있다.

낡은 행복식 선함, 즉 완벽함을 추구하기 위해 애쓰다 보면 우리의 내면에 깃든 변치 않는 선함에 다가가지 못한다. 완벽한 존재가 되려고 애쓸수록 남들에게 당신의 선함을 나누어줄 시간은 줄어든다. 앞으로 차차 살펴보겠지만, 이런 나눔이야말로 당신이 가진 재능의 근원이다.

당신은 매일 자신에게 점수 매기는 행동을 중단하기를, 완벽한 자신을 내려놓고 진정한 자신과 유대하기를 선택할 수 있다. 이렇게 하다 보면 어느새 뉴해피의 세계관으로 옮겨가게 된다. '나는 정말 있는 그대로의 나로 충분하다'라는 점을 차차 깨달을 것이다.

핵심 포인트

- 나는 무언가가 부족하다는 메시지는 낡은 행복의 첫 번째 거짓말이다.
- '분리' 도구를 활용해 우리의 가치와 행동을 구분 짓자.
- 완벽한 자신이란 행복해지기 위해 갖추어야 할 것 같은 완벽하게 이상적인 자신의 모습이다. 우리는 끊임없이 완벽한 자신과 스스로를 비교한다.
- 완벽한 자신의 이미지를 자꾸 의식하게 된다면, 그 사실을 인정한 뒤 놓아준다.
- 완벽함을 내려놓을 때 진정한 자신과 연결된다. 다시 말해, 우리의 선하고 애정 있고 유대감 있는 본성과 연결된다.

5

두 번째 거짓말_ 이것만 갖추면 행복해질 거야

안드레 애거시Andre Agassi는 여덟 번의 그랜드 슬램을 달성한 능력 있는 테니스 선수다. 그는 자기 분야에서 일인자의 자리에 오른 후에 이렇게 말했다. “아무 느낌도 없었어요.”

아무 느낌도 없었다니.

내가 행복을 연구하던 시절 브랜디라는 여성과 대화를 나누었을 때, 그녀 역시 비슷한 이야기를 했다. 그녀는 15년간 연구에 매진한 끝에 맞이한 절정의 순간을 이렇게 설명했다. “박사학위를 받고 나서 명문대에서 종신 교수 코스를 밟다가 마침내 종신 재직권을 얻었죠. 그런데 정말 별 느낌이 없었어요. ‘이것을 위해 지금까지 그 모든 시간을 견딘 건가?’ 하는 생각만 들었어요.”

내 친구는 8년을 고생한 끝에 고대하던 변호사가 되었지만 그렇게 꿈꾸었던 일이 오히려 비참한 기분만 안겨주어 이제는 은퇴할 날을 기다리고 있다. 또 다른 친구는 일 때문에 세 번이나 번아웃을 겪고도 승진을 하면 행복해질 것이라는 확신을 여전히 버리지 못하고 있다.

당신도 이런 경험이 있을 것이다. 어떤 목표를 향해 온힘을 다해 매진하다가 마침내 그 목표를 이루었을 때, 한껏 들떴던 기분이 너무나 빨리 사라져 별 감흥이 없거나, 심지어는 불만족스러운 기분마저 들었던 경험 말이다.

성과라는 거짓말

세상이 우리에게 던지는 두 번째 의문은 '내가 해야 할 일은 무엇일까?'이다. 이에 대해 낡은 행복은 기대되는 성과를 달성해야 한다고 답한다.

당신은 당연한 것으로 여길지 모르지만, 당신에게는 놀라운 능력이 있다. 목표를 세우고 추진하는 능력이다. 당신은 자신을 위해 미래의 가능성을 상상하고 계획을 짜고 그대로 실행할 수 있는 능력을 갖추고 있다.

그런데 왜 우리 주변에는 애거시나 브랜디 같은 사람들이 이렇게 많을까? 어째서 그토록 대단한 상상력과 에너지를 쏟아 부으며

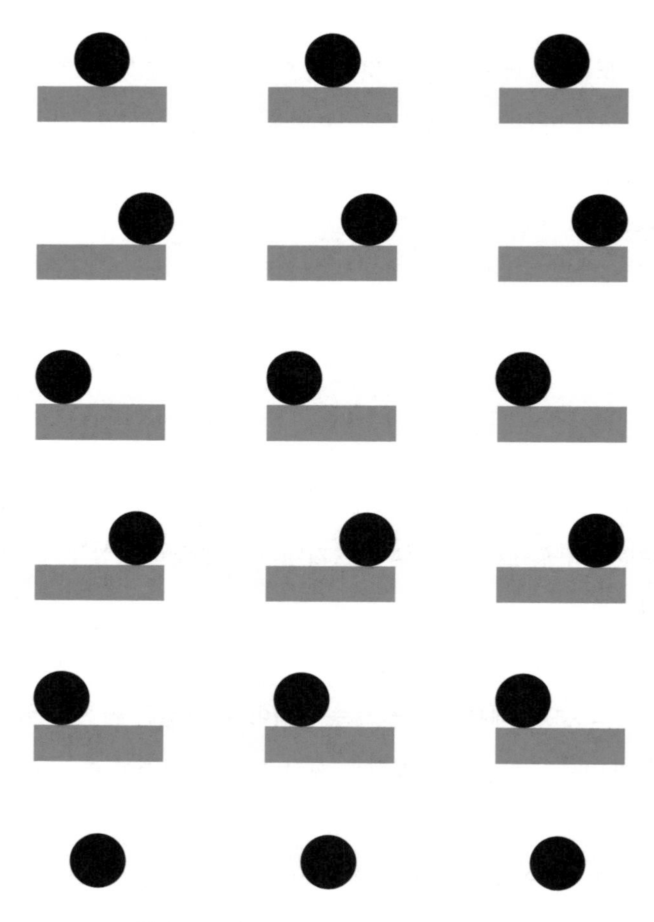

일단 목표를 달성하면 행복해질 거라는 거짓말

목표를 추구하고 난 뒤에…… 기대했던 감동을 느끼지 못할까?

40여 년 전, 두 심리학자 리처드 라이언Richard Ryan과 에드워드 데시Edward Deci가 만나 목표를 주제로 대화를 나누었다. 이 대화가 기폭제가 되어 두 사람은 수십 년 동안 협력하면서 수백 건의 연구를 진행했고, 마침내 자기결정이론(우리의 동기와 행동을 이해하는 심리학 이론으로, 외부의 보상이나 처벌이 아닌 내재적인 동기와 가치에 의해 행동이 결정된다고 주장하는 이론-옮긴이)을 정립하기에 이른다. 또한 두 사람의 연구에 공동으로 참여했던 켄 셸던Ken Sheldon과 팀 캐서Tim Kasser는 목표가 우리의 행복에 어떤 도움을 주는지 또는 방해하는지 자세히 밝혀냈다.

목표에는 두 가지 유형이 있다. 외재적 목표와 내재적 목표다.

외재적 목표는 외부의 인정과 보상을 얻는 것에 초점을 맞춘다. 낡은 행복이 주장하는 성과, 즉 우리가 행복해지기 위해 해야 한다고 믿는 일들을 중시한다. 다음이 외재적 목표의 가장 보편적인 사례다.

- **인기**: 많은 사람들에게 부러움과 추앙을 받기
- **순응**: 타인을 만족시키기
- **이미지**: 아름답고 잘생긴 외모
- **경제적 성공**: 부자 되기

이런 성과는 사실상 그 자체로는 행복을 가져다주지 않는다. 그런데도 우리가 이런 성과를 추구하는 이유는 이것을 가지면 어떤

식으로든 행복해질 것이라고 생각하기 때문이다.

중요한 것은 단지 당신이 추구하는 성과만이 아니다. 그 성과를 추구하는 내면의 이유도 중요하다. 많은 경우, 낡은 행복에 대한 믿음이 이러한 성과를 추구하도록 부추긴다.

- **완벽한 자신이 되어야 한다는 생각**: 이 대학에 합격해서 가치 있는 사람이 되어야 해.
- **다른 사람과의 경쟁**: 다들 이걸 가지려고 애를 쓰잖아.
- **보상이나 처벌**: 이걸 하지 않으면 부모님이 실망하실 거야.

우리는 평생 온라인상에 무수히 넘쳐나는 성공의 과시, 성취에 대한 찬사, 기대에 어긋날 경우 감당해야 하는 뒤탈 등을 토대로 한 행동 지침을 내재화하며 살아왔다.

애거시도 그랬다. 테니스 선수가 된 것은 그의 선택이 아니었다. 그가 갓난아기였을 때 올림픽 권투 선수였던 아버지는 아들을 세계 최고의 테니스 선수로 키우겠다고 공언했다. 아버지는 뒷마당에 테니스 코트를 만들고 애거시가 '드래곤'이라고 불렀던 테니스 공 자동 투척기도 설치했다. 애거시는 하루에 2,500개의 공을 치며 드래곤을 만족시켜야 했다. 그의 자서전을 읽어보면 그가 공을 치고 치고 또 쳤지만 아무리 노력해도 부족함을 느껴 괴로워했던 마음을 느낄 수 있다.

테니스 스타라는 지위는 낡은 행복의 성과였고, 애거시는 아무리 많은 우승을 차지하고 아무리 많은 찬사를 받고 아무리 많은 돈을 벌어도 만족감을 느끼지 못했다. 그 자신이 털어놓았듯 "테니스를 업으로 삼고 있지만 테니스가 정말 싫다. 오래전부터 남들은 모르겠지만 어두운 울화가 느껴질 만큼, 한결같이 싫었다."

당신이 추구했던 목표들을 되짚어보자. 혹시 그 목표들이…….

- 가족, 공동체, 사회가 당신 대신 정해준 목표는 아니었는가?
- 다른 사람이 이미 성취한 목표를 따라서 선택하지는 않았는가?
- 인생에서 이기는 듯한 기분이 들게 해주는 목표는 아니었는가?

그 목표를 이루면 어떨 것이라고 믿었는가?

- 내가 충분히 괜찮은 사람이라는 사실이 증명될 것이다.
- 인생의 다른 문제들은 모두 사라질 것이다.
- 마음의 여유가 생기거나 이제는 내 인생에서 정말 중요한 일을 할 수 있을 것이다.

그 목표를 달성하기 위해 노력하는 과정은 어땠는가?

- 나에게 중요한 취미, 인간관계, 건강, 가치관 등을 희생시켰는가?
- 특정 기간 내에 혹은 특정한 방식으로 목표를 이뤄야 한다는 압박감을 느꼈는가?

- 영문을 모른 채 점점 더 불행해지진 않았는가?

이 중 '그렇다'에 해당하는 질문이 있다면, 당신은 낡은 행복식 성과의 통제 하에 있다는 것이 어떤 기분인지 안다는 뜻이다.

외재적 목표가 우리를 행복하게 해주지 못하는 이유

외재적 목표와 그러한 목표가 눈앞에 흔들어대며 보여주는 것들에 마음이 혹하는 것은 정상이다. 사실 최근까지 〈더 뉴해피〉가 작동하는 구조를 알아내려 애를 쓴 것도 상을 받기 위한 일종의 경쟁이었다. 나는 결과가 나올 때까지 기다리는 동안 '우리가 상을 타면 좋겠어!'라는 희망을 품곤 했는데, 그럴 때면 곧바로 '이 상을 받으면 훨씬 더 행복해지겠지', '이 상을 타면 내가 한 일이 충분히 괜찮다는 증거가 되어줄 거야' 하는 생각이 꼬리를 물었다.

'……하면 행복해질 거야', '일단 ……하면'과 같은 생각은 낡은 행복이 머릿속에 들어와 있다는 암시나 다름없다. 이런 순간에는 이름 붙이기의 힘을 붙잡아야 한다. 스스로에게 이렇게 말하자. '그건 낡은 행복의 목소리이지 내 목소리가 아니야.' 나도 그렇게 했다. 친구에게 문자를 보내 나의 상태를 털어놓으면 안개가 걷히는 데 도움이 되었다.

외재적 목표는 마음을 혹하게 할 수는 있어도 결코 행복을 가져다주지는 않는다. 그럴 수가 없다. 우리의 근본적 필요성을 채워주지 않기 때문이다. 여러 광범위한 연구를 통해 밝혀졌듯 외재적 목표는 다음과 같은 식으로 오히려 불행을 초래할 가능성이 더 높다.

- 불안, 우울증 등 심신의 건강 악화
- 삶의 만족도 저하
- 대인관계의 질 저하
- 긍정적 감정을 느끼는 빈도 저하
- 자신감 저하
- 스트레스 증가

게다가 뜻밖의 아이러니지만 연구를 통해 밝혀진 바에 따르면 외재적 목표를 추구하는 사람들이 목표를 성취할 가능성이 더 낮았다. 또한 외재적 목표를 진심으로 성취하고 싶어 정말 열심히 노력하고 성공하더라도 충족감을 얻지는 못했다.

2014년에 변호사 두 그룹을 비교 관찰하는 연구가 진행되었다. 첫 번째 그룹은 고액의 연봉을 통해 경제적 성공이라는 외재적 목표를 추구하는 변호사들이었고 두 번째 그룹은 사회에 변화를 일으키는 데 중점을 두고 연봉은 낮지만 비영리 단체나 지속가능성 부문, 사회봉사 영역 등에서 의미 있는 일을 하겠다고 선택한 변호사들이었다. 조사 결과, 첫 번째 그룹의 변호사들은 '원했던' 것을 얻고 있었지만 두 번째 그룹의 변호사들이 더 건강하고 행복 지수도 높게 나타났다.

외재적 목표 추구는 세상이 곧 경쟁터라는 생각을 더 부추기기 때문에 낡은 행복의 세계관을 더 강화시킨다. 돈, 인기, 지위는 갖기 위해 싸워야 하는 희소한 대상으로 여겨진다. 그래서 언제나 더 열심히 노력하고, 더 밀어붙이고, 더 분발해야 한다. 혹시라도 누군가가 나의 파이를 가져갈 경우를 대비해 주변 사람들에게서 눈을 떼선 안 된다. 당신이 이룬 성취를 상대방과 비교해서 자신이 훨씬 더 뛰어나다는 증거로 삼는다. 이러한 사고방식은 '생각하는 대로 이루어진다'라는 예언이 되어 경쟁을 더 가열시킨다. 연구로도 증명되었듯 대인관계에서 만족감이 더 낮은 사람과 외재적 목표가 연관되는 것도 끊임없는 비교 때문이다.

요약하자면, 성과를 추구하면 할수록 그러한 행동에서 행복을 느낄 가능성과 성과를 얻을 가능성은 오히려 더 낮아지며, 어렵사리 성과를 내더라도 행복해지지 못한다. 이 얼마나 끔찍한 거래인가! 구멍 뚫린 양동이를 채우려고 애쓰는 것과 같다. 아무리 여러 번 채워도 양동이는 다시 비어버린다.

나는 성과에 대해 살펴볼 때마다 이런 생각이 든다. 우리가 여전히, 아주 결연한 의지를 가지고 높은 성과를 추구한다는 사실이야말로 우리가 얼마나 절실하게 행복해지고 싶어 하는지를 보여주는 증거라는 생각 말이다. 우리는 미래의 나를 행복하게 해줄 것이라고 믿는 무언가를 위해 현재의 고통을 기꺼이 감수한다. 하지만 어떠한 고통을 견디더라도 끝내 행복해지지 않는다는 점을 고려하면 정말 끔찍한 일이다.

내재적 목표는 그 과정에서 기쁨을 가져다준다

이번엔 다른 테니스 선수인 로저 페더러Roger Federer를 살펴보자. 스무 번의 그랜드 슬램을 석권해 역대 통산 3위를 기록한 페더러가 스포츠 세계에 들어서게 된 계기는 애거시와 사뭇 달랐다.

페더러는 어릴 때부터 스포츠를 아주 좋아했고 특히 축구와 테니스를 즐기다가 열한 살 때 테니스에 집중하기로 결심했다. 팀 스포츠보다 개인 스포츠를 좋아했던 이유가 결정적이었다. 진로를 진정성 있게 선택했고 그 이후로 모두가 아는 대로 스포츠계의 역사를 써나갔다.

이것이 두 번째 유형인 내재적 목표이다. 내재적 목표의 주된 특징은 다음과 같다.

- **안전**: 안정감을 느끼면서 자신과 사랑하는 가족을 부양하기
- **건강**: 신체적, 정신적 건강을 관리하기
- **자기수용**: 자신을 사랑할 줄 알기
- **발전**: 변화할 수 있는 방법을 찾기
- **유대**: 긍정적인 대인관계를 유지하기
- **공동체**: 한 집단의 일원이 되어 타인에게 도움을 주기

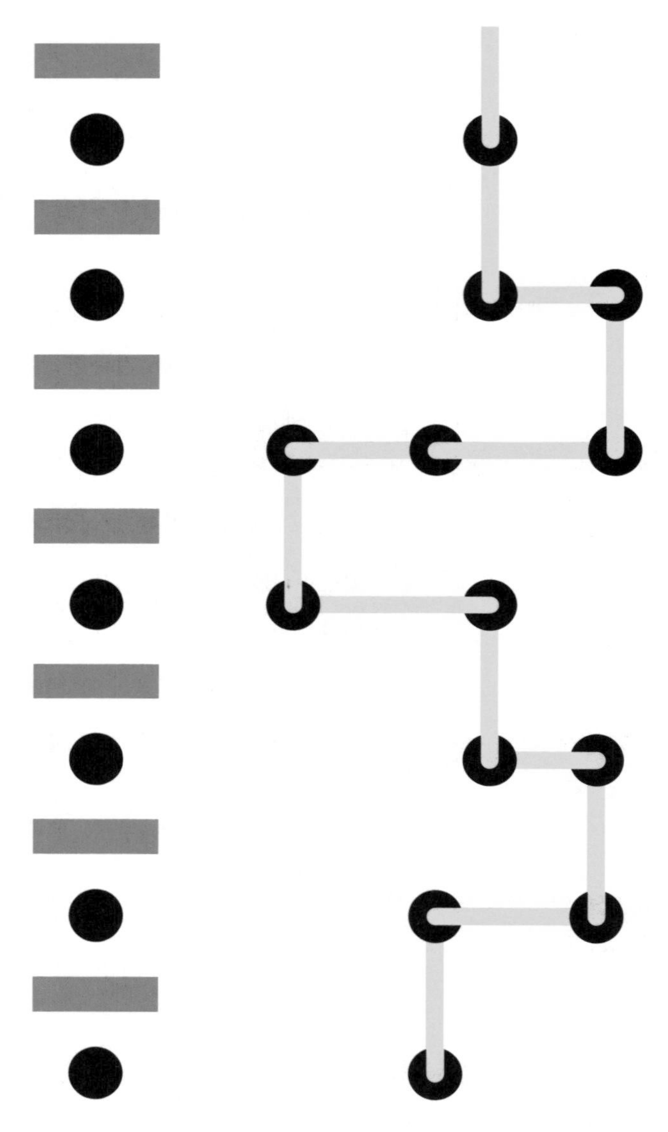

내재적 목표는 내면에서 비롯되는 만큼,
목표를 향해 나아가는 과정에도 기쁨을 가져다준다

연구로도 증명되었듯 내재적 목표는 외재적 목표와 극명한 대비를 이루며 당신을 더 행복하게 해준다. 내재적 목표를 추구하면 당신 고유의 필요성이 충족되어 목표를 추구하는 과정이 즐겁고 의미를 느끼며 만족감을 얻는다. 심지어 목표를 성취하는 마지막 순간만이 아니라 추구하는 과정에서도 말이다.

페더러가 바로 이런 사례에 해당한다. 그는 2016년에 진행한 어느 인터뷰에서 이렇게 말했다. "저는 테니스 자체가 너무너무 좋아서 더 이상 우승하지 않아도 상관없어요."

낡은 행복의 자율주행 모드를 끄는 방법

자율주행 장치는 인간은 뒤로 편안히 기대어 앉고 기계가 알아서 차량의 방향과 속도를 제어하도록 설계한 장치다. 원래 자율주행 장치는 운전자가 운전을 할 때 더 복잡한 요소에 집중하고 주변을 덜 신경 쓰게 해주려는 용도로 개발되었다.

낡은 행복은 우리 모두를 자율주행 모드로 살게 한다. 우리를 외재적 목표로 이끌며 우리의 속도를 통제한다. 더, 더, 더 빨리 하도록 재촉한다. 우리는 낡은 행동이 이끄는 대로 따라가는데도 불행한 느낌이 드는 것에 어리둥절해한다. '지금 제대로 하고 있잖아! 그런데 왜 아직도 행복해지지 않는 거야?'

낡은 행복의 자율주행 모드는 더 큰 그림에 집중하게 해주기는

커녕 다른 곳으로 주의를 흩트러뜨린다. 자율주행 모드로 있으면 한 발짝 뒤로 물러나 '지금 내가 하는 일이 사실상 나에게 도움이 되는 일일까?'라고 자문하기가 상당히 힘들어질 수 있다.

한 연구팀이 대학생들에게 스스로 세운 목표들을 적으라고 요청했다. 연구팀은 이 요청이 무비판적이고 열린 질문 형식이었던 점을 근거로, 학생들이 작성한 모든 목표가 자유롭게 선택한 내용일 것이라고 추정했다. 이후에 학생들에게 직접 작성한 목표들을 다시 살펴보며 각 항목별로 실천하는 데 압박감을 느끼는지 정말 진심으로 하고 싶은 일인지 구별하도록 요청했다. 상당수 학생들은 거리를 두고 생각해보니 자신이 적었던 목표 대다수가 외재적 목표였다고 인정했다. 이것이 자율주행 모드가 작동하는 방식이다. 아무것도 없는 백지 상태, 무비판적인 상태에서도 당신의 희망과 꿈은 온전한 당신 자신의 것이 아니다.

하지만 자율주행 시스템이 그렇듯 당신은 언제라도 통제권을 되찾을 수 있다. 언제든 당신이 운전대를 잡고 책임을 질 수 있다. 이 삶은 당신의 것이다. 자율주행 모드가 당신 대신 운전하도록 내버려두면 안 된다. 당신이 자신을 위해 세우는 목표는 중요하다. 바로 그 목표들이 당신의 매일매일의 감정, 경험, 대인관계에 영향을 미치고 한 인간으로서의 꾸준한 발전을 결정지으며, 당신의 인생 경로를 이끌 것이다.

이번에는 자율주행 모드에서 벗어나는 데 도움이 되는, 검증된 몇 가지 간단한 방법을 소개하겠다.

정해진 경로를 따르지 말자. 내면을 들여다보며 자신에게 중요한 것을 따르자

현재의 목적지를 살펴보기

우선 종이 한 장을 준비해 크든 작든 현재의 목표를 전부 적는다. 잠시 후 그 종이를 훑어보며 목록 중 진짜로 당신 자신의 목표처럼 느껴지는 것에 동그라미를 친다. 이렇게 구별한 목표는 아마 다음과 같을 것이다.

- 건강 관리에 더 신경 쓰기
- 승진하기
- 집안 정리정돈
- 성과급 받기
- 친구, 가족들과 더 많은 시간을 보내기
- 마라톤 하기

어떤 목표가 진짜에 해당하는지 잘 모르겠다면 그 목표를 실천하는 과정도 행복할지, 아니면 결과를 성취하는 마지막 순간에만 행복할지 생각해보자. '성과급 받기'는 결과를 중시하는 목표에 해당되고 '가족, 친구들과 더 많은 시간을 보내기'는 과정을 중시하는 목표이다.

각각의 목표를 적는 방식도 단서가 되어준다. '승진하기'는 외부적 인정을 중시하는 것이기 때문에 낡은 행복식 성과다. '승진을 준비하면서 내 전문성을 개발하기'나 '승진할 준비를 하면서 리더십을 기르기'처럼 새로운 관점으로 생각하는 것이 좋다.

자율주행 모드에서 벗어난 애거시는 "내가 내 삶을 선택하지 않았다고 해서 인생의 소유권을 가져오지 못하는 건 아니다"라며 자신을 위해 또 다른 목표들을 세웠다. 8학년 때 학교를 중퇴한 그는 아이들에게 교육받을 기회를 제공하는 일에 큰 관심을 갖고 있던 차에, 스물넷이 되었을 무렵 고향인 라스베이거스에 첫 차터 스쿨(공적 자금을 받아 교사·부모·지역단체 등이 설립하는 학교-옮긴이)을 열었다. 이러한 활동은 이후로도 계속되어 재단 설립으로 확대되었고 해마다 6만 5,000명의 아이들이 배움의 기회를 얻을 수 있었다.

가고 싶은 방향을 결정하기

당신의 자율주행 모드가 한동안 켜져 있었다면 끌 때 조금은 길을 잃은 느낌이 드는 것이 정상이다. '내가 원하는 게 뭘까?'를 자문하는 것이 부담스럽게 느껴질 수도 있다.

당신이 정말 하고 싶거나 즐기거나 오래전부터 호기심을 가졌던 일을 자신에게 선물해주면 어떨까? 당신만의 독자적인 희망과 꿈은 중요하며, 무작위적이지 않다. 오히려 당신의 행복을 열어줄 중요한 열쇠다. 잠깐 멈춰서 자신에게 정말 중요하고 의미 있는 일을 목표로 삼을 수 있도록 기회를 주자. 스스로에게 이렇게 말해주어라. '최고의 목표는 그것을 실천하는 과정에서 나에게 기쁨을 가져다주는

목표야.'

당신을 행복하게 해주는 목표는 대체로 세 가지 동기가 내재되어 있다. 첫째, 선천적으로 흥미나 재미를 느끼거나 둘째, 당신에게 개인적으로 중요하거나 셋째, 당신의 가치관을 반영하는 목표다. 5킬로미터 마라톤을 준비하거나 저축을 하겠다는 목표가 인생에서 최고로 즐거운 일은 아닐 테지만, 그럼에도 이러한 목표가 당신의 건강한 삶에 일정 부분 기여할 수 있는 이유는 세 가지 동기가 내재되어 있기 때문이다.

당신이 이루고 싶은 목표 몇 가지를 떠올려보자. 지금 소개하는 예시를 참고하기를 권한다. 단, 자신에게 잘 맞다고 느끼는 목표를 선택하는 것이 무엇보다 중요하다.

- **안전**: 비상금을 저축해두고 싶어.
- **건강**: 친구들과 하프 마라톤에 참가해야지.
- **자기수용**: 이제부터는 싫을 땐 '싫다'라는 말을 더 자주 하자.
- **발전**: 바이올린을 배우고 싶어.
- **유대**: 금요일마다 퇴근길에 아빠에게 전화를 걸어야지.
- **공동체**: 내 재능을 기부할 수 있는 비영리 단체를 찾아보고 싶어.

확신이 들지 않는다면 언제든 유용하고 간단하게 상기하는 방법이 있다. 한 연구에서 밝혀냈다시피 '마음을 따라가라'거나 '직감을 믿어라'와 같은 메시지를 떠올리면 자율주행 모드를 끄고 내재적 목표를 세우는 데 도움이 된다.

신기하게도 기쁨과 의미를 느끼는 것을 인생의 직접적인 목표로 삼는 사람들이 결국엔 성공하는 경우가 많다. 페더러가 대표적인 예다. 프레드 로저스도 이런 현상과 관련해서 다음과 같이 말했다. "수년간 성공한 사람들을 만나면서 가장 기억에 남는 점은, 이들은 자신이 하는 일을 즐기는 티가 뚜렷하다는 것이다. 이들의 즐거움은 세속적 성공과는 거의 무관해 보인다. 이런 사람들은 정말로 자신의 일을 사랑한다. 무엇보다도 그 일을 진심으로 사랑한다."

진정성 있는 행동을 하기

많은 광고에서 비포before와 애프터after 사진을 보여준다. 낡은 행복이 주장하는 성취도 이런 이미지를 심어준다. 왼쪽에는 당신의 부족한 비포를, 오른쪽에는 완벽한 성취를 이룬 당신의 애프터를 놓고 비교한다.

비포: 글이 안 써져서 텅 빈 모니터를 멀뚱히 보고 있는 나
애프터: 〈뉴욕타임스〉 1면에 칼럼을 싣는 나

비포: 재미도 보람도 없는 따분한 일을 하며 회사에서 아무 존재감도 느끼지 못하는 나

애프터: 핵심 인재로서 팀을 잘 이끄는 나

비포: 피곤에 지쳐 소파에 널브러진 나

애프터: 마라톤 완주 후 목에 메달을 건 채 활짝 웃는 나

이런 식의 비교는 애프터 상황을 열망하며 현실을 미워하도록 내몬다. 그리고 비포 상황에 처한 자신을 미워하며 완벽한 본인에게 더 집착하게 만든다. 애거시의 불행이 그에게 강요되었던 애프터 이미지, 즉 역사상 가장 성공한 테니스 선수라는 이미지에서 비롯되었음을 잊지 말자.

행복은 미래에 있지 않다. 영원히 우리를 행복하게 해줄 나중의 성취 같은 건 없다. 물론 자신의 미래를 위한 목표나 비전을 고민하는 일은 중요하다. 하지만 뉴해피의 목표는 애프터 이미지를 갖는 것과 다르다. 이미지 자체가 없다. 따스함이나 희망이나 목적 같은 저마다의 느낌이 있을 뿐이다.

애프터 이미지를 갈망할 것이 아니라 지금 이 순간 찍을 수 있는 스냅 사진, 오늘 할 수 있는 진정성 있는 행동에 집중하자.

- 이 주제에 대해 나는 뭘 쓰고 싶은 걸까?
- 오늘 동료에게 도움을 줄 수 있는 한 가지 방법을 찾아보자
- 조만간 열릴 마라톤에 참가하면 기분이 정말 끝내줄 거야

행복은 의미 있고 즐겁고 충족감을 주는 일을 함으로써 지금 여기에서 발견하는 것이다. 진정성 있는 행동은 단기적으로는 만족감을 안겨주고 장기적으로는 의미 있는 가치를 쌓아가게 해준다. 페더러의 기쁨도 이런 행동에서 비롯되었다. 테니스 자체에 대한 애정으로 운동을 하면서 보낸 하루하루의 스냅 사진이 기쁨의 원천이 되었다.

이제부터는 특정한 이미지를 좇으며 계획을 구상하는 자신을 발견할 때, 지금 이 순간으로 당신 자신을 끌어당겨라. 오늘 할 수 있는 진정성 있는 행동은 무엇인지 생각해보자. 글쓰기, 옆자리 동료를 돕기, 운동화 끈 동여매기 등이 될 수도 있다.

이러한 진정성 있는 행동이야말로 지금 이 순간의 행복을 발견하도록 도와준다. 게다가 이 정도로 끝나지도 않는다.

외재적·내재적 목표를 다루는 연구에서 단 한 번의 예외 없이 근거로 삼는 기준이 있다. 앞에서 살펴본 바로 그 깨달음, 즉 진정한 자신의 선함을 발견하는 것이다.

당신 내면에 있는 진정한 자신은 행복해지기 위해 무엇이 필요한지를 정확히 알고 있고, 그것을 추구하려는 의욕도 대단하다. 일단 진정한 자신을 활용하면 다시는 '어떻게 해야 더 의욕을 낼 수 있을까?'를 고민할 필요가 없어진다. 자신의 발전을 북돋우고 기분을 좋게 해줄 만한, 진정성 있는 자신만의 고유한 행동을 본능적으로 취하게 되어 있다.

당신의 진정한 본성을 발견하게 해줄 요소가 더 필요하다면, 목표를 지칭하는 두 가지 용어를 생각해보자.

먼저 외재적extrinsic이라는 단어의 어원은 프랑스어 extrinsèque이다. '본질이나 내적 본성이 아닌'이라는 뜻이다. 외재적 목표는 진정한 당신과 일치하지 않는다. 진정한 당신의 필요성을 충족시켜주지 못하기 때문이다. 이것이 외재적 목표가 당신을 행복하게 해주지 못하는 이유다. 물론 당신이 외재적 목표를 원할 수도 있지만, 외재적 욕구는 핵심에 가닿지 못하기에 지속적이고 충만한 행복을 가져다주지는 않는다.

반면 내재적intrinsic이라는 단어는 내부, 내면을 뜻한다. 내재적 목표는 진정한 당신과 일치하면서 당신의 필요성을 채워준다. 우리에게 가장 중요한 필요성은 유대, 나눔, 기여, 발전, 사랑하고 사랑받기, 진정한 자신이 되어 안전한 세상에서 사는 것이다. 이것이 선한 삶이 아니라면 어떤 삶이 선한 삶인가?

폴란드의 심리학자 카지미에시 다브로프스키Kazimierz Dąbrowski는 "진정성은 우리의 더 숭고한 본성에 다가가려는 갈망"이라고 말했다. 뉴해피가 제안하는 목표를 추구하면 이런 갈망이 일어나 진정한 자신과 당신 내면의 선함에 집중하게 된다.

진정성 있는 행동을 할 때마다 당신은 진정한 자신과 연결되어 본인의 세계를 점점 더 확장시킬 수 있다. 진정성 있는 행동은 점점 더 자기 자신이 되게 해준다. 이것이 뉴해피가 내포하는 진짜 힘이다.

목표를 세우고 결정할 때 다음과 같은 관점을 활용해보자.

- **선택할 때**: 어떤 선택이 나를 더 나답게 해줄지 자문한다

지금 행동한다면 당신은 되어 마땅한 바로 그 사람이 될 것이다

- **목표를 세울 때:** 이 목표가 진정한 나를 찾는 데 필요할지 자문한다
- **하루를 계획할 때:** 오늘 한 가지 일을 한다면 무엇이 좋을지 자문한다

우리를 가장 행복하게 해주는 것은 '어딘가에 다다르는 것'이 아니다. 우리를 행복하게 해주는 것은 진정한 자신과 일치하여 행동하는 것이다. 당신의 행동이 곧 당신의 행복이다. 진부하게 들리겠지만 행복의 본질은 여정에 있다. 다만, 그 여정이 어딘가에 다다르는 여정은 아니다. 그보다는 진정한 자기 자신이 되어가는 과정이다.

행동은 목적을 위한 수단이 아니라, 그 자체로 목적이다. 당신 자신이 되어가는 방법이다. 삶을 이루어주는 과정이다. 우리가 행복을 발견하는 요소이다.

핵심 포인트

- 낡은 행복의 두 번째 거짓말은 특정한 목표를 달성하면 행복해질 것이라는 말이다. 하지만 이런 목표는 외재적이어서 결코 행복을 가져다주지 않는다. 심지어 해롭기까지 하다.
- 낡은 행복은 우리를 자율주행 모드로 둔 채 각자에게 해가 되는 목표에 다가가도록 이끈다. 원하는 목표를 적은 다음 당신에게 정말로 중요한 목표가 무엇인지 가려내어 자율주행 모드를 끄자.
- 목표를 세울 때는 내재적이면서도 자신의 필요성을 충족시켜주는 뉴해피식 목표에 주력하자. 그러면 진정성 있는 행동이 가져다주는 기쁨을 느끼는 동시에 의미 있는 목표를 지향하는 데 도움이 된다.
- 뉴해피식 목표를 추구할수록 진정한 자신과 유대할 수 있고, 진정한 자신을 더 확장시킬 수 있다.

6

세 번째 거짓말_
세상은 혼자 살아가는 거야

2억 5,000만 년 이전인 고생대 말기에는 지구의 모든 육지가 연결되어 판게아라는 초대륙을 이루고 있었다.

트라이아스기 말기에 이르자 텍토닉 플레이트(판상을 이루어 움직이는 지각의 표층-옮긴이)가 이동하면서 판게아가 쪼개지기 시작했다. 분리된 땅덩어리들은 한 번에 몇 밀리미터씩 떠밀려 흘러갔다. 이렇게 수백만 년에 걸쳐 판게아가 두 개로 분리되면서 로라시아 대륙과 곤드와나 대륙이 생겼다. 그 후로도 또다시 분리가 일어나 현재 우리가 아는 대륙이 완성되었다.

지금 우리는 각각의 대륙을 독자적이고 별개인 땅으로 인식한다. 하지만 과거에도 항상 이랬던 것은 아니다. 플로리다주는 세네갈과

기니 옆으로 들어가 있었고, 캐나다 노바스코샤와 모로코는 서로 나란히 자리하고 있었다.

낡은 행복의 문화는 판게아를 쪼갰던 텍토닉 플레이트의 이동같이 굴면서, 한때 이어져 있었던 것들을 갈라놓고 있다. 심리적 거리로 보면, 우리는 그 어느 때보다 서로에게서 멀리 떨어져 있다. 우리는 행복을 위해 가장 중요한 단 하나의 요소를 잊어버렸다. 바로 우리가 연결되어 있다는 의식이다.

서로가 별개라는 거짓말

세계관이 던지는 세 번째 의문은 '나는 다른 사람들과 어떻게 연결되어 있을까?'이다.

낡은 행복은 이에 대해 '당신은 누구와도 연결되어 있지 않아'라고 답한다.

당신은 한 인간으로서 주변 사람들, 당신이 속한 공동체, 이 세계와 별개라고 들어왔다. 세상은 '나'와 '나 이외의 모든 사람'으로 나뉜다는 것이다.

이런 믿음은 우리의 세계관에 아주 깊게 뿌리 박혀 있다. 얼핏 생각하면, 정말로 나 자신은 다른 사람들과 완전히 별개인 것 같다. 나는 타인과 전혀 다른 몸을 가지고 있다. 그렇지 않은가? 우리에게는 저마다의 개인적인 생각이 있고 나름의 감정이 있다. 당신이라는

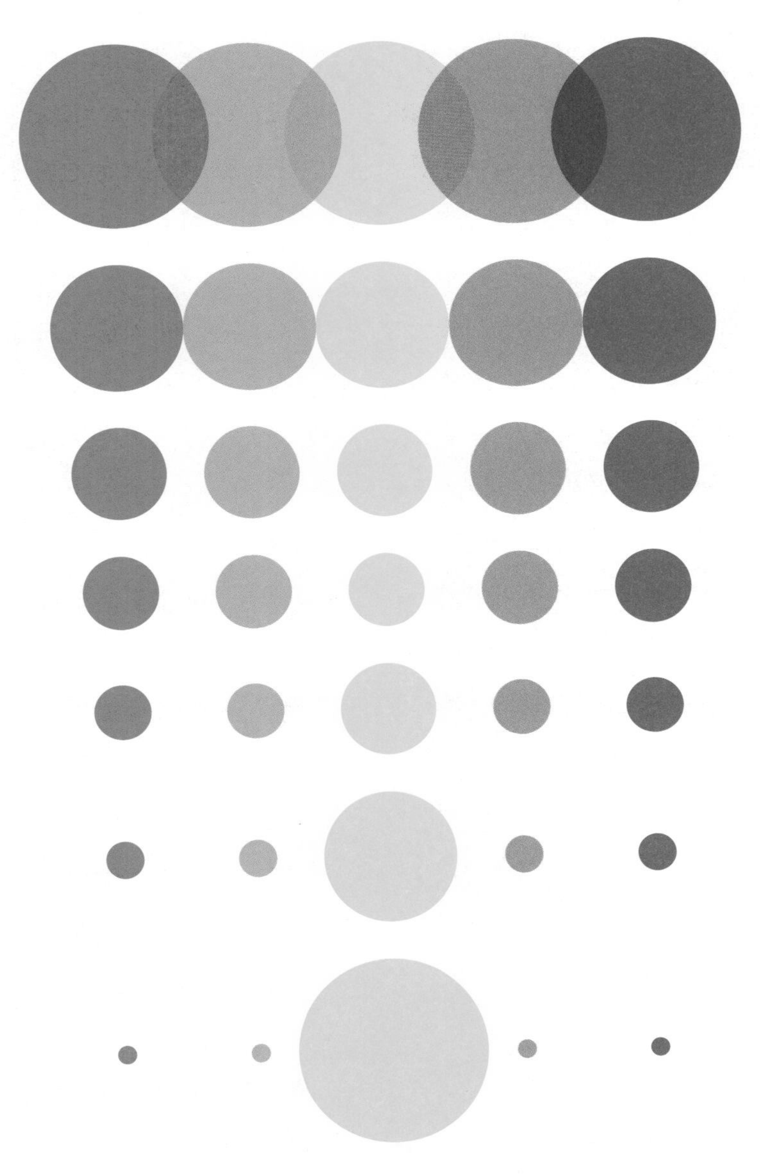

당신은 혼자이며, 남들보다 훨씬 더 중요한 존재라는 거짓말

고유한 존재의 필요성과, 당신만의 소망과 꿈도 가지고 있다.

다 맞다. 그런데 이것은 그림의 일부만 보고 하는 말이다. 1624년에 시인 존 돈John Donne이 런던에서 발진티푸스로 앓아누운 상태에서 쓴 글처럼 "사람은 누구도 그 자체로 온전한 섬이 아니다."

하지만 우리는 일부의 시각으로 자기 자신을 바라보도록 배워왔다. 두 심리학자 헤이즐 로즈 마커스Hazel Rose Markus와 시노부 기타야마Shinobu Kitayama는 독창적인 논문을 통해 우리가 자기 자신을 바라보는 방식은 각자가 속해 있는 문화권의 영향을 크게 받는다고 주장했다. 개인주의 문화에서 자란 사람들이 자신을 바라보는 시각은 집단주의 문화에서 자란 사람들과는 완전히 다르다.

우리는 성취, 독자성, 혼자 힘으로 문제를 해결하기와 같이 개인주의적 이상을 높이 평가하는 관점으로 자신의 가치를 판단하도록 배운다. 자신을 평가할 때 '나는 머리가 좋아', '나는 성공했어', '나는 운동을 잘해'와 같이 자신이 얼마나 특별하고 남들과 다른지 설명하는 표현을 쓴다. 불교 철학자 앨런 왓츠Alan Watts는 이런 면에 대해 우리에게는 자신을 '지극히 개인적인 에고(skin-encapsulated ego, 직역하자면 '살가죽 안에 완전히 밀폐된 에고'로 '다른 모든 것과 철저히 분리되어 있다는 의식'을 의미한다-옮긴이)'로 생각하는 경향이 있다고 표현했다.

시인 T.S.엘리엇은 단테의 《지옥편》 서문에서 "지옥은 어떤 연결도 없이 따로따로인 곳"이라고 썼다. 서로가 별개라는 거짓말은 우리의 세상을 저마다의 지옥으로 바꿔놓았다.

우리는 자신과 연결되어 있는 대상에게 관심을 갖는다. 남들과 분리되어 있으면 자기 자신 외에는 그 누구에게도, 그 무엇에도 관심을 가질 필요가 없다. 심지어 아프거나 힘들어 쩔쩔매는 친구나 친척이 당신의 개인적인 목표에 지장을 줄 만한 존재가 될 경우, 가장 가까운 유대감조차 느슨해질 수 있다. 길거리에서 잠든 사람이 있어도 본 체 만 체 그냥 돌아선다. 지구 온난화로 먼 나라에 악영향을 미쳐도 그보다 기름을 왕창 잡아먹는 자동차로 출근하는 일이 더 중요한 관심사가 된다.

이러한 현상은 결과적으로 모든 사람이 자신을 혼자라고 인식하게 하는 문화를 야기한다. 사람들은 남들에게 미칠 영향은 나 몰라라 한 채, 마음 내킬 때마다 자신이 하고 싶은 대로 행동한다. 서로에게 별개인 존재로 살다 보면 타인에게 맞추기보다는 남들과 맞서 싸우게 된다. 그 결과 사람들을 이용하고 나서 내팽개치거나, 목적을 위한 수단으로 바라보는 세상이 되었다. 그 무엇도 공유하지 않고 모든 것을 혼자 힘으로 얻어야 하기 때문에 삶은 무한 경쟁이 된다. 이런 자기중심적인 성공의 추구가 우리 문화에서 의문시되기는커녕 칭송받는다. 외재적 목표를 추구하며 완벽한 존재가 되기 위해 더 많이 노력하도록 우리를 다그친다.

더 많은 근거가 필요하다고? 그렇다면 당신은 힘들어서 고생하는 지인들에게 어떻게 대하는가? 대개는 혼자 힘으로 알아서 잘 해결하라고 말한다. 그 결과 사람들은 '더 좋아질' 때까지 스스로 달라지거나 새로운 습관을 들이는 식으로 자신에게 집중해야 한다. 어떻게 좋아져야 할까? 더는 주변 사람들의 도움이 필요 없을 정도로 강해져야 하고 독립심을 갖추어야 한다. 다른 사람들과 별개의 존재가 되어야 한다. 주변의 생태 환경을 살피는 경우는 드물다. 사회적, 문화적, 환경적으로 어떤 조건이 저 사람을 불행하게 하는지를 고민하거나, 사랑하는 누군가가 힘들어하며 고생하는 모습을 보면서 '저 사람의 고통을 덜어주려면 내가 어떻게 해줘야 할지' 고민하는 경우가 과연 얼마나 있을까. 우리 대다수는 그러지 않는다. 그건 그 사람의 개인적인 고통이고 혼자만의 일이니, 그 사람이 해결할 문제라고 생각한다.

한 가지 예를 더 들어보자. 부모들도 그렇다. 한 연구의 추정치에 따르면 미국 부모들의 66퍼센트가 양육과 관련해 번아웃 기준에 해당되었다. 이들은 극도의 피로감을 느끼며 좋은 부모로서의 자질에 의문을 품고 있다. 이 문제를 해결하기 위해 자신과 자녀들을 분리시키다 보니 부모로서의 기쁨과 보람까지 상실하는 바람에 결과적으로는 스트레스와 피로가 더욱 가중되고 있다.

일단의 과학자들이 벌인 획기적인 연구 결과, 단연코 개인주의 국가일수록 번아웃에 빠지는 부모들이 많아질 것으로 나타났다. 미국에는 부모와 양육자를 지원하는 인프라가 심각할 만큼 부족하다. 시사월간지 〈디 애틀랜틱The Atlantic〉에 기고하는 켄드라 헐리Kendra Hurley는 이런 문제의 근원으로, '좋은' 부모라면 모든 걸 혼자 알아서 해결해야 하며 "부모에게 제공되는 정부의 지원은 자녀 양육의

우리가 서로 분리되어 있으면
모든 짐을 혼자 짊어져야 한다

책임이 부모에게 있다는 사실과 상충된다"라고 여기는 인식을 지목했다. 이 연구를 주도한 과학자 이자벨 로스캄Isabelle Roskam은 낡은 행복 문화를 원인으로 지적했다. "미국 같은 개인주의 국가들은 능력과 완벽주의를 숭배하도록 조장한다. 이런 국가에서 부모 역할을 하는 것은 아주 고독한 일이다."

당신이 세상과 별개의 존재로 분리되어 있으면 당신의 내면과 주변에서 일어나는 모든 일은 전적으로 당신의 책임이다. 행복도 예외가 아니다. 행복한 삶을 사는 것도 오직 당신의 책임이다.

하지만 몇 년 간의 연구에 따르면 우리는 주변 세계로부터 큰 영향을 받는다. 과학자들이 한목소리로 공감하듯, 오래 지속되는 행복에서 가장 중요한 단 하나의 요소는 사람과의 연결이다. 가장 오랫동안 진행된 하버드대 연구를 통해 무려 80년이 넘는 기간 동안 724명의 삶을 추적 조사한 결과, 어떤 결정적인 사실이 밝혀졌는지 아는가? 타인과의 유대가 가장 좋은 사람들이 가장 행복했다는 점이다.

서로 단절되어 있으면 건강에도 좋지 않다. 외로움은 흡연과 무활동보다 더 치명적이어서 치매 위험을 50퍼센트 높이고, 조기 사망과 정신질환의 발병 증가와도 연관된다.

교도소에서 수감자들에게 징벌을 줄 때 독방에 수감해 다른 사람들과의 접촉 기회를 박탈한다. 이것은 심각한 심리적 손상으로 이어진다. 한 연구 결과에 따르면 독방 수감자들이 다른 수감자들에 비해 트라우마 증상이 2배 더 많았고 자해 가능성은 7배 높았다. 많은 인권 운동가들은 독방 수감을 일종의 고문이라고 주장한다.

과학이 확실하게 알려주듯, 유대감이 높을수록 대체로 더 건강하고 행복해진다. 단절될수록 건강이 나빠지고 더 불행한 경향이 있다.

왜일까? 우리는 결코 별개의 존재가 아니기 때문이다. 우리는 다시 연결되어야 한다. 그러면 행복이 보상으로 따를 것이다.

자아는 다른 자아를 필요로 한다

낡은 행복이 부추기는 대인관계의 지속적인 단절은 낡은 행복이 우리 본성의 또 다른 진실을 부정하면서 일어나는 결과다. 우리는 진정성 있는 행동을 통해 자신의 존재를 드러해야 하는 선한 사람들일 뿐만 아니라 서로서로 깊이 연결되어 있다. 이것이 진실이다.

죽을 운명에 직면하는 사람들은 우리에게 절실하게 이 진실을 알려주려 한다. 존 돈이 자신의 시를 쓴 지 396년 후, 엘리엇 댈런이라는 청년이 같은 도시에서 암으로 죽어가고 있었다. 영국 일간지 〈가디언〉에 실린 감동적인 기사에서, 청년은 돈의 시구를 상기시키는 다음과 같은 말을 했다.

> 암에 걸리기 전에는 나 자신을 아주 독립적인 존재로 여겼다. 그러다 내가 주위 사람들에게 육체적, 정신적으로 얼마나 의존하는지를 깨닫고 겸허해졌다. (중략) 좋을 때나 나쁠 때, 건강이 더 나빠졌을 때도 고통을 견디게 해주는 힘은 결국엔 내가 사랑하고 아끼는 사람들이었다.

이것이 우리 각자는 별개의 존재라는 거짓말의 궁극적 아이러니다. 우리는 인간이 완전히 독립적인 존재라고 믿고 있지만 자아는 다른 사람들과의 교류와 관계를 통해 형성되고 구별된다.

갓난아기는 생후 몇 개월까지는 자신이 양육자와 별개의 존재라고 생각하지 않는다. 그러다 시간이 지나면서 주변 사람들과의 관계를 통해 차츰 자신의 자아를 형성한다. 남들이 자신을 어떻게 바라보는지에 따라 자아관이 형성되는데, 이런 현상을 사회학계에서는 '거울looking-glass' 자아라고 부른다.

우리의 뇌는 서로서로 관계를 맺도록 설계되어 있다. 생존을 위해 먹을 것과 수면이 필요한 것처럼 우리에게는 사회적 교류도 필요하다. 아이의 뇌는 상대방이나 주변 세계와의 교류를 통해 성장한다. 신경과학자들이 지적하듯 우리는 내재적으로 이런 유대감을 추구하도록 동기부여를 받는다. 만약 우리 삶에 유대가 없으면 불안감과 혼란을 느낄 것이다.

우리의 자아가 좀 더 성장하고 나면 끊임없이 타인과 주변 세계로부터 영향을 받는다. 나의 경우를 예로 들자면, 이 글을 쓰고 있는 지금, 피곤하고 마음이 아프다. 바로 어제 러시아의 우크라이나 침공 소식을 듣고 울면서 너무 늦게까지 깨어 있었던 탓이다. 또한 장애인을 보호하지 않는 정부 정책 때문에 2년 넘게 격리 상태에 있느라 몹시 외롭다. 소중한 친구의 결혼식 사진을 보며 아주 기쁘기도 하다. 이런데도 내가 친구들, 공동체, 세상과 별개라고 생각해야 할까?

우리가 감정을 느끼면 그 감정은 주변으로 전염된다. 한 논문에서 밝힌 추정에 따르면 사람들의 80~95퍼센트는 감정을 느끼는 순간 다른 사람과 그 감정을 공유한다. 지명도 있는 어느 연구에서 연구팀이 20년 동안 약 5,000명을 대상으로 인맥을 관찰하며 상호 간의 모든 사회적 관계를 정밀히 표시한 끝에 5만 개 이상의 관계를 구별해냈다. 이를 토대로 진행한 연구 결과, 한 사람이 행복하면 그 감정이 연쇄반응을 일으키면서 그의 주변 사람들이 더 행복해졌다. 뒤이어 주변 사람들과 관련된 또 다른 사람들도 더 행복해지는 것으로 나타났다. 결과적으로 당신의 행복이 한 번도 만난 적 없는 사람들에게 영향을 미친다는 뜻이다.

오늘날에는 우리가 새로운 방식으로 연결되면서 서로에게 받는 영향이 훨씬 더 멀리까지 퍼지게 되었다. 한 실험에서 연구팀이 페이스북 피드에 공유되는 게시물들을 추적했더니, 사용자들의 피드에 부정적인 내용이 많으면 부정적인 글이 업데이트되는 경향이 더 많았고, 긍정적인 내용이 많으면 긍정적인 글이 올라오는 경향이 더 많았다.

'우리' 없이 '나'는 없다.

겹치는 부분 찾기

별개인 존재에서 연결되는 존재로 자아관을 바꾸는 일은 지금 여기에서 바로 시작할 수 있는 일이다. 나는 이런 일을 '겹치는 부분 만들기'라고 부른다. 당신은 다른 사람들이 경험하는 것과 비슷한 경험을 많이 해보았을 것이다. 예를 들면 다음과 같은 것이다.

- 여행 중에 자연을 감상하며 경외감 느끼기
- 사랑하는 친구가 결혼하는 모습을 지켜보기
- 팀이 달성한 성과를 함께 축하하기
- 자녀와 포옹하기
- 마음속 깊이 감동을 주는 미술 작품을 감상하기
- 친구와 같이 깔깔대며 웃기
- 주변 사람들과 함께 비극적 사건을 애도하기
- 당신이 응원하는 팀이나 국가가 경기에서 우승하는 모습을 보기

우리는 사랑하는 사람들과 겹치는 부분을 만드는 데 익숙하다. 누군가와 친해질 때는 자연스럽게 상대방의 이런저런 특징을 하나 둘씩 자신의 것으로 받아들인다. 이러한 행동은 사랑에 푹 빠지는 결정적 계기를 만들어준다. 사랑하는 사람과 하나가 되는 느낌이 든다. 갑자기 상대방과 나 사이의 별개성이 사라지는 것이다! 이렇게 발견한 공통점은 뇌를 변화시키기도 한다. 한 연구에서 밝혀진 바에 따르면 사람은 절친한 친구의 이름을 들으면 뇌에서 자기 이름을 들을 때와 비슷한 반응이 일어난다.

우리는 이미 방법을 알고 있다. 이제부터는 남들을 나와 같은 사

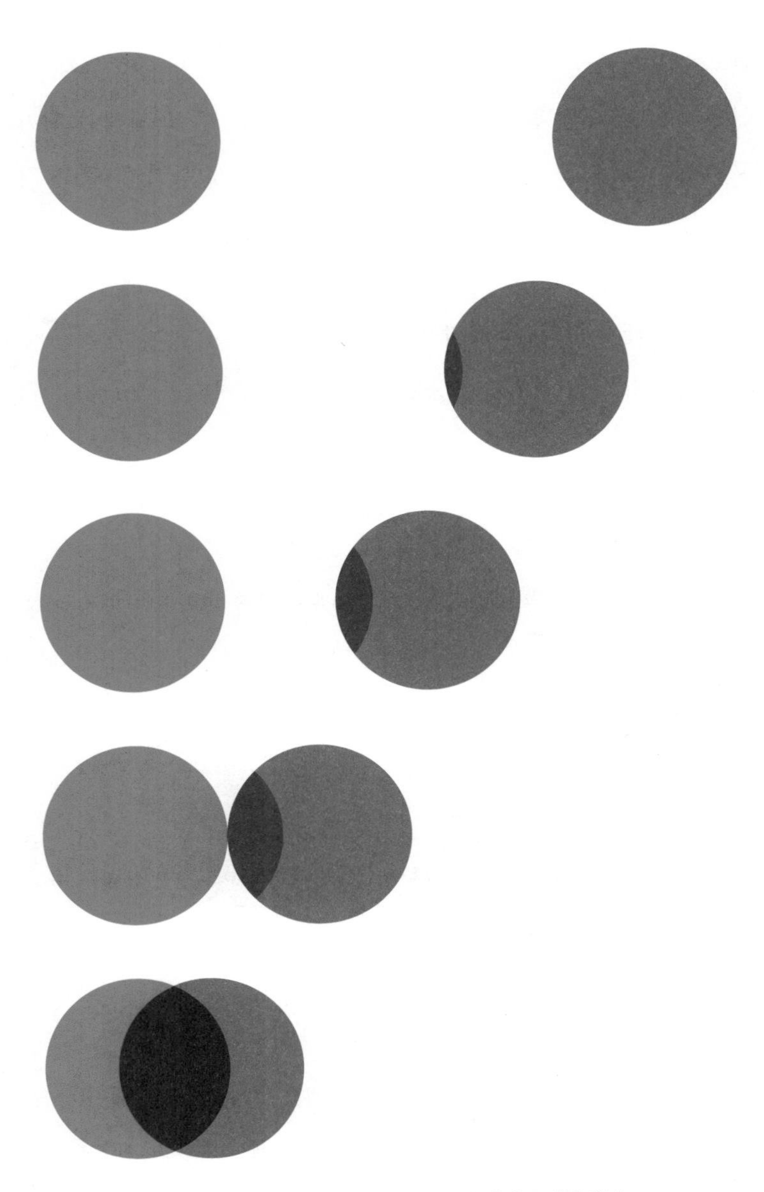

남들과 겹치는 경험을 많이 찾아내어 다시 유대를 맺자

람으로 보는 연습을 하자. 그들의 쓸모보다 인간성에 집중하자. 당신 자신이 하나의 원이라고 상상하면 된다. 당신은 독자적인 원이고 다른 사람은 또 다른 개별적인 원이다. 어떻게 하면 두 원을 겹쳐 연결할 수 있을까?

방법 1. 다른 사람의 선함을 찾기

모든 사람의 내면에 있는 진정성과 선함을 찾아보자.

- **친구**: 그 친구 덕분에 배운 교훈, 그 친구가 해주었던 기분 좋은 칭찬을 생각한다.
- **동료**: 업무를 도와주었거나 팀의 성과를 위해 협력했던 때를 떠올린다.
- **가족**: 포옹 등을 통해 사랑을 표현해준 일들을 기억한다.

방법 2. 공통점을 찾기

'우리'라는 표현을 쓰면 유대감을 느끼는 데 도움이 된다. 상대를 유심히 살펴보며 자문해보자. '우리에겐 어떤 공통점이 있을까?'

- **짜증을 내는 동료**: 내가 짜증을 냈던 상황을 떠올려본다.
- **배우자**: 함께 극복한 어려운 일들과 즐거웠던 시간들을 되새긴다.
- **낯선 타인**: 이 사람은 현재 자신이 처한 상황에서 최선을 다하고 있으며 나처럼 여러 괴로움과 어려움을 겪고 있다. 단지 행복해지길 바라

는 평범한 사람이라는 점에서 나와 다를 것 없다는 사실을 기억한다.

방법 3. 활동을 같이 하기

상대방과 같이 특정한 활동을 하거나 단체에 가입한다.

- **자녀**: 같이 게임하기
- **친구**: 같이 운동이나 산책하기
- **회사 동료**: 어려운 업무를 해결하기 위해 함께 아이디어를 고민하기

이런 방법은 우리의 행동을 변화시켜 상대방을 더 신뢰하고 도와주게 만든다. 이 방법은 아이들에게도 효과가 있다. 한 연구 결과에서 네 살짜리 아이들은 함께 악기를 연주하거나 노래를 부르고 나면 서로 돕는 성향이 높아지는 것으로 밝혀졌다.

한 번에 하나씩 겹치는 부분을 만들면 다른 사람들과의 유대감이 느껴져 그 덕을 볼 수 있다. 화가 빈센트 반 고흐가 1880년 사랑하는 동생 테오에게 쓴 편지는 이런 유대감을 아주 잘 보여준다. "사람을 속박에서 벗어나게 해주는 게 무엇인지 아니? 깊고 진심 어린 모든 애정이야. 친구로서, 형제로서 사랑해주는 것이지. 이런 애정은 어떤 대단한 힘으로, 어떤 마법의 힘으로 감옥의 문을 열어주지. 애정이 없다면 여전히 감옥에서 나오지 못해. 연민이 되살아나는 곳, 바로 그곳에서 우리의 삶은 회복돼."

질문을 던지며 겹치는 부분 넓히기

겹치는 부분 만들기의 핵심 원칙은 종교적·정신적·도덕적 가르침에서도 중심이 된다. 하지만 이런 단체의 지도자들조차 자신의 한계를 극복하는 데 애를 먹을 수 있다. 우리는 모두 인간이기 때문이다.

실제로 데이비드 쿠페리더David Cooperrider 교수에게 이런 얘기를 들은 적이 있다. 그는 1990년대 말에 세계 종교 지도자들을 한자리에 불러 모아 대화의 장을 만들어달라는 요청을 받았다. 참석 대상 중에는 400년이 넘도록 서로 소통이 없었던 종교들도 있었다.

행사 전날 밤, 공기 중에 긴장된 분위기가 감돌았다. 쿠페리더는 어느 주교가 해당 모임에 대한 걱정과 우려를 털어놓으며, 이렇게 한자리에 모이는 게 과연 좋은 생각인지 모르겠다고 말하는 것을 우연히 들었다.

다음 날, 스무 명의 지도자 전원이 한자리에 모였다. 쿠페리더는 이들을 두 명씩 나눈 뒤 서로에게 다음과 같은 질문을 해달라고 요청했다. "삶의 목적을 확실하게 느꼈던 순간이 언제였나요? 이번 생이 끝나기 전에 해야 할 것 같은 일은 무엇인가요?" 모임이 끝난 뒤 지도자들이 다시 한자리에 모이자, 이번에는 각 지도자가 자신의 파트너를 다른 사람들에게 소개하는 시간을 가졌다.

이 모임을 크게 걱정했던 주교는 자신의 파트너 스와미 시바난다 사라스와티Swami Chidananda Saraswati를 소개하게 되었다. 그는 어쩔 줄 모르겠다는 듯 긴장한 표정을 짓더니, 마침내 스와미 시바난다의 어깨에 손을 올리고 흥분된 목소리로 말했다. "이 말을 꼭 하고 싶어요. 정말로 꼭 말하고 싶어요. 나는 이분이 정말 좋아요!"

상대방에게 질문을 던지고 대답을 잘 듣다 보면, 단지 자신과 겹치는 부분을 넓히는 것으로 그치지 않는다. 당신 내면의 진정한 자신이 드러나 훨씬 애정 어린 시선으로 상대방을 바라볼 수도 있다. 알고 보면 상대방은 어떤 면에서는 당신과 다를 수 있지만 여러 가지 면에서 당신과 아주 똑같기도 하다.

거듭된 연구로 몇 차례 검증이 된 '빨리 친해지는 방법Fast Friends procedure'이 있다. 생판 남인 두 사람이 이 방법대로 서른여섯 개의 질문에 답하다 보면 어느새 친밀감이 높아진다. 이 방법에서는 다음과 같은 질문들로 시작한다. "전화를 걸기 전에 무슨 얘기를 할지 미리 연습한 적이 있나요? 그 이유는 무엇인가요?" 이어서 더 개인적인 질문을 던진다. "오랫동안 꿈꿔온 일이 있으세요? 왜 지금까지 실행에 옮기지 못하셨나요?" 그런 다음 이렇게 마무리한다. "상대방에게서 호감을 느낀 점들을 당사자에게 말해주세요. 이번엔 아주 솔직한 마음을 담아서, 처음 만난 사람에게는 잘 하지 않을 법한 내용을 말해보세요."

이 질문법을 활용하면 한 시간도 되지 않아 친밀감과 우정을 느낄 수 있다. 실험 참가자 중에는 이 대화 후에 자신과 가장 가까운 가족이나 친구들보다 처음 만난 사람이 자신에 대해 더 많이 알고 있다고 밝힌 경우도 있다. 심지어 최초의 실험 대상자가 되었던 어느 커플은 사랑에 빠져 결혼까지 했다.

단지 질문을 통해 상대와 겹치는 부분을 파악할 수 있고 이런 활동이 우리의 행복에 영향을 미친다니, 정말 놀라운 결과다. 이런 연구 결과가 실험실에만 머물게 두어서는 안 된다. 우리의 삶으로 데려와야 한다. 이 방법의 핵심은 상대의 내면에 있는 진정한 자신을 이끌어낼 만한 질문을 하는 것이다. 간단한 것들을 물어도 된다.

- 지금 이 순간 진짜 기분은 어떤가요?
- 오늘 즐거웠던 일은 무엇인가요?
- 앞으로 며칠 사이에 기대되는 일이 있나요?
- ……에 대해 얘기해줄 수 있나요?
- 어떤 것에서 자부심을 느끼세요?
- 지금 가장 힘든 일은 무엇인가요?
- 필요한 게 있다면 무엇인가요?

상대방에게 유대를 느끼고 마음을 연다는 사실에 어쩐지 약자가 되는 기분이 들 수도 있다. 특히 과거에 상처받은 경험이 있다면 더할 것이다. 누구나 겪어봐서 알 테지만 우리는 인간이기에 이용당하거나 버려지거나 거부당하면 큰 고통을 느낀다. 모두가 이런 고통을 느낀다는 사실은, 그 누구도 이런 고통을 느끼지 않게 해주고 싶다는 강한 동기로 작용할 수도 있다. 당신이 행동한다면, 다른 사람들이 이런 부정적 경험을 하지 않도록 미리 막아주거나 그런 일을 겪었을 때 상처를 치유하도록 도움을 줄 수 있다.

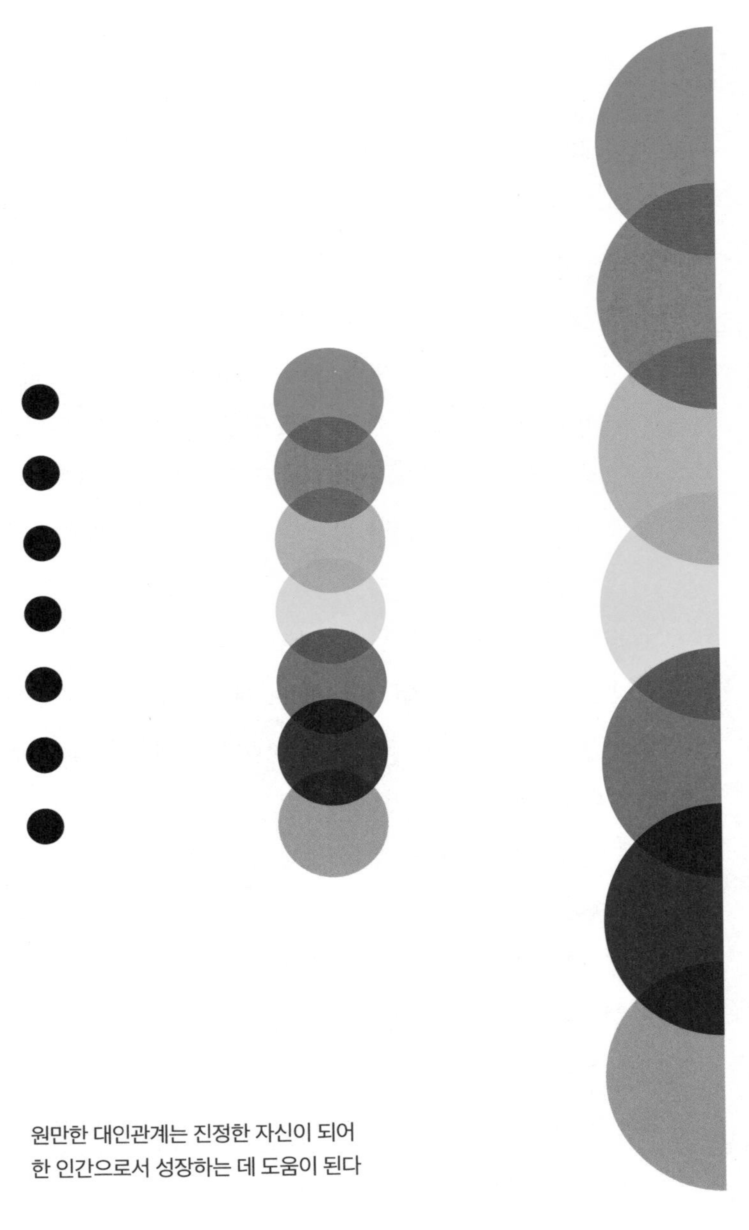

원만한 대인관계는 진정한 자신이 되어
한 인간으로서 성장하는 데 도움이 된다

당신은 연결되어 있다

서로가 별개라는 거짓말은 우리가 자기 자신으로 존재하면서 동시에 남들과 유대감을 느낄 수는 없다고, 그러니 모든 관계와 책임에서 벗어나라고 말한다. 하지만 유대감은 우리가 진정한 자신이 되게 해주고, 가능한 모든 존재가 되도록 도와준다. 존 돈이 쓴 것처럼 "모든 사람은 대륙의 한 조각이자 본토의 일부이다." 우리의 자아는 별개인 동시에 다른 사람들과 떼려야 뗄 수 없이 연결되어 있다.

우리가 자기 자신에게 원하는 것, 즉 될 수 있는 한 최고가 되고, 한 인간으로서 발전하고, 변화를 만들어내고, 행복을 느끼고픈 바람은 타인과의 유대를 통해서만 이룰 수 있는 일이다.

당신이 한 인간으로서 최고인 시기는 언제일까? 다른 사람에게 마음 깊이 진심으로 연결되어 있을 때다. 어떻게 해야 한 개인으로서 발전할 수 있을까? 다른 사람들의 선례에서 배우고, 협력하고, 피드백을 얻으면 된다.

어떻게 해야 세상을 변화시킬 수 있을까? 타인에게 당신을 내어주면 된다. 다른 사람들이 없으면 사랑에 빠질 수도, 자식을 가질 수도, 지혜를 전할 수도, 더 훌륭한 목적에 기여할 수도, 변화를 일으킬 수도, 심지어 누군가를 웃게 할 수도 없기 때문이다.

"타인은 지옥이다." 장 폴 사르트르의 희곡 《닫힌 방》에 나오는 이 유명한 말은, 수년에 걸쳐 별개성의 원칙을 정당화하는 데 이용되었다. 사실 많은 사람들이 모르는 사실이 있는데, 사르트르는 훗날 이 문장에 대해 다음과 같이 자세히 설명했다.

> 하지만 이는 동전의 한쪽 면일 뿐이다. 아무도 말하지 않는 반대쪽을 보면 '서로가 서로에게 천국'이기도 하다. 지옥은 따로따로이고 소통이 불가한데다 자기중심적이고 권력, 부, 명성을 갈망한다. 반면 천국은 아주 간단하면서도 아주 힘들다. 인간에게 관심을 갖는 것이 곧 천국이다. 그리고 관심을 갖는 행위는 어떠한 경우든 집단 내에서만 가능하다.

그렇다면 우리가 개인으로서 행복을 찾는 방법은 무엇일까? '함께' 찾는 것이다.

새로운 세계관에는 새로운 접근법이 필요하다

지금까지 세 개의 장에서 낡은 행복의 세 가지 거짓말을 살펴보았다. 이 거짓말들은 우리로 하여금 스스로를 미워하고 벌을 주며, 우리를 불행하게 하는 목표를 좇고 서로간의 연결성을 망각하도록 가르쳤다.

이제 우리는 이런 거짓말 대신 뉴해피의 세계관을 세워야 한다. 다음의 세 가지 핵심 질문에 적합한 새로운 답을 찾아보자.

- **당신은 어떤 사람인가?** 있는 그대로 가치 있는 사람

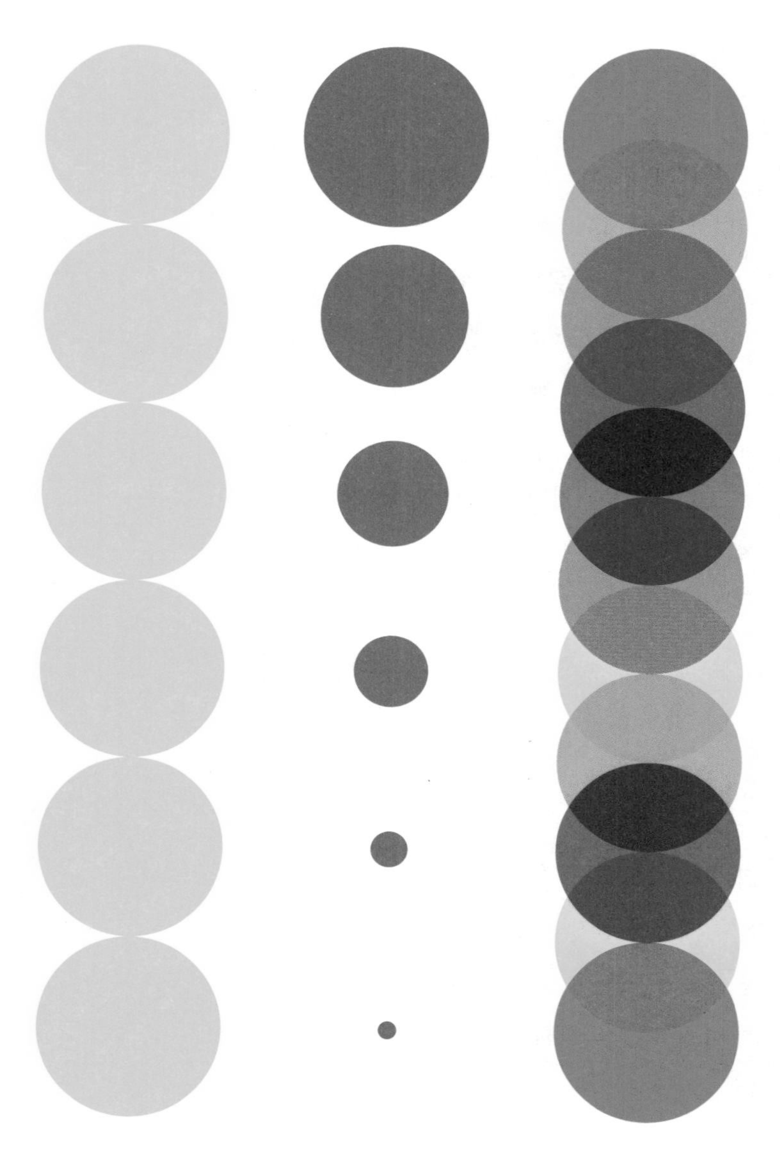

당신은 지금 이대로도 충분하고, 진정성 있는 행동을 통해 발전하며
타인과 연결되어 있다는 것이 뉴해피의 세계관이다

- **당신이 해야 할 일은 뭘까?** 진정성 있는 행동
- **당신은 다른 사람들과 어떤 관계인가?** 연결된 관계

완전히 다른 관점으로 세상을 바라보면 이전과 완전히 다른 인생을 살고 싶은 마음이 생긴다. 완벽해지고, 더욱더 기를 쓰고, 혼자 알아서 하려는 생각이 분별없고 어리석게 보인다. 이런 방식은 효과도 없고, 당신과 다른 사람들에게 피해를 준다. 더 나은 삶의 방식이 있어야 한다.

그런 방식은 본명 존재한다. 행복에 이르는 단순한 비결이 있다. 앞에서 답한 세 가지 신념을 하나로 엮어 당신에게 영원한 기쁨을 가져다줄 비결이다. 지금부터 살펴보자.

핵심 포인트

- 낡은 행복의 세 번째 거짓말은 당신은 남들과 별개라는 메시지이다.
- 타인과의 연결은 행복의 필수조건이다.
- 주변 사람들의 장점을 눈여겨보고, 공통점에 주목한다.
- 우리 개개인이 가진 잠재력은 서로 관계를 맺어야만 발휘될 수 있다.
- 뉴해피는 당신은 지금 이대로도 충분하며, 주변과 연결되어 있다는 사실을 깨닫게 해준다.

3

Understand Happiness

행복을 제대로 이 해 하 기

7
행복의 근본적 진실을 파악하기

위스콘신주 밀워키에는 자신들도 미처 의식하지 못한 사이에 행복에 대한 통념을 바꿔놓은 작은 컨설팅 회사가 있다.

시간을 거슬러 1943년으로 가보자. 인본주의 심리학자 에이브러햄 매슬로Abraham Maslow는 '인간의 동기이론'이라는 획기적 논문을 발표해 인간에게는 5대 욕구가 있다고 주장했다. 생리적 욕구, 안전, 사랑, 존중, 자아실현의 욕구가 그것이다.

이 이론은 욕구단계설Hierarchy of Needs로 익히 알려져 있다. 인간의 이 욕구들은 피라미드 구조를 이루며 맨 밑에는 심리적 욕구가, 맨 꼭대기에는 자아실현 욕구가 위치한다. 이들 욕구는 어느새 인류의 문화에서 중요한 비중을 차지하게 되어, 모든 심리학 교재에 실리고 인터넷에 무수한 형태로 복제되었다. 이제는 모두가 이 구조를 너 나 할 것 없이 분명한 사실로 인정하고 있다.

하지만 진실을 말하자면, 매슬로 본인은 이 욕구를 피라미드 형태로 제시한 적이 없다.

토드 브리지먼Todd Bridgman, 스티븐 커밍스Stephen Cummings, 존 밸러드John Ballard는 공동 연구를 통해 매슬로의 학술논문상 관점이 어쩌다 피라미드 형태를 갖추었는지 조사한 흥미로운 논문을 발표했다. 그에 따르면 피라미드형 구조는 마치 귓속말 전달 게임과 같은 과정을 거치면서 구성되었다. 한 사람이 매슬로의 논문을 읽고 내용을 간단하게 정리하는 과정에서 일부를 살짝 잘못 이해했다. 이후 또 다른 사람이 새롭게 정리된 내용을 가져다 조금 더 바꾸었다. 그러다 종국엔 밀워키의 컨설턴트 기업인 험버먼디앤맥클래리Humber Mundie&McClary에서 일단의 컨설턴트가 우리가 익히 알고 있는 지금의 피라미드 이미지로 시각화하기에 이르렀다.

지식이 이런 식으로 전달되는 경우는 늘 있는 일이다. 그렇다고 컨설턴트들을 탓할 마음은 없다. 개념을 정확하게 시각화시키는 일이 얼마나 힘든지는 나도 안다! 여기서 문제는 이 피라미드가 하나의 밈으로 자리 잡아, 우리의 세계관을 바꾸고 우리의 행동을 이끄는 문화 정보가 되었다는 점이다.

혹시 기억나는 또 다른 피라미드가 없는가? 미국의 그 악명 높은 푸드 피라미드Food pyramid 말이다.

과거에 푸드 피라미드는 삼각형의 맨 밑에 밥, 파스타, 빵, 시리

얼을 배치하고 이 음식들을 하루에 6~11접시씩 먹도록 권장했다. 그 위로는 차례로 과일과 채소(섭취 권장량은 각각 3~4접시), 육류, 콩, 견과류, 계란, 유제품(섭취 권장량은 2~3접시)이 위치하고 맨 꼭대기에 지방, 설탕, 기름이 있었다. 이 지침은 심지어 정확하지도 않았고, 자신들의 상품을 판매하려는 로비스트들의 입김에 휘둘려 만들어진 것일 뿐이었다. 일부 전문가들은 이 피라미드가 정제 탄수화물의 과잉 섭취를 부추겨 비만율을 높이는 원인으로 작용했다는 주장을 꾸준히 제기했다.

푸드 피라미드가 우리의 음식 선택에 영향을 미친 것처럼 매슬로의 피라미드도 행복에 관한 우리의 선택에 영향을 미쳐왔다.

5대 욕구 피라미드가 낡은 행복을 강화하는 방법

낡은 행복을 행복의 정의로 삼을 경우, 매슬로의 피라미드를 의식하느라 다음 세 가지 거짓말에 더욱 힘을 실어주게 된다.

성공의 꼭대기까지 올라가야 한다는 부추김

이 피라미드는 다짜고짜 서열을 만든다. 맨 밑바닥에서 시작해 힘든 단계를 하나씩 거치며 부단한 노력으로 정상까지 오르도록 부추긴다. 정상까지 오를 수 있는 사람들은 자아실현을 추구할 가치가 있다고 여겨지고, 하위 단계의 욕구들을 성취하지 못하면 자아

당신의 욕구는 올라가야 하는 피라미드가 아니다.
모든 욕구는 똑같이 중요하며 우리는 끊임없이 이 욕구들을 충족시키는 과정에 있다

실현 추구는 '허용되지' 않는다.

미시간대 공중보건학 교수인 빅 스트레처Vic Strecher가 이런 주제와 관련된 이야기를 들려준 적이 있다. 그는 우간다에서 활동하던 중 제임스 아리나이퉤James Arinaitwe라는 남자와 친해졌다. 다섯 살 때 부모님이 모두 에이즈로 사망하면서 고아가 된 남자였다. 빅은 어느 날 제임스와 나누었던 대화를 떠올리며 이렇게 말했다.

제임스에게 이렇게 물었던 기억이 있습니다. "모든 것을 가진 사람들의 삶의 목적이 매슬로 피라미드의 맨 꼭대기에 오르는 것이라는 의견이 있는데, 어떻게 생각하나요?" 그러자 그가 웃으면서 말하더군요.
"글쎄요, 서양 사람들은 그렇게 생각할지 모르지만 아무것도 가진 게 없는 사람들은 목적이 희망을 준다는 사실을 알고 있어요. 인생에서 목적이 없으면 정말로 아무것도 없는 것이니까요. 목적은 우리가 어떤 사람이 될 수 있을지 생각해보게 해주지요. 자기가 무엇에 가장 관심 있는지 집중하게 해주니까요. 목적이 없다면 희망도 없어요. 그래서 목적은 가난한 사람들에게 없어서는 안 될 요소예요."

매슬로는 자신의 논문에서 대다수 사람은 모든 욕구가 어느 정도 충족되는 동시에 어느 정도는 충족되지 않는 상태에 놓여 있다고 썼다.

(중략) 예를 들어, 자의적으로 비율을 매겨 말하자면 일반적인 사람은

생리적 욕구에서 85퍼센트, 안전 욕구에서 70퍼센트, 사랑의 욕구에서 50퍼센트, 존중 욕구에서 40퍼센트, 자아실현 욕구에서 10퍼센트 정도 만족하는 셈이다.

'정상에 다다르는' 방법 같은 것은 없다. 우리는 인간이 가진 모든 욕구를 동시에 추구한다. 친구들과 시간을 보내는 일은 단순히 사랑의 욕구뿐 아니라 신체적 안전에 관한 욕구와 존중의 욕구도 북돋운다. 식사를 준비하는 행위는 건강 욕구만 충족시켜주는 것이 아니라, 가정이 안전한 공간이 되고 가족과 유대감을 느낄 수 있게 해준다. 직장에 취업하는 것은 안전 욕구에 그치지 않는다. 건강보험 혜택을 얻고 새로운 인간관계를 형성하고 잠재력을 발휘할 수 있게 해준다.

정상까지 가는 것이 곧 외재적 목표의 성취다

첫 번째부터 네 번째까지의 욕구는 확실하고 모호하지 않다. 우리는 누구나 음식, 안전, 사랑, 존중받고자 하는 욕구가 어떤 느낌인지 알고 있다.

다섯 번째 욕구인 자아실현self-actualization은 행복처럼 분명하지 않은 개념이라 저마다의 세계관에 따라 다르게 해석되기 쉽다. 'actualize'는 시인 새뮤얼 테일러 콜리지가 1810년에 만들어낸 단어로 '실제로 일어나게 하다' 또는 '현실이 되게 하다'라는 의미이다. 이 단어에 'self'를 붙이면 '잠재력을 실현시키다'라는 뜻이 된다.

낡은 행복의 렌즈를 통해 세상을 바라볼 경우, 자아실현은 무엇을 의미할까? 명성, 권력, 돈 같은 외재적 목표의 성취다. 하지만 매슬로는 그의 논문에서 자아실현을 진정한 자신을 따르며 마음에서 우러나오는 행동을 하는 것이라고 설명했다. 5장에서 이미 소개한 그 행동이다.

결국, 자아실현은 무언가를 얻는 문제가 아니라 어떤 사람이 되느냐의 문제다.

분리를 조장하는 피라미드

5대 욕구 피라미드는 당신 자신과 당신이 느끼는 개인적 욕구를 가장 중시한다. 타인과의 연결이라든가 당신 내면의 더 위대한 영역과 연결되는 것은 등한시한다.

하지만 밝혀진 바에 따르면 이 피라미드는 한 가지 욕구를 빠뜨렸다. 심리학자 마크 콜트코 리베라Mark Koltko-Rivera가 획기적인 논문을 통해 지적했다시피 매슬로는 이 논문 발표 이후에 쓴 글에서 여섯 번째 욕구, 즉 자기초월 욕구를 빠뜨리는 심각한 오류를 저질렀다고 인정했다.

자아실현이 자신을 최대한 드러내는 것이라면 자기초월은 자신을 뛰어넘어 타인과 연결되고 자신보다 더 큰 무언가에 동화되는 것이다. 다른 사람들에게 도움이 되거나, 타인을 돕는 일을 목적으로 삼거나, 영적인 체험을 하는 식으로 자기초월을 경험할 수 있다.

가장 유명한 인간의 욕구 모델에서 이기주의를 뛰어넘고자 하는 욕구를 언급조차 하지 않다니. 그러니 남들을 돕는 일이 '반드시 해야 하는must-have' 선택지가 아닌 '하면 좋은nice-to-have' 선택지 정도로 여겨지는 것도 당연하다. 인간의 성취 가운데 최고의 정점이자 가장 위대한 갈망이 자신에게 초점을 맞춘 개인적 성공이라고 여겨지는 판국이니 도덕적 지도자, 공상적 박애주의자, 봉사자 들을 보통 사람들과는 다른 별종으로 보는 것이다. 그런데 사실 알고 보면, 이들이야말로 자신의 진정한 욕구에 더 충실하며 살고 있는 사람들이다.

이런 모델에서 우리가 뭘 배우겠는가? '나 자신의 행복이 우선이다. 내 욕구가 모두 충족되기 전에는 그 누구도 도울 필요가 없다'라는 생각이 세상의 가치관이 되고 결국은 낡은 행복이 강조하는 보편적인 생각으로 이어진다. 내가 이름 붙인 대로 '일단 돈부터 많이 벌고 보자'는 식이다.

> 내가 부자가 되어 성공하면 그때 다른 사람들을 돕자
> 사람들을 돕는 건 인생 후반기에 해도 충분해
> 어차피 부자가 되면 기부할 테니, 떼돈을 벌려는 것도 도덕적인 일이야

하지만 매슬로가 말했듯 우리가 갈망하는 모든 욕구가 다 충족되는 것은 아니다.

이런 생각을 가지고 살면 오히려 각자가 추구하는 개인적 피라

미드의 꼭대기에 오르려고 애쓰느라 행복을 놓치게 된다. 잘못 만들어진 피라미드 이미지와 정확하지도 않은 단계별 욕구 예시만 없었어도 인생의 정면에서 우리를 빤히 응시했을 진정한 행복의 비결을 모른 채 살지는 않았을 텐데 말이다. 그러니 행복해지고 싶다면 여섯 번째 욕구를 무시해서는 안 된다. 사람들을 도와야 한다.

우리에게는 타인을 돕고자 하는 습성이 있다

자기초월은 수면, 음식, 사랑, 존중과 마찬가지로 하나의 욕구다. 잠을 푹 자거나, 푹푹 찌도록 더운 날에 시원한 물 한 잔을 가득 마시거나, 프로젝트를 잘 해냈을 때처럼 봉사활동을 하면 기분이 좋아지는 이유도 이 욕구가 충족되었기 때문이다.

타인을 돕고 싶은 마음은 어릴 때부터 나타난다. 한 연구팀이 신생아들을 표본 삼아 생후 3개월부터 18개월까지의 아기들을 추적 조사했다. 한 연구자가 아기 앞에서 무릎을 다친 흉내를 내며, 엄청 아파하며 신음 소리를 내는 방식으로 실험을 진행했다. 그러자 고작 생후 3개월 된 아기들이 다친 연구자를 걱정하는 기색을 드러냈다. 아기들이 18개월이 되자 아파하는 사람들을 도우려고 적극적으로 나섰다. 그것도 보상에 자극을 받아서가 아니라 주변 사람들에게 진심으로 신경 쓰는 마음에서 우러나온 반응이었다. 몸을 다독여주거나, 도와줄 수 있는 다른 사람을 찾거나, 아파하는 사람에게 자기가 아끼는 물건을 건네는 행동은 어른들과 크게 다르지 않았다.

우리의 뇌는 우리가 남들을 도울 때 보상을 준다. 헬퍼스 하이helper's high라는 효과를 일으켜, 음식이나 섹스에 반응하는 뇌의 영역인 중뇌변연계를 활성화시킨다. 옥시토신과 바소프레신 같은 신경전달물질이 분비되어 기분이 좋아지고 스트레스 호르몬이 감소한다. 자선단체에 기부할 경우 돈을 받을 때와 똑같은 신경이 자극받기도 한다.

연구로도 입증되었듯 타인을 돕는 행동은 다른 욕구의 성취와 복잡하게 연결되어 있어서 장수, 스트레스 감소, 심신의 안정을 가져온다. 공동체의 복지와 안전에 기여할 경우 개인적 발전·삶의 목적 확인·인생에 대한 만족으로 이어지는 일련의 과정이 최대 13년까지 지속된다. 인간관계 내에서 도움을 더 많이 주고받을수록 그 관계에 대한 만족도도 높아지는 경향이 있다. 이처럼 남들을 돕는 일이 자기가치와 자신감을 높이는 가장 효과적인 방법이다.

우리는 최악의 상황에 처해 있어도 서로를 돕는다. 제2차 세계대전 당시의 강제수용소 생존자들을 대상으로 조사한 결과, 끝내 죽음을 맞아 매장된 이들의 82퍼센트는 수감생활 중 다른 사람을 도왔다고 한다. 빅터 프랭클은 기념비적인 저서《죽음의 수용소에서》를 통해 아우슈비츠 수용소의 공포를 견뎌낸 비결이 자신을 초월하는 더 위대한 삶의 목적을 잊지 않고 실천한 덕분이라고 밝혔다.

2001년 9월 11일, 비행기 두 대가 세계무역센터의 쌍둥이 빌딩을 들이받았을 때 수만 명의 사람들이 공포를 피해 도망치기는커녕 그곳으로 달려갔다. 비상 설비 상당수가 망가진 와중에도 아마추어

무선 통신자들이 나서서 구조 작업을 진행할 연락망을 구축했다. 보트를 가진 사람들은 로워 맨해튼에 꼼짝없이 묶여 있던 사람들을 구조하기 위해 자발적으로 예인선, 요트, 페리를 끌고 와서 50만 명의 사람들을 안전하게 옮겼다. 수백 명의 사람들이 일렬로 늘어서서 양동이를 이어받으며 몇 주 만에 수십만 톤이 넘는 잔해를 정리했다. 사람들은 나서서 헌혈을 하고, 슬픔에 잠긴 가족들을 보살피고, 음식을 만들고, 구호물자를 배포했다. 수천 명의 아이들이 소방관들을 비롯한 응급구조 요원들에게 감사 편지를 보냈다. 타인을 돕기 위해 나선 사람들이 너무 많아서 상황이 다소 안정되었을 때는 정부 기관에서 이들을 집으로 보내느라 진땀을 뺐을 정도였다.

당시 자원봉사자들 중 몇몇이 그때의 경험과 관련해 인터뷰를 했는데, 다들 하나같이 테러 현장을 목격한 순간 돕고 싶은 마음이 일었던 절대적 욕구를 피력했다. 슬픔에 잠긴 가족들을 보살폈던 한 젊은 여성은 이렇게 말했다. "그렇게 하고 싶었고 꼭 해야만 했어요." 또 다른 여성은 돕는 일이 단절감을 없애주었다고 밝혔다. "이런 일을 겪으며 자원봉사에 나섰더니 고립감이 사라지면서 더 큰 공동체와의 유대감을 느꼈어요." 구호물자를 수송했던 어느 애널리스트는 자원봉사 활동을 하며 다른 사람들과 연결되는 기분을 느끼고 자신의 행동이 중요하다는 생각이 들었다며, 그때가 일생을 통틀어 가장 의미 있는 날들이었다고 말했다.

힘든 일을 겪고 있을 때는 누군가를 돕는 일이 정말로 나 자신을 돕는 일이기도 하다. 한 연구에서 우울증과 불안에 시달리는 사람들을 모집해 세 그룹으로 나눈 뒤 5주간 프로그램을 진행했다. 이 중 첫 번째 그룹에게는 저절로 떠오르는 생각에 의문을 던져보도록 지도했다. 두 번째 그룹에게는 매주 사회활동 계획을 세우도록 했다. 세 번째 그룹에게는 일주일에 두 번, 하루에 세 개씩 친절한 행동을 실천하게 했다. 그랬더니 5주와 10주 후의 결과 모두에서 세 번째 그룹의 행복 지수가 가장 높게 나타났다.

작가 바바라 킹솔버Barbara Kingsolver는 돕기와 행복 사이의 연관성을 다음과 같이 짧게 요약했다. "행복한 사람들과 불행한 사람들의 차이는, 행복한 사람들은 유용하게 쓰일 만한 자신의 쓸모를 찾아낸다는 데 있다."

이것이 바로 행복의 비결이다. 돕는 행위는 우리를 행복하게 해준다. 우리는 서로를 돕기 위해 이 세상에 온 것이다.

돕는 행위는 자신에게도 타인에게도 유용하다

TV 시리즈 〈프렌즈Friends〉의 한 에피소드에서 등장인물 중 한 명인 조이가 이타적인 선행 같은 건 없다고 말한다. 다른 누군가를 도울 때마다 그 대가로 뭔가를 얻는다는 얘기다. 자신의 기분을 좋게 해주니, 남들을 돕는 일이 궁극적으로는 이기적인 일이라는 것이 그의 주장이다.

조이의 친구 피비는 이런 냉소적 의견에 경악한다. 그래서 이런

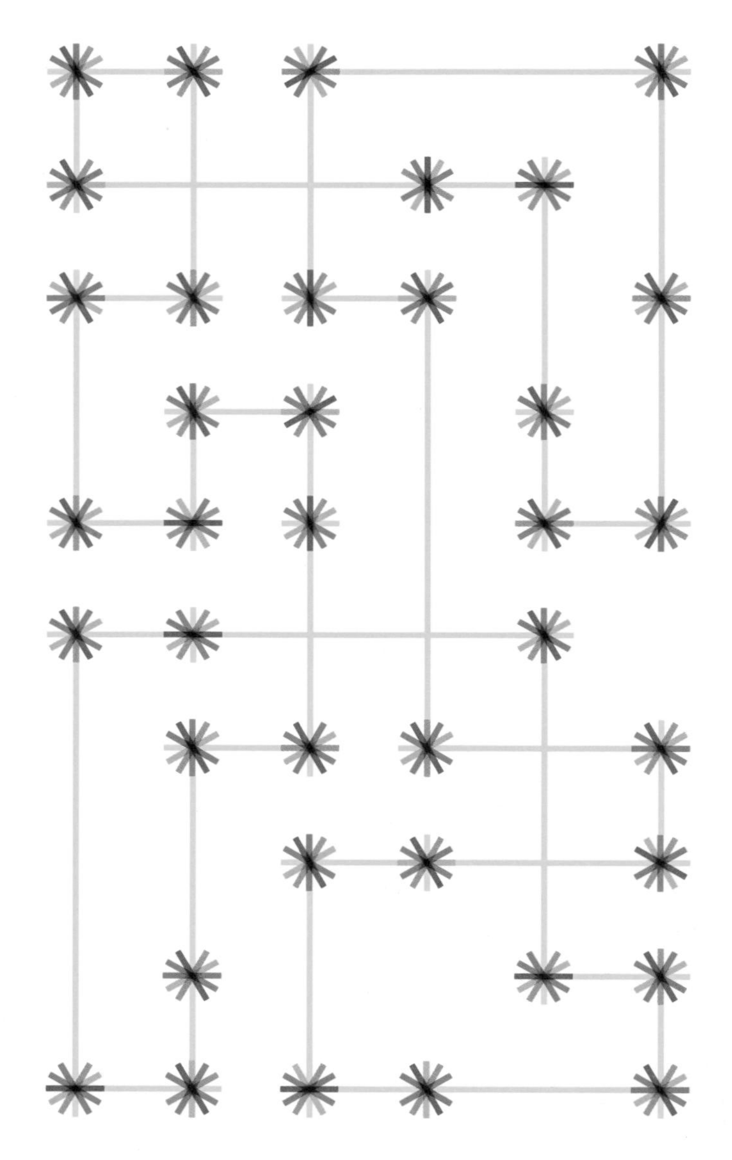

우리는 언제나 서로를 돕고 있다. 그것이 우리 자신의 욕구와 서로의 욕구를 충족시키는 방법이자 우리가 행복해질 수 있는 유일한 방법이다

저런 선행을 하며 그가 틀렸다는 것을 증명하려 한다. 하지만 매번 그 선행이 자신에게도 도움이 된다는 사실을 깨닫는다.

그녀는 한 가지 선행을 시도한 경험에 대해 이런 말을 한다. "우리 옆집에 사는 노인 알지? 글쎄, 내가 그 집으로 몰래 가서 현관 계단에 떨어진 나뭇잎을 싹 치웠거든. 그런데 그 노인이 나를 보고는 내가 괜찮다는데도 사과주스와 쿠키를 주는 거야. 순간 내가 얼마나 놀랐는지. 짜증 내는 노인네인 줄 알았는데 다시 봤어!"

'이기적'이라는 말과 '이타적'이라는 말은 돕는 행위에 대해 얘기할 때 자주 거론되는 표현이다. 하지만 이 말들은 우리가 우리 자신을 타인과 별개로 여길 때만 의미를 갖는다.

모두가 별개인 세상에서는 타인에게 무언가를 내어주는 것이 제로섬 게임이다. 내가 당신에게 뭔가를 내주면 그것은 내 수중을 떠나 당신의 것이 된다. 내가 행복의 비결이 '돕는' 데 있다고 말할 때 사람들이 자주 방어적인 태도를 취하는 이유가 여기에 있다. 그럴 때 사람들은 자기 자신의 안녕을 보호해야 할 것처럼 느낀다. 우리는 가진 것을 내어주면 더 이상 자신에게는 아무것도 남지 않을 것이라고 믿도록 길들여져 왔다. 돈이나 소유물이라면 그 믿음이 맞을 수 있다. 하지만 대부분의 경우 우리는 자기 자신을 선뜻 내어준다.

우리가 서로 연결되어 있는 세상에서는 당신이 나에게 가진 것을 내어준다고 해서 손해를 보지 않는다. 당신이 나에게 미소를 지어주면 당신의 기분이 좋아진다. 당신이 어려워하는 친구를 도와주면 당신은 더 끈끈해진 우정을 얻는다. 어떤 대의를 위해 대담하게 나서서 소신을 밝히면 목적의식을 얻는다.

우리가 서로 연결되어 있으면 봉사는 이타적이지도 이기적이지도 않다. 선행은 당신과 타인을 동시에 돕는 행동이다. 실제로 9·11 테러 현장으로 달려간 자원봉사자들이 어땠는가? 그들은 이 비극을 통해 자신들이 얼마나 연결되어 있는지를 깨달았다. 그러한 행동이 자신과 다른 사람들 모두에게 도움이 되는 일이라는 점을 알아서, 인터뷰에서도 차마 돕지 않을 수 없었다고 심정을 밝혔다.

해바라기를 보며 비슷한 교훈을 얻을 수 있다. 해바라기가 혼자 자랄 때는 자신이 자라는 그 땅에서 가장 양분이 풍부한 구획을 찾아 뿌리를 최대한 깊이 내린다. 자신의 성장을 위해 최선을 다한다. 하지만 근처에 다른 해바라기가 심어져 있으면 그 어떤 해바라기도 그렇게까지 깊이 뿌리를 내리지 않는다. 자신이 다른 해바라기들과 더불어 생태계의 한 부분을 이루고 있으며 그 땅의 자원을 함께 나눠야 한다는 사실을 인식한다. 덕분에 모든 해바라기가 다 함께 잘 자랄 수 있다.

인간인 우리도 세상의 한 구획을 공유하고 있다. 우리도 자신의 심신의 안정을 희생시키지 않고도 가진 것을 공유하면서 다 함께 잘될 수 있다.

봉사는 고통이 아니다. 기쁨이다. 남들을 도우면서 나의 기분이 좋아질 수 있다. 남들을 돕는 일이 당신의 평안함을 해친다면 부디 적절히 조절하기 바란다. 돕기는 남들의 부당한 요구를 어떤 식으로든 받아들이는 것이 아니다. 당신이 손해를 입으면서까지 세상을 위해 봉사하지는 않기를 바란다.

봉사는 타인을 구하는 행위도 아니다. 도움이 되어주는 것이다. 다른 사람의 기분까지 책임지지 않아도 된다. 하지만 우리는 하나로 연결되어 있으므로 우리 모두에겐 타인의 안녕에 기여할 책임이 일정 부분 있다. 가능한 상황에서, 가능한 시기에, 우리가 할 수 있는 방법으로.

봉사는 복종이나 지배가 아니다. 상호의존이다. 모든 사람에게는 도움이 필요하다. 도움을 주는 사람이 도움을 받는 사람보다 '더 잘났'거나 '더 못난' 것은 아니다. 돕기에서 '가장 가치 있는' 방법 따위는 없다. 우리는 긴밀히 엮여 있고 누구나 저마다의 독자적인 방식으로 세상에 기여할 뿐이다.

봉사로 자기가치가 결정되지 않는다. 봉사는 우리 자신을 드러내는 한 가지 방법이다. 그저 세상에 당신의 재능을 나눠주기로 선택하는 것일 뿐, 당신은 언제나 있는 그대로 가치 있는 존재다. 돕는 방식을 바꾸거나 이전보다 더 많은 도움을 받아야 할 때도 있을 것이다. 이러한 상황은 전적으로 정상이며, 서로 연결되어 있는 세상을 살다 보면 자연스레 경험하는 과정이다.

지금 당장 도울 수 있다

내가 오늘날의 문화에 이러한 믿음이 얼마나 깊게 박혀 있는지 깨닫게 된 계기는 알렉스가 병에 걸리고 6개월 정도 지나서 시작한 〈더 뉴해피〉 활동이었다. 우리는 주말만 되면 종일 이 뉴스레터의 이름을 짓기 위해 머리를 맞대고 아이디어를 짰다. 아무리 생각해도 딱 와 닿는 이름이 없었다. 그러던 어느 일요일 밤, 알렉스가 내 석사학위 논문의 제목이 무엇인지 물었다. 내가 '행복을 바라보는 새로운 관점A New Perspective on Happiness'이라고 말해주자 알렉스가 나를 보며 말했다. "그거네! 뉴해피."

알렉스의 병세가 점점 더 심해지는 동안에도 뉴해피 운동은 점점 동력이 붙었다. 나에게 신경을 써주던 사람들은 몇 년이 지나자 자꾸 이렇게 물었다. "일과 〈더 뉴해피〉 운영을 병행하다니, 너무 무리하는 거 아닌가요?", "이렇게 사는 것보다 개인의 건강과 안정에 더 집중하고 싶진 않나요?" 모두들 지극한 선의로, 단지 나를 도와주려고 그런 말을 건넸다.

하지만 나는 행복에 대한 나름의 깨달음 덕분에 이 뉴스레터 업무를 완전히 다른 관점으로 바라보고 있었다. 이 일은 나에게 구명 밧줄이자 나를 되살아나게 해주는 힘이며, 내 인생에 의미를 주는 원천이면서 나와 다른 사람들을 연결해주는 끈이었다. 내가 내어주면 내어줄수록 개인적으로 받는 대가도 늘어났다. 확신컨대 이 일이 없었다면 그토록 힘든 시기를 견뎌내지 못했을 것이다. 내 삶이 좀 더 나아질 때까지 미루지 않았던 것에 너무나 감사한다. 그랬다면 여전히 미루기만 하면서 크나큰 기쁨을 놓쳤을 테니까.

매슬로가 말했듯 당신은 모든 욕구를 충분히, 절대적으로 충족시

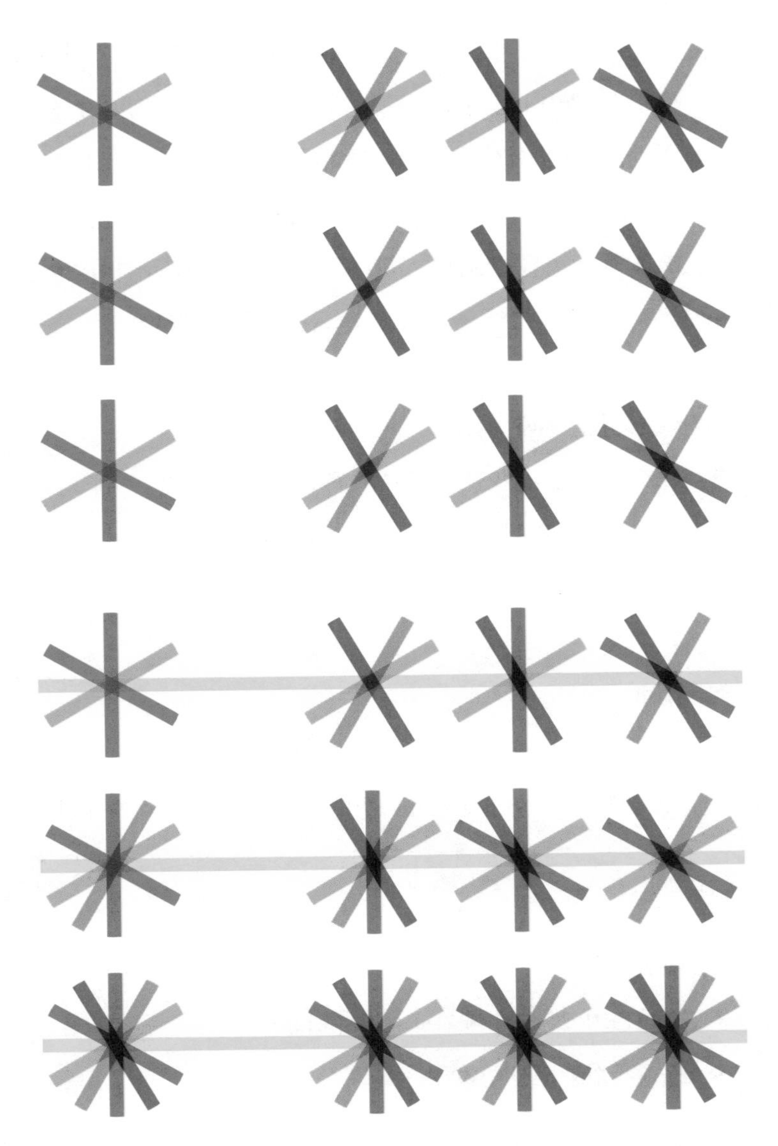

사람들을 돕는 행위는 당신과 남들의 욕구를 모두 충족시키는 일이다.
미루지 말고 지금 당장 실천하자

키지는 못한다. 그런 때가 오길 기다린다면 아마 평생을 기다리기만 할 것이다. 그러니 돕기를 미루지 말고 지금 당장 시작하자.

우리의 공동체와 함께하자. 〈더 뉴해피〉에는 우리가 서로를 도울 수 있는 소소한 방법을 가득 모은 '지금 돕기 툴킷Help Now toolkit'이 있다. 그중 몇 가지를 살펴보고 하나를 고르거나, 직접 아이디어를 내어보기를 권한다. 그런 다음엔 책을 내려놓고 실행하자.

사랑하는 이들을 위해

- 한동안 연락이 뜸했던 친구에게 전화 걸기
- 사랑하는 이에게 편지를 써서 평소의 고마운 마음을 전하기
- 가족이나 룸메이트를 위해 잡다한 일을 대신 하기

직장에서

- 동료가 수행한 업무를 칭찬하는 이메일 보내기
- 작은 친절을 베풀어 누군가의 하루에 기분 좋은 반전을 선물하기
- 식사나 간식을 구입할 때 힘든 시간을 보내는 동료의 것도 챙겨주기

공동체를 위해

- 감동받은 가게나 기업에 감사 메시지 전하기
- 이웃에게 안부 인사 건네기
- 존경하는 사람에게 마음을 표현하기

세상을 향해

- 모르는 사람에게 미소 짓기
- 누군가가 청원한 내용에 서명하기
- 당신이 중요하게 여기는 대의에 지지한다는 소신 밝히기

툴킷 전체를 살펴보고 의견을 제안하고 싶다면 우리의 웹사이트인 thenewhappy.com/helpnow에 방문해주길 권한다.

명심하자. 언제든 당신이 도울 수 있는 사람이 있으니 행복해지기를 미뤄서는 안 된다.

핵심 포인트

- 매슬로는 그의 이름으로 유명해진 피라미드를 만든 적이 없다.
- 매슬로의 피라미드 모델이 낡은 행복을 보강하는 밈으로 자리 잡으면서, 행복의 비결은 서로를 돕는 데 있다는 사실을 많은 사람들이 놓치고 있다.
- 우리의 마음 깊은 곳에는 서로를 돕고 싶은 욕구가 있다. 돕기는 우리를 행복으로 이끌어줄 뿐만 아니라 다른 욕구까지 충족시켜준다.
- 돕기는 궁극적으로 서로에게 윈윈이 된다. 주는 사람과 받는 사람 모두를 더 행복하게 해준다.
- 불행하거나 우울한 기분이 들 때는 잠깐 시간을 내어 다른 사람을 돕자.

8
도움을 주고받을수록 모두가 행복해진다

마이클 펠프스는 올림픽 역사상 최다 메달 수여자로 무려 스물여덟 개의 메달을 땄다. 이런 기록을 달성하기까지 그는 여러 가지 힘든 일을 거쳐야 했다.

그는 얼음장같이 차가운 수영장에 뛰어드는 것으로 하루를 시작했다. 매일 예닐곱 시간씩 훈련을 하며 매주 73.12킬로미터가 넘는 거리를 수영했다. 잠시 쉬거나 느긋한 시간을 가질 수도 없었다. 첫 올림픽 메달을 딴 다음 날도 그는 수영장으로 나가서 다음 경기를 준비하기 위해 훈련을 받았다. 시합일이 1,412일이나 남아 있었는데도 회복 시간조차 고통스러웠다. 얼음을 가득 채운 욕조에 몸을 담그고 '금속 도구로 흠씬 맞는 것이나 다름없는' 그라스톤Graston을 했으니 오죽했겠는가.

하지만 그가 가장 힘들었다고 밝힌 일 중 하나는, 도와달라고 부탁하는 것이었다.

그만 이런 게 아니다. 내가 얘기를 나눈 사람들 중 타인에게 도움을 청하기가 쉽다고 말하는 사람은 한 명도 없었다. 이런 어려움 역시 다음과 같은 낡은 행복의 세계관에 뿌리를 두고 있다.

- 나는 부족하다는 바로 그 거짓말이, 가치 있는 사람이 되려면 완벽해져야 한다고 부추긴다. 완벽한 자신은 힘들어하면 안 된다고, 다시 말해 힘든 시간을 보내고 있다면 그것은 나에게 문제가 있는 것이라고 다그친다.
- 성과에 대한 거짓말은, 외적 성취를 이루면 행복해진다고 우리를 부추긴다. '그곳에 다다를' 수만 있다면 모든 고통과 괴로움이 사라질 것이라고 한다.
- 별개성에 대한 거짓말은, 우리더러 타인에게 의지하면 안 되며 자신의 문제는 혼자 알아서 해결해야 한다고 부추긴다. 다른 사람들은 당신을 도울 수 없고, 돕고 싶어 하지도 않는다고 속삭인다.

이처럼 낡은 행복은 힘든 시기가 훨씬 더 힘들어지도록 다그친다. 하지만 그렇게 내몰리지 않아도 된다.

펠프스는 수영 선수 생활에서 은퇴한 후 새로운 삶의 목적을 찾았다. 정신건강 의식 및 접근성 분야다. 그가 최근의 인터뷰에서 선수 시절을 돌아보며 한 말을 살펴보면 완벽한 자신에게 얼마나 상처를 받았는지 알 수 있다. "그때는 거울 속의 제 모습이 싫었어요. 수영 선수만 보였으니까요. 저 자신을 인간으로 본 적이 없어요."

이런 문제로 힘들어하는 사람은 운동선수들만이 아니다. 치매에 걸린 가족을 돌보는 사람들을 조사한 연구가 있다. 이런 사람들은 도움을 청하기 힘들어하는 것으로 유명한데, 연구 결과 자신의 상황이 슬퍼지거나 치매를 앓는 가족에게 좌절감을 느낄 때나 실수를 할 때마다 스스로를 '나쁜' 보호자라고 여겼다. 완벽한 자신과 자꾸만 비교하며 매번 죄책감을 느끼고 남들에게 기대기를 꺼렸다.

당신의 세계관이 주입한 대로 도움을 받는 것을 달갑지 않게 여기는 사람이 되고자 한다면, 힘들어질 때는 어떻게 해야 하는가? 당신의 가치는 도움이 필요없는 것들의 목록에 따라 결정되지 않는다. 그런데도 얼마나 많은 사람들이 필요한 일을 부탁하기보다는 괜찮은 척하거나, 건강에 무리가 되는 행동을 하거나, 도움을 멀리하고 있는가?

우리는 현실적이고 정상적이며 인간적인 어려움 때문에 자신을 미워할 것이 아니라 스스로에게 친절해야 한다. 그러기 위해 가장 유용한 방법은 애정 어린 시선으로 자신을 바라볼 줄 아는 것이다.

누구나 힘든 시간을 겪기 마련이다. 우리의 삶 속에 들어와 있는 사람들은
우리가 다시 일어설 수 있도록 지지하고 도와줄 수 있다

힘든 상황에 놓인 어떤 사람을 최대한 생생하게 떠올려보자. 외롭고, 월세를 낼 돈이 없고, 소외감이 들고, 자신이 부적격자인 것 같고, 마음이 찢어지고 몸까지 아픈 사람이다. 도움과 사랑을 받아 마땅한 이런 사람을 보면 마음속에 연민이 일어난다. 마음이 스르륵 풀리는 기분이 들지도 모른다.

이번에는 그 시선을 당신 자신에게 돌려보자. 이곳에도 도움과 사랑을 받아 마땅한 사람이 있다. 당신 자신을 애정 어린 눈으로 바라보아라. 당신은 아무것도 증명할 필요가 없다. 아무것도 바꾸지 않아도 되고, 아무것도 달라지지 않아도 된다. 아무리 괴로운 순간에 놓여 있어도 당신은 가치 있는 사람이다.

4장에서 소개했다시피 당신은 언제든 진정한 자신에게 다가갈 수 있다. 애정과 연민의 원천이 되어주는 진정한 자신이 언제나 그 자리를 지키고 있다. 나는 보통 힘든 상황에 처하면 심호흡을 한 뒤 이렇게 말한다. '나의 진정한 자아는 지금 나에게 뭐라고 말할까?' 이 간단한 문장에 나를 진정한 자신과 연결시켜주는 신비로운 힘이 있다. 잊지 말자. 자신에게 상처를 주면서까지 더 큰 행복을 누릴 수는 없다. 자신을 사랑해야 더 큰 행복에 다가갈 수 있다.

자신을 사랑하는 한 가지 방법은 당신이 도움을 받을 가치가 있다는 사실을 깨닫는 것이다. 부디 이 말을 새겨듣길 바란다. 다른 사람들에게 도움을 받지 않으려 하면 뉴해피를 경험할 수 없다. 타인에게 도움을 주려고만 하면 그저 낡은 행복에 다른 옷만 입혀놓는 격이다. 밖에서 안을 들여다보기만 하며 밀물과 썰물처럼 서로 연결되는 현실에 동참하지 않는 것이다. 행복이 남들을 돕는 데서 싹튼다는 점을 받아들인다면 당신도 한 인간으로서 누군가의 도움을 받아야 한다는 사실 역시 수긍해야 한다.

우리가 주고받는 행위를 표현할 때 쓰는 말을 살펴보면, 타인에게 도움을 부탁하는 데 대한 우리의 인식에 얼마나 큰 영향을 미쳐왔는지 잘 드러난다. '다른 사람들에게 짐이 되고 싶지 않아', '내가 괜히 끼어들었다간 분위기만 망칠 거야', '내가 당신을 지치게 할까 걱정돼.'

인간이 가진 사랑, 연민, 지지는 유한하지 않다. 당신이 누군가에게 사랑을 바란다고 해서 그 사람의 한정된 사랑을 고갈시키는 것이 아니다. 사람은 유전油田이 아니다. 관심은 재생 불가한 자원이 아니다. 사람들에게 도움을 요청해도 된다. 그런다고 그 사람들의 등골을 빨아먹는 게 아니다. 오히려 그 반대다. 도움을 청하면 그 사람에게 누군가를 도울 기회를 제공함으로써 결과적으로 그가 행복을 느낄 수 있게 하는 셈이다.

누군가가 도움을 부탁하면 기꺼이 돕고 내가 도움을 필요로 할 때 기꺼이 요청하는 것, 이것이 내가 주장하는 돕기의 역설이다. 필요성이 생길 때마다 행복의 기회는 두 개가 된다. 필요한 사람을 위한 기회와 그 필요를 충족시켜주는 사람을 위한 기회다.

우리는 서로를 돕기 위해 이 세상에 왔다. '우리'에는 당신도 포함된다. 바다에는 파도가 있고, 새에게는 날개가 있고, 인간은 서로를 필요로 한다. 타인의 도움이 필요하다는 건 부끄러운 일이 아니라, 인간의 본질이다.

우리는 도움을 청하는 법을 다시 배워야 한다. 내가 '시그널 리스트Signal List'라고 이름 붙인 리스트를 만들어보길 추천한다. 다른 사람들의 도움을 필요로 할 때 우리의 몸과 마음, 머리가 어떤 신호를 보내는지 일기장이나 휴대폰에 정리해두었다가 필요할 때 참고하면 된다.

몸이 우리에게 보내는 신호들을 알아차리기 위해 당신이 힘들었던 시기를 떠올려보자. 그때 무엇을 느꼈는가?

몸이 보내는 신호

아래 내용은 몸이 보내는 가장 보편적인 고통의 신호 중에서도 의사와 심리치료사 들이 거론하는 대표적인 예시이다.

- 식습관의 변화
- 수면 장애
- 지나친 수면
- 극심한 불안감
- 신체적 통증
- 기억력 저하
- 온몸이 피곤하고 지치는 느낌

감정이 보내는 신호

나에게 가장 중요한 가르침을 준 한 사람은 심리학자이자 비폭력 대화nonviolent communication의 창시자인 마셜 로젠버그Marshall Rosenberg다.

로젠버그에 의하면 감정은 우리의 욕구가 충족되고 있는지 아닌

지를 가늠할 수 있는 정보다. 감정은 악마화하거나 두려워할 대상이 아니며, 당신의 삶을 객관적으로 보여주는 진실도 아니다. 단지 지금 일어나는 상황을 암시해주는 일종의 데이터다.

당신은 힘들 때 어떤 느낌이 드는가?

- 분노 • 불안감 • 두려움 • 좌절감 • 무력감
- 상처받은 느낌 • 질투심 • 외로움 • 슬픔 • 수치심

이러한 감정을 느낄 땐 '지금 나에게 뭔가가 필요할 수 있다'라는 신호이니 그 감정에 주의를 기울이자.

행동이 보내는 신호

만약 내적 감정을 알아차리기 어렵다면 외적 행동에 주목하면 된다. 당신의 생각과 감정은 당신의 행동에 영향을 미치고, 당신의 필요성을 분간할 또 다른 방법을 제시해준다. 예를 들어, 나는 차 안이나 집에서 노래 부르는 것을 좋아한다. 하지만 정말 힘들 때는 노래가 나오지 않는데, 지금은 이것이 주의를 기울여야 한다는 신호라는 사실을 안다.

다음은 당신의 행동이 보내는 신호일지도 모르는 몇 가지 예시이다.

- 좋아하는 사람들의 연락을 피하기

- 좋아하는 행사나 일정을 건너뛰기
- 잦은 자책
- 타인에 대한 험담, 비난 등
- 미디어를 지나치게 사용하기

당신의 시그널 리스트를 체크리스트로 바꾸어 활용해도 괜찮다. 외과의사인 아툴 가완디Atul Gawande는 《체크 체크리스트》에서 자신의 팀이 세계 곳곳의 여덟 군데 병원에서 근무 중인 임상의들을 상대로 실시한 사례를 소개했다. 환자의 치료 결과를 개선하기 위해 19단계 체크리스트를 활용해달라고 요청한 내용이었다. 임상의 상당수는 19단계가 불필요한 절차라며 투덜거렸지만 최종 조사 결과에서 크나큰 영향을 미친 것으로 나타났다. 수술 후 사망률이 47퍼센트나 줄었던 것이다. 눈에 잘 띄는 위치에 상기시킬 만한 내용을 비치해두자 상황을 개선하는 데 유용했다. 매주 시그널 리스트를 검토하며 자문해보라. '내가 요즈음 이런 신호를 감지한 적이 있었나?' 여기서 한발 더 나아가 룸메이트나 가족과 함께 체크리스트를 점검하는 것도 좋다. 그러면 서로를 더 잘 도와주기가 수월해질 것이다.

이제 당신은 언제 도움을 청해야 할지 알게 되었다. 이제 더 힘든 단계로 넘어갈 차례다. 실제로 도움을 청하기이다. "도움이 필요해." 이 말이 목구멍에서 탁 막혀 잘 나오지 않을 수도 있다.

때로는 정확히 어떤 도움이 필요한지 스스로도 알기 어려운 때가 있을 것이다. 가뜩이나 힘들어서 쩔쩔매고 있는 상황이라면 자신에게 무엇이 필요한지 알아내기가 정말 힘들 수 있다. 완벽하게 도움을 청하는 완벽한 사람이 되지 않아도 괜찮다는 점을 명심하기를. 누군가에게 손을 내밀어 부탁하자. "도움이 필요하긴 한데 구체적으로 어떤 도움이 필요한지는 잘 모르겠어. 나에게 이것저것 물어봐줄 수 있어? 내가 알아낼 수 있게 좀 도와줘." 누군가가 당신의 고통에 동참하게 하라. 혼자 고통받을 필요가 없다.

무엇이 필요한지 알고 있을 때는 다음 예시처럼 확실하게 직접적으로 말하는 것이 가장 좋다.

- **배우자에게:** 이번 주에 아이들 식사를 챙겨주면 큰 도움이 될 것 같아
- **상사에게:** 이번 프로젝트가 어려워서 애를 먹고 있는데 아이디어를 떠올릴 수 있게 도와주세요
- **코치에게:** 잠시 시간을 내어 제 이력서를 검토해주세요

사람들은 우리를 도와주고 싶어 한다. 코넬대 심리학자 바네스 본스Vanessa Bohns는 1만 4,000번이 넘는 도움 요청 실험을 통해 사람들이 얼마나 응해줄 것 같은지 참가자들이 추측했다. 그 결과 실제로 도와주겠다고 대답한 수치보다 참가자들이 짐작한 수치가 크게 낮았다. 심지어 도서관에서 빌린 책을 훼손하는 것처럼 잘못된 행동을 요청하는 경우도 예외가 아니었다. 자, 그러니 누군가에게 기꺼이 도움을 부탁해 그가 행복해질 기회를 주자.

힘들어서 쩔쩔매는 시간도 인생의 과정이다

나는 매주 금요일 오후에 집을 깨끗이 청소한다. 자료와 책을 한곳으로 모으고, 욕실과 주방을 청소하고 먼지를 닦고 청소기를 돌린다. 청소를 마치고 나면 깨끗하게 정돈된 집안이 너무 보기 좋다. 나는 매주 스스로에게 말해준다. "앞으로는 어지르지 말고 계속 이렇게 깨끗한 상태로 살자." 하지만 매주 똑같은 문제를 마주한다. 집에서 생활하다 보면 어쩔 수가 없다. 싹 정리하자마자 다시 하나둘씩 어지르게 된다.

이것이 인간이다. 현실은 그렇지 않다는 온갖 증거에도 불구하고, 우리는 언젠가 자기 인생의 문제가 전부 해결되고 그 상태로 영원히 머물 수 있는 마법의 순간이 찾아올 것이라고 생각한다.

낡은 행복은 특정 단계에서 성공하면 우리의 고통이 사라질 것처럼 생각하도록 부추긴다. 마이클 펠프스는 2020년에 실시한 어느 인터뷰에서 이런 생각에 대해 다음과 같이 말했다. "살다 보면 좋은 날도 있고 안 좋은 날도 있어요. 하지만 결승선은 없어요. 리우 올림픽 이후 수많은 인터뷰를 가졌는데 기사 내용이 똑같았어요. 마이클 펠프스가 우울증에 대한 이야기를 털어놓았고 치료를 받았다가 최근 올림픽에서 금메달을 땄고 이제는 괜찮아졌다 하는 식이었죠. 저도 정말 그랬으면 좋겠어요. 사는 게 그렇게 쉬우면 얼마나 좋을까요."

올림픽 메달을 스물여덟 개나 딴다고 해서 인생이 행복해지는

고통 없는 행복한 삶은 없다.
모든 삶에는 기쁠 때도, 슬플 때도 있는 법이다

건 아니다. 고통을 없애주지도 않는다. 나는 과거에는 행복한 삶이란 모든 고통을 없앤 삶이라고 믿었지만 이제는 안다. 행복한 삶은 고통과 더불어 살아가는 삶이다.

살다 보면 모든 게 환히 빛나고 아름답게 느껴지는 영광스러운 순간들이 있다. 사랑에 빠지거나 꿈을 실현하거나 새로운 모험을 시작할 때다. 하지만 이 순간은 삶을 이루는 한 조각일 뿐이며 순식간에 사라진다.

그 외의 대부분의 시간에는 엉망으로 얽힌 이런저런 상황을 마주한다. 심각한 고난이나 트라우마부터 따분한 직장 생활, 결혼 생활의 위기, 갑질하는 상사, 건강 문제 해결하기에 이르기까지 온갖 상황이 벌어진다. 행복은 이런 일들과 더불어, 또 이런 일들을 겪고 난 후 기쁨을 찾는 방법에 따라 결정된다.

이것은 살면서 얼마나 큰 성공을 거두었든 간에 모든 사람에게 해당되는 진실이다. 힘들어하며 쩔쩔맨다고 해서 당신이나 당신의 삶에 문제가 있다는 암시가 아니다. 그저 당신이 인간이라는 의미일 뿐이다.

고통을 감추고 힘들어한다는 사실을 부끄럽게 여기거나, 자신이 부족한 증거라고 여기게 만드는 세상을 살다 보면 이러한 사실을 너무 쉽게 잊어버린다. 어려운 상황에서 고통받는 것이 어떤 것인지 누구나 경험을 통해 잘 알면서도, 고통에 대해 터놓고 이야기하는 경우는 여전히 드물다.

내가 장담하는데, 기억을 더듬어보면 당신도 힘들어서 쩔쩔매면서도 겉으로는 아무 문제없는 척했던 시기가 있었을 것이다. 고통을 마음속 깊이 꾹꾹 누른 채 미소를 띠며 '난 괜찮아, 고마워!'라고 말했던 그런 시기가. 낡은 행복의 문화에서는 내적 안정감보다 외적 모습을 우선시하면서 결국엔 우리 모두에게 상처를 준다. 감춘 고통은 치유할 수 없지만 대면한 고통은 치유할 수 있다.

우리는 고통을 피한다. 자신의 고통도 타인의 고통도 외면하며, 그래야 더 큰 행복을 누릴 것이라고 잘못 생각한다. 오히려 반대로 해야 한다. 마음을 열고 자신의 고통에 연민을 가지고 대면하자. 고통은 인간으로 살아가면서 피할 수 없는 부분임을 인정하자. 자기 연민을 심리학 연구의 한 분야로 확고히 다진 심리학자 크리스틴 네프Kristin Neff는 이것을 '우리의 보편적 인간성our common humanity'이라고 말했다. 앞으로는 고생하며 힘들어할 때 스스로에게 이렇게 말해주자. '지금은 내가 힘들어하고 있지만 괜찮아. 이런다고 나에게 무슨 문제가 있는 건 아니야. 내가 인간이라 그런 거지. 인간으로 살아가는 과정의 한 부분일 뿐이야.'

당신의 고통을 다른 사람들과 함께 나눌 수 있는 방법도 생각해 보자.

짐바브웨의 정신의학자 딕슨 치반다Dixon Chibanda의 일화는 다음과 같은 대화가 주변에 미칠 수 있는 영향을 잘 보여준다. 몇 년 전에 치반다의 한 내담자가 자살로 생을 마감했다. 그 내담자는 집에서 320킬로미터 넘게 떨어진 병원까지 버스를 타는 것도 빠듯해하던, 형편이 곤궁한 여성이었다. 이 일로 치반다는 자신이 행하는 진료의 한계를 생각하지 않을 수 없었다. 자신이 그녀를 돕기 위해 무엇을 해줄 수 있었을까 하는 의문이 자꾸만 머릿속을 맴돌았다.

그러던 어느 날, 퍼뜩 이런 생각이 떠올랐다. 그러고 보니 모든 지역에는 다른 사람들을 도와주기에 안성맞춤인 사람들이 있었다. 바로 할머니들이었다. 그는 할머니들에게 1개월 과정으로 정신건강 기초 기술을 훈련시켰다. 이 훈련을 수료한 사람들에게는 전용 벤치를 마련해주면서, 이곳에서 사람들과 연민 어린 대화를 나누게 했다. 사람들이 저마다 겪는 어려움에 대해 허심탄회하게 털어놓을 수 있게 한 것이다.

이 프로그램에는 우정 벤치Friendship Bench라는 이름을 붙였다. 원래 이름은 정신건강 벤치Mental Health Bench였는데 한 할머니가 이 이름은 사람들에게 낙인을 찍는 느낌이라며 새로운 명칭을 제안했다. 지금까지 수천 명의 할머니들이 이 벤치를 받았고, 2022년 한 해에만 6만 명 이상에게 도움을 주었다.

이 프로그램을 조사한 여러 연구에 따르면, 내담자들만이 아니라 대화를 주도한 할머니들의 정신건강도 덩달아 좋아지는 의미 있는 결과를 보였다. 이처럼 고통에 대해 마음을 터놓고 대화하면 우리 모두에게 도움이 된다.

고통을 통해 우리는 연대하고 있다

당신이 지금까지 살면서 힘든 일들을 겪어왔다는 사실을 잘 알고 있다. 따돌림을 당하거나, 마음이 찢어지거나, 아주 슬펐던 경험이 있을 것이다. 부끄럽고 슬프고 외롭고 겁이 났던 순간도 있었을 것이다. 이러한 점을 생각하면 당신이 누구인지 모르는데도 애정이 느껴진다.

살면서 겪은 힘들었던 일을 한 가지 떠올려보자. 그 일을 다른 사람에게 털어놓는다면 어떻게 이야기하겠는가?

"얼마 전에 아버지를 잃었어."
"어릴 때 트라우마를 겪었어."
"자꾸만 부부싸움을 하게 돼서 고민이야."
"길을 잃은 것처럼 너무 혼란스러워."
"공과금 낼 돈을 구하느라 엄청 스트레스를 받고 있어."
"우리 아이가 힘들어하는데 어떻게 도와줘야 할지 모르겠어."

나의 일화를 예로 들면, 나는 예전에 이런 말을 자주 했다. '아직 나이도 젊은데 원인불명의 퇴행성 질병을 앓고 있어. 어떤 의사를 찾아가도 원인을 모르거나 아무 도움도 주지 못하는 배우자를 돌보며 살고 있어.'

이런 생각만 하면 너무 외로워졌다. 내 주변엔 나와 비슷한 일을 겪은 사람이 아무도 없었다. 내 고통은 다른 사람들의 고통과는 다르다는 생각에, 남들의 어려움을 외면했다. 그 바람에 더 자기중심적인 사람이 되어 나와 남들에게 연민을 느끼지 못했다.

그러던 어느 날, 내 고통을 새로운 방식으로 서술했다. '나는 치명적인 병으로 영향을 받고 있는 사람이야.' 그 순간, 지금까지 살면서 나와 인연이 닿았던 많은 이들이 치매, 암, 심장질환 등으로 나와 비슷한 류의 고통을 겪었다는 사실을 깨달았다. 남들과 겹치는 부분이 넓어지면서 이제 나는 더 많은 사람들과 연결되었다.

그러다 마침내 훨씬 더 넓은 시각을 가지게 되었다. "나는 고통을 겪고 있는 사람이야." 이렇게 관점을 넓혀서 보니 갑자기 모든 사람들에게 유대감이 생겼다.

각자의 고통이 서로를 연결하는 방식을 관찰하면 우리 자신과 남들에게 다른 차원의 연민을 가지게 된다. 이런 연민은 새로운 가능성으로 이어진다. 유대는 고통을 견딜만하게 해준다. 이 세상에 나만 혼자라면, 내가 이겨낼 수 있게 도와줄 사람이 아무도 없다면 어느 누가 고통을 극복할 수 있겠는가? 다른 사람에게 도움이 됨으로써 고통을 승화시킬 수 있는 가능성이 없다면 어떻게 고통을 견디겠는가?

스페인의 철학자 미겔 데 우나무노Miguel de Unamuno는 "인간은 추위로는 죽어도 어둠으로는 죽지 않는다"라고 말했다. 우리가 기진맥진해지도록 내모는 것은 고통이 아니다. 이 고통을 나 혼자만 겪는다는 느낌이다.

사람은 누구나 고통을 받는다.
저마다 고통은 우리와 다른 사람들을 연결해주는 끈이 될 수 있다

펠프스가 자신의 정신건강에 대해 입을 열기로 한 결정적 이유도 남들을 돕기 위해서였다.

어제 어떤 남자가 저에게 자기 딸 얘기를 해주었어요. 딸이 우울증을 너무 심하게 앓아서 정말 살고 싶은 마음이 안 들었는데, 제 얘기를 털어놓은 글을 읽었다고 해요. 그 글을 읽고 딸이 큰 힘을 얻었다고요. 저에겐 그런 일이 금메달을 따는 것보다 훨씬 더 뿌듯해요. 한 생명을 구하고, 그 사람이 성장하고 배워 또 다른 사람을 도울 기회를 가질 수 있다면, 그보다 더 기쁜 일도 없지요.

혼자 힘으로 고통의 심연에서 벗어나야 한다는 생각은 절대 하지 마라. 우리가 괜히 이 세상에 존재하는 것이 아니다. 주변에 도움의 손길을 내밀고 새로운 방향을 제안하고 웃어주고 선물 꾸러미를 가져다주고, 당신의 재능을 상기시켜주고 손을 잡아주고 도움이 될 만한 요소를 찾아봐주고, 안부 문자를 보내고 잘하고 있다고 칭찬해주기 위해 존재하는 것이다.

우리는 같은 고통을 느끼면서 결코 혼자가 아님을 깨닫는다. 어둠이 여전히 걷히지 않았을지라도 추위는 사라진다.

핵심 포인트

- 모든 사람은 도움을 필요로 한다. 다른 사람에게 도움을 청하는 것은 그 사람이 행복을 누릴 기회를 주는 것이다.
- 힘든 시기를 겪을 때는 우리 자신을 애정 어린 시선으로 바라보는 연습을 하자.
- 누군가에게 도움을 청해야 할 것 같은 순간을 감지하기 위해, 시그널 리스트를 만들자. 이 리스트를 사랑하는 이들과 공유하는 것도 좋은 방법이다.
- 우리의 삶이 고통에서 영원히 해방되는 마법 같은 순간은 없다. 고통을 연민으로 대하는 법을 배우고, 고통이 인간으로서 살아가는 과정의 일부임을 인정해야 한다.
- 고통을 바라보는 관점을 바꾸어야 한다. 우리를 단절시키는 것에서 우리를 연결시키는 것으로 초점을 달리하자. 자신이 처한 난관을 살펴보며 이 어려움이 나를 다른 사람들과 어떻게 연결해주는지 잘 생각해보자.

9
기쁨을 느낄 기회는 어디에나 있다

닌텐도의 유명한 게임 디렉터이자 디자이너로서 〈슈퍼마리오 브라더스〉, 〈동키콩〉, 〈젤다의 전설〉을 탄생시킨 미야모토 시게루는 과거 인터뷰 도중 세상을 재설계할 수 있다면 어떻게 하고 싶으냐는 질문을 받은 적이 있다.

그의 대답은 다음과 같았다. "사람들이 서로를 좀 더 배려하고 친절하게 대하도록 만들 수 있으면 좋겠어요. 우리 모두가 소소한 면에서 좀 더 인정이 많았으면 좋겠고요. 이기주의를 꺾어버리는 세상을 설계할 방법이 있다면, 그게 제가 만들고 싶은 변화예요."

이것은 우리가 만들고자 하는 변화이기도 하다.

미야모토의 이 희망은 낡은 행복의 에고시스템egosystem을 뉴해피의 에코시스템ecosystem으로 전환하는 것이다. 이 용어는 두 심리학자 제니퍼 크로커Jennifer Crocker와 에이미 카네벨로Amy Canevello가 규정한 것이다. 정말 절묘하지 않은가?

에고시스템의 핵심 목표는 에고를 북돋는 방식으로 자신을 드러내는 것이다. 자신의 욕구와 바람을 좇는다. 삶을 이겨야 하는 경쟁으로 보기 때문에 그 과정에서 남들을 이용하거나 짓밟아야 하더라도 개의치 않는다.

반면 에코시스템에서는 자신이 사회의 일부이고 서로가 연결되어 있으며, 자신의 행동이 남들에게 영향을 미친다는 사실을 아는 것이다. 따라서 타인에게 관심을 가짐으로써 자신도 행복해지는 데 도움을 받을 수 있다는 점을 인정한다.

이러한 세계의 설계를 미야모토에게 떠넘길 수는 없다. 우리 세계의 설계자는 우리 자신이다. 저마다 보고 싶은 방식으로 세계를 바꿀 힘이 우리 각자에게 있다. 이런 세계의 설계자로서 우리가 활용할 수 있는 특별한 캔버스가 있다. 바로 타인과의 관계다.

우리가 유대하는 순간들

다음의 상황을 상상해보자. 어느 평범한 날이다. 알람이 울린다. 당신은 침대 밖으로 나와 발을 질질 끌며 주방으로 향한다. 잠시 후,

아이들이 일어난다. 아이들에게 아침을 먹이고 학교에 갈 준비를 시킨 후, 집 밖으로 나선다.

직장으로 출근한 당신은 팀원들, 고객들과 소통하며 하루를 보낸다. 근무 도중 메시지를 받는다. 친구들이 토요일에 가족끼리 모여 바비큐 파티를 열고 싶은데 함께하지 않겠느냐고 묻는다. 점심시간이 되자 회사 근처 공원의 푸드 트럭에서 후딱 점심을 먹는다. 직장 동료가 자신의 배우자가 항암치료를 받았다는 얘기를 하자, 진을 쏙 뺀다는 그 치료를 받고 컨디션이 괜찮아졌는지 묻는다. 오후 근무 시간에는 커피차가 있는 곳으로 잠깐 내려가서 좋아하는 음료를 산다. 퇴근하고 집으로 돌아오니 배우자가 먼저 와 있다. 아이들을 데리고 놀이터에 가기 위해 일찍 퇴근한 참이었다.

당신은 마트에서 사온 식재료로 저녁을 만든 후, 부모와 영상 통화를 한다. 아이들이 잠자리에 든 후 뉴스를 틀자 몇백 킬로미터 떨어진 곳에서 산불이 났다는 보도가 나온다. 요즘 만나는 사람마다 극찬하는 TV 시리즈로 채널을 돌린다. 어느새 자야 할 시간이 된다. 하루가 또 이렇게 끝난다.

평범한 하루 아니냐고? 아니, 전혀 평범하지 않다. 특별하다.

우리 모두는 하루 종일, 하루도 빠짐없이 유대 관계에 있는 사람들과 소통한다. 이 평범한 하루를 보내면서도 우리는 다음의 모든 대상과 교류하는 셈이다.

• 가족 • 직장 동료 • 고객 • 친구 • 이웃 • 자연

사실 우리가 평범하다고 생각하는 하루 일과의 상당수는 세상에 자기 자신을 내어주고 그 대가로 남들도 우리에게 자신을 내어주는 에코시스템에 동참하는 과정인 셈이다.

일상에서 느끼는 이런 유대의 순간들이야말로 뉴해피를 살아가기 위한 최고의 출발점이다. 이 순간들마다 엄청난 세 가지 변화를 이끌어낼 수 있다.

"도와드릴까요?"

여배우 옥타비아 스펜서는 1990년대 초에 할리우드에서 성공하겠다는 포부를 품고 로스앤젤레스로 향했다. 어느 날, 오디션을 보러 가던 중 차가 고장 나 하필이면 통행량이 많은 교차로 한가운데서 멈춰 섰다. 여기저기서 경적이 빵빵 울리고 새똥 천지인 낡아빠진 차를 당장 빼라는 고함이 들려올 뿐, 누구 하나 나서서 도와주는 사람이 없었다.

그때 옆에서 오토바이 굉음이 들리더니 한 남자가 오토바이에서 내리며 물었다. "저기요, 도와드릴까요?" 그는 키아누 리브스였다. 그는 차가 교차로 밖으로 빠져나갈 수 있게 밀어주었다.

키아누 리브스는 도움을 줄 기회를 보았고, 붙잡았다. 당신도 할 수 있다. 이것이 첫 번째 변화다. "도와드릴까요?"라고 질문하는 것.

앞에서 살펴본 평범한 하루를 다시 생각해보자. 타인을 도울 수 있는 유대의 순간들이 이렇게나 많다.

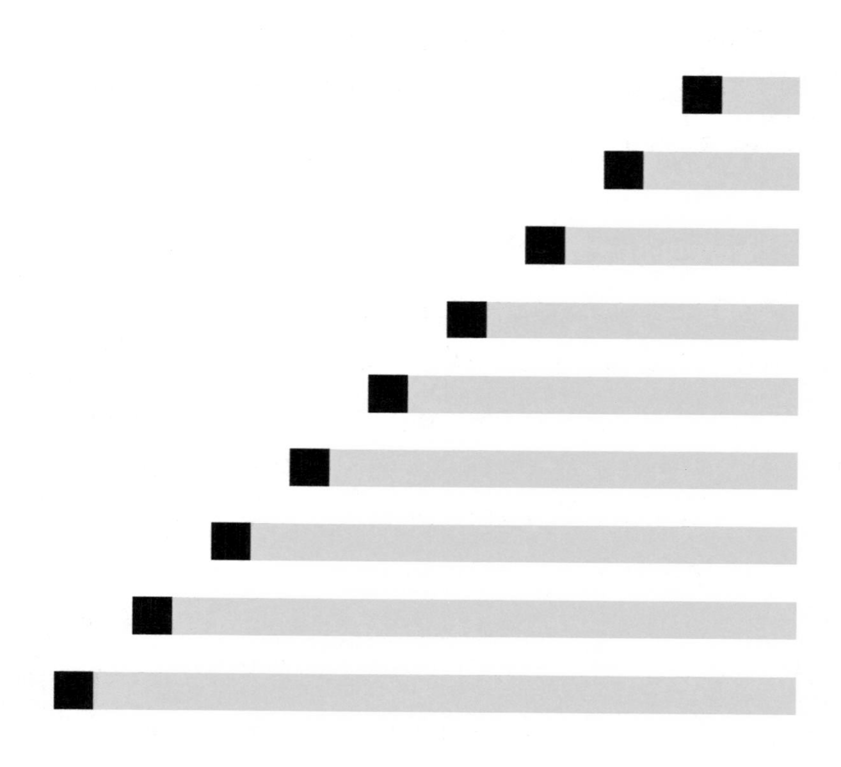

지금 당장 도움을 줄 수 있다.
하루 동안 타인을 도울 기회가 없는지 유심히 살펴보자

- **직장 동료**: 배우자가 치료 중이라는 얘기를 듣고 직접 만든 음식을 나눠주겠다고 제안한다.
- **친구**: 바비큐 파티에 초대받았을 때, 얼마 전에 이사를 와서 아직 친한 친구가 없는 동네 이웃을 초대해도 되겠느냐고 물어본다.
- **지역 주민**: 특정 지역의 산불 보도를 접했을 때 성금을 보낸다.

여러 연구에서 밝혀졌듯, 선뜻 나서서 돕지 못하도록 우리의 발목을 잡는 장애물 중 하나는 자신에 대한 생각이다. 우리는 남의 시선을 의식한다. '내가 괜한 일을 하는 게 아닐까? 이런 말을 해도 될까?' 자신의 도움이 과연 쓸모가 있을지도 걱정한다. '내가 이런다고 도움이 되긴 할까?' 밝혀진 바에 따르면 모두 바보 같은 걱정이다. 우리가 걱정을 떨쳐내고 친절을 베풀면 사람들은 진심으로 고마워한다.

사회학 창시자인 에밀 뒤르켐Émile Durkheim은 어느 글에서 "이타주의는 그저 사회생활의 꽃이 아니라 사회생활의 근본적 토대"라고 했다. 타인에게 마음 써주는 행동 하나하나가 한 땀 한 땀의 바느질이며 이런 바느질이 우리 모두를 하나로 뭉치게 해주는 것이다.

"나에게 도움을 준 사람은 누구일까?"

내 친구 아만다의 경험담 중 오랫동안 잊히지 않는 이야기가 있다. 아만다가 출근 열차를 놓치지 않으려고 서둘러 가면서 업무 문제로 심각한 통화를 하던 날이었다. 그녀는 주차한 후에 트렁크에서 가방을 집어 들고 기다란 플랫폼을 걷기 시작했다.

멀리 떨어진 플랫폼 끝까지 정신없이 가던 중, 깜빡하고 차 트렁크를 닫지 않았다는 사실을 깨달았다. 한숨을 내쉬며 돌아가니 어떤 사람이 자기 차 옆을 지나가고 있었다. 그 사람은 주위를 한번 둘러보더니 근처에 지나가는 사람이 아무도 안 보이자 아만다의 차 트렁크 문을 닫고 가던 길을 계속 걸어갔다. 아만다가 실수로 문을 닫지 않았다는 사실을 기억하지 않았다면 그 소소한 순간을 못 봤을 테고, 자신이 도움을 받았던 사실을 꿈에도 몰랐을 것이다.

우리는 자신이 받는 도움을 당연한 것으로 여기기 십상이다. 나도 이 사실을 잘 기억하지 못해 애를 먹을 때가 많다. 이런 이유로 두 번째 변화가 정말 중요하다. '나에게 도움을 준 사람은 누구일까?'

앞에서 살펴본 평범한 하루 일과 중에도 당신은 다른 사람들의 도움을 받았다.

- **직장에서**: 오늘 발표한 내용이 아주 좋았다고 동료가 칭찬해주었다.
- **커피차에서**: 당신이 항상 오후 2시 30분쯤 온다는 사실을 알고 있는 커피차 사장이 당신이 좋아하는 음료를 미리 준비해두었다.
- **가정에서**: 배우자가 일찍 퇴근해서 아이들을 보살핀 덕분에 저녁 시간을 여유 있게 보낼 수 있었다.

당신이 받은 도움에 주의를 기울이면 고마운 마음에 가슴이 벅차오를지 모른다. 실제로도 이러한 감사함이 개인의 행복과 건강을

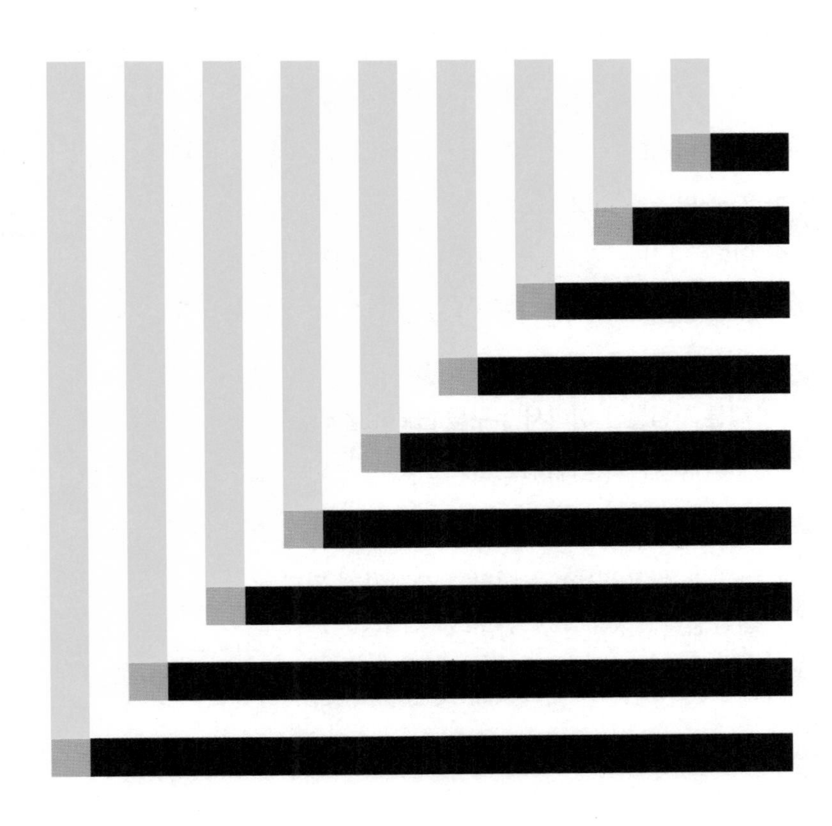

우리는 매일 도움을 받으면서도 이러한 사실을 알아차리지 못하고 지나칠 때가 많다.
주위를 둘러보며 사람들이 당신을 어떻게 도와주었는지 눈여겨보자

유지하는 데 일등 공신인 것으로 증명되었다. 또한 여러 연구를 통해 우울증, 불안, 혈압, 삶의 질이 개선되는 것으로 밝혀졌다.

어떤 연구자들은 감사하는 습관이 스트레스로부터 건강을 보호해주는 완충 역할을 한다고 말한다. 하지만 나는 완충 역할을 해주는 것은 감사한 마음 그 자체가 아니라 감사할 이유를 제공해주는 사람들이라고 생각한다. 이제 더는 혼자 힘으로 해내려고 쩔쩔매지 마라. 주변을 둘러보면 당신을 지켜주고 보살피고 도와주는 사람들이 있다. 당신은 결코 혼자가 아님을 기억하라. 서로가 따로따로 떨어진 개별적 존재가 아니게 되면, 감사한 일들이 더욱 많아진다.

"다른 사람들은 어디서 누구를 돕고 있을까?"

매일 뉴스를 볼 때마다 다른 사람들에게 피해를 주는 사람들의 소식을 접한다. 실제로 우리 대다수는 시간이 지날수록 세상이 악인들로 가득한 위험한 곳이라고 생각하게 된다.

펜실베이니아대학의 심리학자 제르 클리프턴Jer Clifton은 '원초적primal' 믿음이라고 이름 붙인 이런 생각이 '세상은 악한 곳일까, 선한 곳일까?'라는 의문에 대한 답을 준다고 주장한다.

세상은 위험한 곳이라고 믿는 쪽이 유리하다는 사람들이 많다. 이런 생각이 우리를 삶의 불가피한 고통에서 지켜주고, 더 지혜롭고 이성적인 태도를 갖게 해주며, 경쟁에서 우위를 차지할 수 있게 해준다는 논리다. 세상이 선한 곳이라고 믿는 사람들은 아무리 좋게 봐도 순진한 것이고, 정말 바보 같은 사람 쪽에 더 가깝다고 주장한다.

하지만 클리프턴의 연구에 따르면 이런 주장은 틀렸다. 세상이 악한 곳이라는 믿음은 직업적 성공, 충족감, 행복과 같은 긍정적 성과를 달성하는 데 실질적으로 도움이 되지 않는다. 클리프턴은 한 연구에서 수천 명의 사람들에게 세상에 대해 어떤 믿음을 가지고 있는지 질문한 후, 그 세계관이 자신들의 삶에 어떤 영향을 미쳤는지 검토해달라고 부탁했다. 그 결과, 세상이 악한 곳이라고 믿는 사람들은 다음과 같은 특징을 보였다.

- 신체적, 정신적으로 덜 건강하다.
- 자살 시도 가능성이 더 높다.
- 직업에 대한 불만이 더 높고, 업무 수행 능력도 평균을 밑돈다.
- 행복을 느끼는 경향이 낮은 편이다.

반면, 세상이 선한 곳이라는 믿음은 성공, 건강, 행복과 연관이 있었다. 나는 냉소적이 될 때마다 안네 프랑크가 나치를 피해 비좁은 다락방에 숨어 지내면서 쓴 일기 내용을 자주 떠올린다. "모든 일이 안 좋게 돌아가고 있지만 난 여전히 사람들의 본심은 선하다고 믿는다."

그러니 세 번째 변화로써, 스스로에게 이렇게 물어보자. '다른 사람들은 어디서 누구를 돕고 있을까?'

평범한 하루 일과 중에도, 많은 사람들은 당신 주변에서 이런저

갇혀 있던 시선을 넓혀보자.
사회 곳곳에서 많은 사람들이 서로를 도우며 살아가고 있다

런 도움을 주고 있다.

- **가정에서**: 큰아이와 노는 동안, 배우자가 작은아이를 보살핀다.
- **직장에서**: 각 분야의 의료 전문가들은 고도로 훈련받은 의술을 기반으로 직장 동료의 배우자를 치료하고 있다.
- **사회 전반에서**: 소방관들이 거센 불길과 싸우며 생명과 재산을 지켜내려 노력한다.

당신이 주목하게 된 다른 사람들의 선행을 주변에도 알려주는 습관을 기르자. 모금 운동을 시작한 동료들, 정의를 위해 목소리를 내는 친구들, 자신의 과자를 당신의 아이에게 나눠주는 이웃집 아이. 이런 선행을 다른 사람들에게 널리 알려주자. 세상이 좋은 사람들로 넘쳐나는 선한 곳이라는 증거를 차곡차곡 쌓아가자.

이런 믿음은 중요하다. 우리는 주변 사람들의 행동을 통해 세상을 바라보는 관점을 쌓아간다. 세상이 자신만을 위해 행동하는 사람들 천지라고 인식하면 그런 관점으로 당신의 행동이 어떻게 바뀌겠는가? 자신을 보호하기 위해 이기적인 행동을 제일 우선시하는 사람들이 사방에 넘쳐난다면 당신도 그런 식으로 행동할 가능성이 높다. 하지만 다른 사람들의 행동을 관대하고 친절한 시각으로 바라보면 그와 똑같이 행동하고 싶어진다.

당신의 선행은 남들에게 영향을 미치는 자극으로 이어진다. 작가 파울로 코엘료가 썼듯 "세상은 당신의 의견이 아니라 모범으로 바뀐다." 당신이 선행을 펼칠 때마다 다른 누군가에게 증거를 보여주는 셈이다. 인간의 선함을 계속 믿어도 되는 이유를 갖게 해주는 것이다. 당신이 세상에 점점 절망감을 느낀다면 '내가 누군가의 증거가 되어주겠다'라는 마음을 갖자.

어떤 사람이 누군가를 돕는 모습을 지켜보면 마음 깊은 곳에서 무언가가 느껴진다. 마음속에서 어떤 줄이 퉁겨지는 것처럼, 인정의 울림이 일어나면서 이것이 우리의 진짜 본성임을 깨닫게 된다.

일본에서 2011년 발생한 대참사 관련 기사를 봤을 때 나는 줄이 퉁겨지는 듯한 느낌을 받았다. 참사 후 일단의 연로한 노인들이 후쿠시마 원자력 발전소에서 자원봉사 활동을 시작했다. 방사능의 영향을 직격탄으로 받으리란 걸 알면서도. 알렉스의 담당 간호사 알레인이 그가 좋아하는 베개와 담요를 항상 챙겨주어 언제 가도 편안해하는 모습을 볼 때와 비슷한 느낌이었다. 알렉스를 조금이라도 더 편하게 해주려는 알레인의 배려가 감동을 주었다.

우리 마음의 줄이 퉁겨지면 놀라운 일이 일어난다. 여러 연구에서 밝혀진 바에 따르면 누군가가 친절을 베푸는 모습을 보는 것만으로도 당신 역시 다른 사람들에게 친절을 베풀 가능성이 높아진다. 그 사람의 친절한 행위가 긍정적인 반응을 자극해, 나도 누군가에게 도움이 되고 싶은 마음에 불을 지핀다. 당신이 그 마음을 실행으로 옮기면 그 파급력은 당신을 초월해 훨씬 멀리까지 번져 나간다. 돕는 행동에는 전염성이 있어서 공동체 전체로 퍼지게 되어 있기 때문이다.

당신이 누군가를 도울 때마다 당신은 단순히 한 번의 선행을 하는 것이 아니다. 수많은 선행의 연쇄반응을 개시하는 것이다. 당신이 튕긴 마음의 줄이 오케스트라의 교향악으로 울려 퍼질 수 있다.

당신이 일으킬 수 있는 가장 큰 변화

"도와드릴까요?", "나에게 도움을 준 사람은 누구일까?", "다른 사람들은 어디서 누구를 돕고 있을까?" 이 세 가지 일상적 질문은 당신과 다른 사람들이 매일매일 더 행복한 나날을 보내게 해줄 힘을 가지고 있다.

우리의 모든 행동에 누군가를 돕는 행위를 접목시키는 삶을 선택하면 더 깊이 있고 더 위대한 차원의 행복을 만날 수 있다.

1980년대에 전 세계에는 냉전의 긴장과 에티오피아 기근의 참상으로 아슬아슬한 분위기가 감돌았다. 이때 일단의 사회과학자들은 자신들이 할 수 있는 일을 찾으려고 노력했다. 그들 중에는 스탠퍼드대학 심리학자인 윌리엄 데이먼William Damon과 앤 콜비Anne Colby도 있었다.

데이먼과 콜비는 마틴 루터 킹 주니어, 넬슨 만델라, 플로렌스 나이팅게일, 소저너 트루스(Sojourner Truth, 19세기 미국에서 활동한 노예 출신, 아프리카계 미국인 노예제폐지론자이자, 여성인권운동가-옮긴이) 등이 보여준 도덕적 귀감을 연구하면 어떤 교훈을 얻을 수 있을지 궁금했다. 이 사람들의 가치관은 태어날 때부터 타고난 것일까, 아니면 살면서 접한 어떤 사건의 영향을 받은 것일까? 이 사람들이 남들과 다른 점은 무엇일까? 그리고 무엇보다, 많은 이들에게 도덕적 행동을 북돋우는 데 이들의 인생행로가 좋은 가르침이 될 수 있을까?

데이먼과 콜비는 이런 질문에 답하기 위해 남들을 돕고자 비범한 일을 해낸 평범한 사람들을 살펴보는 연구에 착수했다. 까다로운 기준에 따라 이런 사례를 엄선하니 인터뷰 대상자가 스물두 명으로 추려졌다.

이들은 외면적으로는 공통점이 없어 보였다. 이들 중엔 박사학위 소지자도 있었고 고등학교도 졸업하지 못한 사람들도 있었다. 기업 임원도, NGO 직원도 있었다. 어떤 이들은 종교기관에 몸담고 있었고 어떤 이들은 언론매체에서 일했다. 서른다섯 살부터 예순여섯 살까지, 연령대도 다양하게 분포되어 있었다. 부유한 집안 출신도 있었고 가난한 집에서 자란 사람들도 있었다. 서로 다양한 정치적 견해를 가졌고 인생의 신조도 저마다 달랐다.

하지만 데이먼과 콜비가 더 깊이 연구한 결과, 이 비범한 인물들 사이에 몇 가지 결정적인 공통점이 나타났다. 이들은 확신을 가지고 있었다. 무엇이 옳고 그른지 알고 있었고, 자신의 신념에 따라 행동하려는 책임감도 있었다. 또한 일상에서 아주 큰 기쁨을 느끼며 미래를 낙관적으로 바라보았다. 많은 사람들이 봉사하는 삶은 따분하고 지루하고 별다른 낙이 없거나, 감당하기 힘든 고통이 있어서 그 고통을 잊기 위해 봉사하는 것이라고 생각하는 경향이 있다. 이 연구가 입증한 바에 따르면, 실제로는 그렇지 않았다. 봉사는 오히려 희망과 행복감을 늘려주었다.

이 연구에서 무엇보다 중요한 대목은 따로 있었다. 이들에겐 개인적 목표와 세상에 대한 목표가 서로 별개이거나 상충하는 관계가 아니었다는 점이다. 두 목표가 서로 맞물려 상호 보완하는 관계였다. 결국 그들의 목표는 하나인 셈이었다. 이들은 자신의 행복과 세상의 행복을 동시에 추구했다.

에이브러햄 매슬로도 이러한 사실을 깨달았다. 여섯 번째 욕구인 자기초월 욕구를 깜빡했다는 것을 깨달은 직후에, 그는 다음과 같이 썼다.

> 실증적 사실에 의거할 때, 우리 인간이 할 수 있는 최고의 경험인 자아실현을 이룬 사람들은 누구보다 인정이 많다. 또한 사회를 개선하고 개혁하는 위인들이자 불의, 불평등, 노예제, 잔학성, 착취에 맞서는 싸움에서 누구보다 뛰어난 활약을 벌이는 전사들이다. 한편으로는 우수성, 효율성, 유능함을 위한 싸움에서 최고의 전사들이기도 하다. 게다가 점점 더 확실해지고 있다시피, 가장 잘 '도와주는 사람'이 인간으로서 가장 완전한 사람이다. (중략)
> 더 잘 '도와주는 사람'이 되는 방법은 더 좋은 사람이 되는 것이다. 한편, 더 좋은 사람이 되기 위해 꼭 필요한 한 가지는 다른 사람들을 돕는 일이다. 따라서 두 가지 일을 동시에 해야 하는데, 이것은 충분히 가능한 일이다.

이것이 가장 중요한 마지막 변화다. 당신 자신이 되는 동시에 당신 자신을 내어주는 삶을 일구어라. 그러려면 당신의 재능을 통해 세상에 도움이 되어야 한다.

메리 올리버의 시 '일하는 자들의 노래Song of the Builders'에는 언덕에 앉아 천천히 유기물을 분해하는 귀뚜라미를 지켜보는 대목이 있다. 이 행동은 지구 생태계에서 귀뚜라미가 펼쳐 보이는 고유한 역할이다. 세상은 곳곳의 영양분을 흙으로 되돌려주는 귀뚜라미의 역할에 의지하고 있다. 올리버가 우리에게 간곡히 전하듯, 누구나 이 세상에 도움을 줄 수 있는 자신만의 "설명할 수 없는 방식"을 가지고 있음을 잊지 말자.

당신에게는 당신만의 역할이 있다. 당신 고유의 재능(당신의 존재 자체와 당신이 알고 행하는 모든 것)을 활용하는 역할 말이다. 이제부터는 저마다 가진 고유의 재능을 발견하는 시간을 가져보자. 어떻게 그 재능을 활용하면 좋을지도 함께 알아볼 것이다.

핵심 포인트

- 이제부터 우리 자신을 세상의 설계자로 바라보자. 당신의 행동이 이 세상을 에고시스템에서 에코시스템으로 변화시킬 수 있다.
- 첫 번째 변화는 "도와드릴까요?"이다. 내가 누군가에게 도움이 될 만한 기회와 방법이 있을지 눈여겨보자.
- 두 번째 변화는 "나에게 도움을 준 사람은 누구일까?" 생각하는 것이다. 당신이 도움을 받았던 순간에 주목해보자.
- 세 번째 변화는 "다른 사람들은 어디서 누구를 돕고 있을까?"이다. 우리가 선한 세상을 살아가고 있다는 증거를 쌓자.
- 마지막 변화는 자신의 재능을 통해 세상에 기여함으로써 삶을 바느질하는 일이다. 이렇게 하다 보면 자아실현과 자기초월을 동시에 경험할 수 있다.

4

Uncover Your Gifts

재능의 재발견

10

필요 없는 사람은 없다

"아빠, 이야기 들려주세요."
부모라면 누구나 익숙한 말이다. 하지만 리처드 애덤스Richard Adams에겐 이 말이 그의 삶을 바꾸어놓았다.

어느 날 그는 딸들을 차에 태우고 학교에 데려다주다가 이 말을 들었다. 그는 즉흥적으로 이야기 하나를 만들어냈다. 헤이즐과 파이버라는 두 토끼가 새로운 터전을 찾기 위해 어쩔 수 없이 위험한 여정에 나섰다가 무서운 악당을 만나는 이야기였다. 딸들은 이야기에 푹 빠져 글로 써달라고 졸랐다. 어찌나 귀찮게 졸라대던지 결국 해줄 수밖에 없었다.

애덤스는 소설을 써본 적이 없는 사람이었다. 평생을 영국의 공

우리의 내면에는 인성, 특기, 지혜라는 세 가지 재능이 있다

무원으로 살았다. 하지만 몇 개월 동안 저녁마다 글을 쓴 끝에 원고를 완성할 수 있었다. 원고는 일곱 번이나 퇴짜를 맞다가 어느 작은 출판사에서 겨우 받아주어 2,000부만 찍기로 했다.

이 책이 역대 아동도서 중 가장 크게 성공하면서 엄청난 사랑을 받은 타이틀 중 한 권인 《워터십 다운》이다. 소설 분야에서 가장 영예로운 상으로 손꼽히는 앤드류 카네기 메달을 수상했으며 지금까지 수백만 부가 팔려나갔다. 한때는 펭귄그룹의 역대 최고 베스트셀러에 등극하기도 했다. 리처드 애덤스는 쉰둘이라는 나이에 자신의 재능을 발견한 것이다.

재능의 세 가지 유형

로마 가톨릭교회 수도사인 토머스 머튼Thomas Merton은 이런 글을 썼다. "모든 사람에게는 저마다 무언가가 될 소명이 있다. 다만, 확실히 이해해야 할 것이 있다. 이 소명에 따르면 우리는 단 한 사람, 자기 자신만이 될 수 있다."

우리를 자기 자신이 되게 해주는 무언가를 어떻게 발견할 수 있을까? 수년간 많은 사람들이 이 의문에 나름대로의 답을 제시했다. 덕분에 나는 운이 좋게도 많은 것을 배울 수 있었다. 긍정심리학을 수련할 때는 자신의 부족함이 아니라 저마다 가진 장점을 바탕으로 인간을 바라보는 관점을 배웠다. 두 심리학자 마틴 셀리그만Martin

Seligman과 크리스토퍼 피터슨Christopher Peterson은 우리 내면의 인격은 기본적으로 선하고 함양할 수 있으며, 모든 사람에겐 저마다의 건강한 삶과, 삶을 변화시킬 수 있는 고유한 장점이 있다는 주장을 펼쳤다. 이 분야를 창시한 또 다른 학자인 미하이 칙센트미하이Mihaly Csikszentmihalyi는 인간의 잠재력, 재능, 성취력을 연구하는 데 인생을 쏟아부었다. 나는 이 연구자들의 기여를 바탕으로 철학, 종교, 예술 등 여러 분야에 걸친 광범위한 연구를 벌이는 한편 뉴해피의 삶을 사는 사람들과 인터뷰를 가지면서 그들의 공통점을 찾아낼 수 있었다.

모든 인간은 세 가지 재능을 가지고 있다. 인성, 특기, 지혜가 그것으로, 이 세 가지 재능은 뉴해피의 세계관에 바탕을 두고 있다.

- 이 재능들은 진정한 자신 안에서 시작된다.
- 갈고닦은 행동을 통해 외부로 드러난다.
- 당신과 세상이 모두 건강해지는 데 도움이 된다.

리처드 애덤스의 사례를 통해 이 세 가지 재능을 하나씩 살펴보자. 먼저, 첫 번째 재능이다. 당신의 인성, 즉 당신이 어떤 사람인가 하는 점이다.

당신의 인성이란, 진정한 당신이 지닌 내면의 선함을 나누는 방식과 연관된다. 애덤스의 경우, 그의 인성은 《워터십 다운》을 통해 우리가 어떤 사람이고 어떻게 하면 서로를 더 잘 이해하고 세상을 더 친절하게 대할 수 있는지에 대해 중요한 교훈을 일깨우는 방식으로 드러났다.

애덤스 본인은 이 책이 우화나 도덕적 가르침이 아니라고 강조했지만 독자들은 그가 책에 담아낸 중요한 교훈들을 짚어내며 우리가 자연과 동물을 대하는 방식을 성찰하고, 견제받지 않는 권력의 위험성과 정치가 일상에 미치는 영향 등을 고민한다.

그리고 당연한 이야기이지만, 애덤스의 재능은 아이들을 향한 사랑으로 촉발된 것이다. 다음 세대를 생각하는 마음이 없었다면 이 책을 쓸 일도 없었을 것이다.

이제 재능의 두 번째 유형인 특기, 즉 당신이 하는 일에 대해 살펴보자.

《워터십 다운》은 무서운 내용이지만 애덤스는 무서운 이야기를 끌고 가는 측면에서든, 그 이야기를 독자에게 전달하는 측면에서든 두루두루 특기를 가졌다. 그는 어렸을 때 무서운 책을 읽으며 울면서도 손에서 책을 놓을 수 없었던 기억을 떠올렸다. 그의 아이들은 종종 아빠가 잠자리에서 들려주는 이야기가 너무 무서워 밤새 잠을 잘 이루지 못했다.

또한 애덤스는 타고난 이야기꾼으로서 딸들에게 자주 재미있게 이야기를 들려주었다. 그는 이런 재능을 글쓰기로 전환시켜 《워터십 다운》 이후 평생 열다섯 권이 넘는 책을 써냈다.

재능의 세 번째 유형은 지혜, 즉 당신이 알고 있는 것이다. 《워터십 다운》은 애덤스가 자신의 고향 햄프셔주에서 살면서 군대 시절

쌓은 깨달음과 야생 생물에 대한 지식을 한데 엮은 것이다. 이 내용을 바탕으로 그는 딸들과 수백만 독자들이 무서워하면서도 푹 빠져들게 하는 묘미가 있는 이야기를 만들어냈다.

그런데 그의 가장 깊은 지혜는 따로 있다. 일반적인 견해와 달리 아이들도 무서운 이야기를 보다 깊이 있고 의미 있는 메시지로 소화할 수 있다고 통찰한 점이었다. 그가 생각하기에 너무도 많은 작가와 출판사 들이 아이들의 수준을 낮게 보는 듯했다. 현실을 있는 그대로 보지 못하게 감추면서 인생과 세상에 대한 중요한 메시지를 전해주지 않는 것 같았다. 하지만 그가 생각하는 예술의 목적은 감상자가 몇 살의 누구이든 인생의 진실을 알려주는 데 있었다.

점점 커져가는 기쁨을 느끼기

당신이 한 가지 재능을 발견했는지 여부를 알아볼 수 있는 쉬운 방법이 있다. 그 재능을 활용할 때 기분이 좋아지는지 여부를 살펴보면 된다.

우리의 기분이 얼마든지 좋아져도 괜찮다. 그게 당연한 일이 아닐까? 재능은 우리에게 기쁨을 가져다주어야 한다. 재능을 발휘할 때 진정한 자신과 연결되는 것이 느껴진다. 살아 있다는 느낌과 함께 활기가 돈다. 재능은 우리에게 이렇게 속삭인다. '이게 바로 내가 해야 할 일이야.'

노벨상과 퓰리처상을 수상한 작가 토니 모리슨Toni Morrison은 〈파리 리뷰The Paris Review〉와의 인터뷰에서 정치에 관심이 많다고 밝혔다. 인터뷰어가 그러면 왜 글쓰기 대신 정치 활동을 하지 않느냐고 묻자 이렇게 답했다. "나는 정치인으로서는 별로 두각을 보이지 못했을 거예요. 그러다 흥미를 잃었을 테고요. 나는 정치에는 자질과 재능이 없어요. 다른 사람들을 조직적으로 단결시키는 걸 잘하는 사람들이 있는데 나는 그런 일은 잘 못해요. 따분해요."

사실, 모리슨은 글쓰기가 자신의 진정한 재능이라는 사실을 알기까지 제법 긴 시간을 보냈다. "제가 글을 좀 쓰는 것 같다는 생각은 늘 했어요. 다른 사람들이 그렇게 말했으니까요. 하지만 그건 그 사람들 척도이지 제 척도는 아니잖아요. 그래서 사람들의 말을 듣고도 흘려 넘겼어요." 당신의 재능이 무엇인지는 그 누구도 알려줄 수 없다. 자신이 받는 느낌을 통해 본인만 알게 되어 있다.

자신의 재능을 발견할 때의 기쁨은 이 재능을 조합해 누구도 따라할 수 없는 무언가를 이루어낼 때 더욱 커진다. 리처드 애덤스를 생각해보자. 세상에는 그 말고도 다른 작가들이 많다. 자녀에게 무서운 이야기를 들려주는 아버지들, 햄프셔주에 거주하는 사람들, 전투를 경험한 사람들도 많다. 하지만 고유한 재능을 조합해 《워터십 다운》을 완성해낸 사람은 애덤스 말고는 없었다.

재능이 둘도 없이 고유한 이유는, 이 재능들이 따로따로 작동하지 않기 때문이다. 여러 재능이 다양한 색실로 짜는 태피스트리처럼 한데 어우러져 멋진 작품을 만들어내듯, 세 가지 재능도 저마다의 고유한 특색을 지니고 있다.

낡은 행복이 지배하는 사회에서는 비교가 성공과 자신의 가치를 결정짓는 기준이 된다. 하지만 당신과 똑같은 재능 조합을 가진 사람은 이 세상에 단 한 명도 없다. 당신의 인성, 특기, 지혜는 당신만의 특별한 조합을 완성한다. 당신은 유일하며, 역시 저마다 유일한 다른 사람들 사이에서 살아가고 있다.

마지막으로 덧붙이자면, 둘도 없이 고유한 이 재능을 남들에게 도움을 주기 위해 활용할 경우 기쁨이 한결 더 커진다.

당신이 알고 행하고 존재하는 이 모든 방식에는 목적이 있다. 내어주는 것이다. 그런 이유가 아니라면 우리에게 무엇하러 이런 인성, 이런 특기, 이런 지혜가 부여되었겠는가? 애니 딜러드Annie Dillard가 밝혔듯 "당신이 아낌없이 듬뿍듬뿍 내어주지 않는다면 그게 무엇이든 사라지게 되어 있다. 금고를 열어보면 재만 남아 있을 것이다."

앞에서 살펴보았듯 재능을 외재적 목표를 위해서만 쓰는 것도 좋지 않다. 재능은 다른 사람에게 내어주어야 한다. 그래서 '기프트gift'가 재능을 뜻하는 단어로도 쓰이는 것이다.

이어지는 11~13장에서는 각 재능을 하나씩 깊게 파고 들어가, 당신만의 특기를 발견하고 발휘하는 데 유용한 전략과 도구를 알아보자. 또한 이 세 장을 읽으면서 함께 활용하면 좋을 워크북을 만들었으니, thenewhappy.com/resources를 방문하길 권한다.

다른 사람들의 재능을 칭찬해주기

우리의 재능을 발견할 수 있는 의외의 방법이 있다. 다른 사람들을 통해 찾는 것이다. 어떤 사람이 특정한 재능을 활용하는 모습을 지켜보다 보면 그 모습에 익숙해져서, 자기 자신에게도 똑같은 재능이 있는지 여부를 살펴보기가 더욱 쉬워진다.

이 방법을 활용하기 위해 전설적인 조각가 미켈란젤로에게 단서를 얻어보자. 전해오는 일설에 따르면 그는 자신이 하는 일은 앞에 놓인 대리석 원석에 숨겨져 있는 형상을 해방시켜주는 것뿐이라고 말했다.

미켈란젤로의 주장에 의하면, 대리석 덩어리 속에 갇힌 인물은 진실하고 진정한 자신으로서 이미 완전한 형태를 갖추고 있지만 방해물이 가로막고 있어서 세상으로 나오지 못할 뿐이다. 따라서 조각가로서 자신이 할 일은 진정한 자신을 드러내지 못하도록 가로막고 있는 그 방해물을 제거하는 일이다. 과학자들은 이런 관점을 '미켈란젤로 현상'이라고 일컫는데, 밝혀진 바에 따르면 누군가를 돕는 행동에는 우리를 점점 더 자기 자신이 되게 해주는 힘이 있다.

그렇다고 사랑하는 사람들이 자신만의 재능을 찾도록 돕기 위해 나무망치와 끌을 쓸 필요는 없다. 그보다는 아리스토텔레스가 최초로 제안한 전략을 써서 거울이 되는 것이 훨씬 낫다.

내 친구 코리는 회사에 갓 입사한 신입사원들의 연수를 맡고 있다. 그녀는 재능이 많지만 그중에서도 일을 원활하게 이끌어가고,

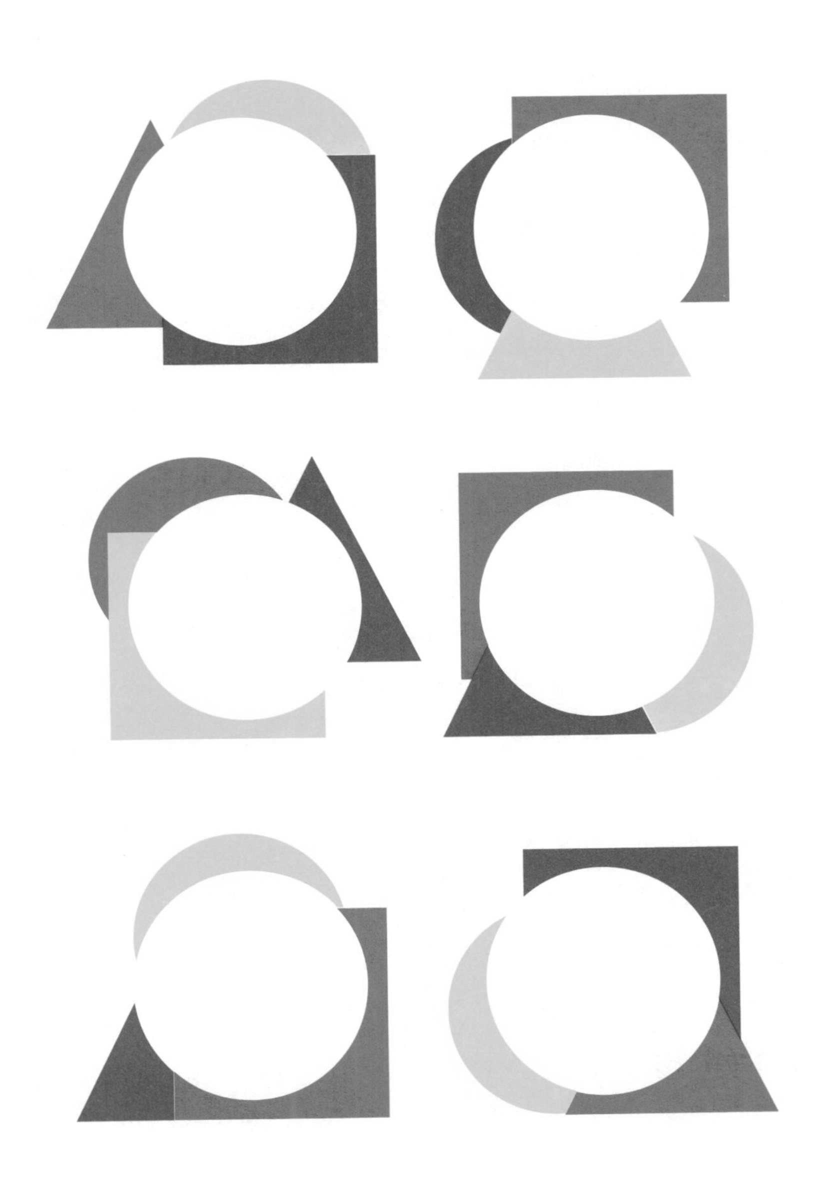

다른 사람들의 재능의 특징을 짚어보면
그 특정한 재능이 발휘될 수 있는 다양한 경로를 알 수 있다

가르치고, 상대방의 열정에 불을 지펴주는 데 탁월하다. 나는 코리가 이런 재능을 직장 밖에서도 활용하는 모습을 눈여겨보다가 다음과 같이 짚어주었다.

- 독서클럽을 만들어 매주 열정적으로 이끈다.
- 냉동난자를 보관하기로 결정한 경험을 SNS에 상세히 올려 다른 사람들에게 필요한 정보를 제공한다.
- 해마다 자선행사를 열어 모금을 하고, 친구들이 이 행사에 동참하도록 권유한다.

코리는 깜짝 놀랐다. 자신이 평소 재능을 얼마나 자주 쓰는지는 고사하고 이러한 재능 자체가 자신에게 있는 줄도 몰랐기 때문이다. 새롭게 알게 된 덕분에 이제 코리는 본인의 재능을 더 자주 발휘할 만한 유용한 결정을 내리고 있다. 한 예로, 얼마 전부터 실직자들을 상대로 월 1회 무료 멘토링 수업을 시작했다.

다른 사람들이 무엇을 잘하는지 관심 있게 지켜보다가 어떤 재능이 눈에 띄면 그들에게 구체적으로 칭찬해주자.

성품과 인성

- "식당에 손님이 몰려 그렇게 정신이 없는데도 침착하다니, 정말 대단해요."
- "항상 내 안부를 물어보며 기분이 어떤지 살펴주어 고마워요."

- "까다로운 고객의 요구를 잘 들어주며 클레임 건을 해결하는 태도에 감동 받았어요."

특정한 장기

- "한정된 예산으로 이 프로젝트를 제때 완료해주어 고마워요."
- "지난번에 쓴 글이 참 좋았는데, 좀 더 보고 싶어요."
- "그 무대에 올랐을 때 정말 보기 좋았어요. 그때 이야기를 할 때 당신에게서 반짝반짝 빛이 나요."

지혜와 연륜

- "대단하네요! 나는 이 상황을 그런 식으로 생각해본 적이 없어요."
- "이 문제를 지적해주어 고마워요. 당신의 노하우가 정말 도움이 돼요."
- "당장 무엇을 해야 할지 고민이었는데, 당신의 경험담이 정말 많은 도움이 되었어요."

우리의 재능을 알아보고 키워주고 격려해주는 사람이 없으면 세상 누구도 숨은 재능을 드러내어 펼칠 수 없다. 당신 주변에 가족, 친구, 선생님, 동기, 협력자, 롤모델, 영감을 주는 이 하나 없이 혼자라면 과연 어떻게 자신의 재능을 발견하고 발휘할 수 있겠는가?

흡인력 있는 인기 영화 〈블랙 팬서〉로 아카데미상을 수상한 영화감독이자 작가인 라이언 쿠글러가 글을 쓰게 된 계기는 어느 대학 교수가 거울처럼 그를 비춰준 덕분이었다. 당시에 그는 대학 미식축구 선수로 활동하다가 졸업 이수 과정으로 창작 글쓰기 수업을 들어야 했다. 그러던 어느 날, 담당 교수는 수업 시간에 학생들에게 가장 강렬한 감정을 일으킨 인생 경험을 글로 쓰게 했다. 며칠 후 교수는 쿠글러를 연구실로 불렀다. 그는 무슨 안 좋은 소리를 듣게 되려나 보다 하는 마음으로 갔지만 그게 아니었다. 교수는 글을 정말 잘 썼고, 특히 시각적 표현이 아주 인상적이었다는 말을 해주고 싶었다며 영화 시나리오를 써보라고 권한다. 이 한마디가 쿠글러를 분발하게 만들었고 결국 세상에 이러한 긍정적 작품을 선보이기에 이르렀다.

나는 지난 삶을 되짚어볼 때면 모든 일이 거울처럼 나를 비춰준 사람들 덕분에 가능했다는 느낌을 받는다. 나의 첫 '책'을 읽어주며 계속 글을 써보라고 격려해준 2학년 때의 선생님 메리 블록, 추상 미술을 그리며 화실에서 살다시피 하도록 보살펴준 고등학교 미술 선생님 마그 헤이기, 삶의 중대한 의문에 관심을 갖도록 격려하고 정답을 찾아가도록 옆에서 힘껏 도와주신 부모님. 이분들이 없었다면 나는 이런 책을 쓰지 못했을 것이다. 이분들은 모두 내가 나 자신을 잘 들여다보도록 도와준 거울이었다.

당신의 재능이 세상에 미칠 영향

대런 오브라이언Darren O'Brien은 잉글랜드 사우스이스턴 레일웨이 소속의 기차역 관리자이다. 어느 날 밤, 그는 TV 채널을 통해 학대

하는 남편에게서 도망친 여성들의 사연을 소개하는 다큐멘터리를 보았다. 마침 방송에서 한 여성과 자녀들의 딱한 사정이 소개되었다. 안전한 곳으로 가고 싶지만 기차표를 살 돈이 없어서 이동하지 못한다는 사연이었다. 실제로 학대 피해자가 가해자에게서 도망치기가 아주아주 힘든 이유 중 하나는 가해자가 경제권을 쥐고 피해자를 통제하기 때문이다.

오브라이언은 이 다큐멘터리가 끝난 후 아내를 돌아보며 이렇게 말했다. "내가 이 문제와 관련해서 뭐라도 해야겠어." 그는 다음 날 출근한 뒤에 상사에게 가서 해결책을 제안했다. 사우스이스턴 레일웨이에서 가정폭력을 피해 도망친 사람들에게 들킬 염려가 없는 안전한 방법으로 무료 기차표를 제공하자는 제안이었다.

오브라이언이 다양한 방식으로 애를 쓴 끝에 이 프로그램은 마침내 승인을 얻었다. 사우스이스턴 레일웨이에서는 '레일즈 투 레퓨지Rails to Refuge'라는 프로그램을 시작했고, 폭력적인 파트너를 피해 도망친 사람 누구에게나 추적이 불가능한 무료 표를 모바일로 보내주었다.

팬데믹이 닥치면서 영국의 가정폭력 상담 전화가 60퍼센트 증가했을 때 사우스이스턴 레일웨이는 전국의 다른 철도 회사들을 설득해 이 프로그램에 동참시켰고, 그 결과 '레일즈 투 레퓨지'를 통해 이제는 영국 어디로든 이동할 수 있게 되었다. 이제 오브라이언은 오지 섬에 사는 주민들도 안전한 곳으로 대피할 수 있게 페리호 회사들을 동참시키려 노력 중이라고 말해주었다. 언젠가 세계 전역

각자가 가진 고유한 재능을 세상과 나눔으로써
다른 사람들과 유대를 맺고, 주변에 변화를 일으킬 수 있다

의 교통 시스템에서 이와 유사한 프로그램을 만드는 것이 그의 가장 큰 꿈이다.

오브라이언은 괜찮은 인성을 가지고 있었다. 고통받는 사람들을 돕고 싶었다. 지혜도 있었다. 철도 회사가 나서면 가정폭력 생존자들이 더 쉽게 도망칠 수 있겠다는 사실을 깨달았다. 그에겐 특기도 있었다. 이 깨달음을 실현시키기 위해 사우스이스턴 레일웨이 측에 관련 프로그램을 제안하고 끝까지 밀고 나갔다. 이 세 가지 재능을 합쳐 자신만이 할 수 있는 방식으로 세상에 도움을 주었다.

하지만 그의 재능은 단독으로 발현된 것이 아니었다. 그가 시청한 다큐멘터리에 출연하기로 용기를 낸 여성, 샬롯이 없었다면 그의 재능에 불이 붙지 않았을 것이다. 가정폭력 생존자는 샬롯만이 아니었다. 그녀는 도망친 이후 자신만의 고유한 재능을 발휘해 비슷한 처지에 놓인 여성들을 도왔고 나중에는 피난 단체의 CEO가 되었다.

샬롯을 비롯한 여러 용감한 생존자들이 출연한 이 다큐멘터리의 영향을 받아 오브라이언이 도움을 주겠다고 나선 것은 다큐멘터리 제작자들이 저마다의 재능을 발휘해 호소력 있게 이야기를 전달한 덕분이었다. 이 다큐멘터리가 전파를 타고 TV 채널로 방영될 수 있었던 점 또한 방송사가 제대로 작동하도록 수천여 명이 능력을 발휘한 덕분이었다. 이런 식으로 세상 곳곳에서 일어나는 일을 따라가자면 끝이 없을 것이다.

'레일즈 투 레퓨지' 프로그램은 현재까지 3,000명 이상을 구해주었고 지금도 여전히 하루 평균 네 명의 여성을 안전한 곳으로 옮겨주고 있다.

30년 전 샬롯이 학대 가해자에게서 도망치고, 그 상처를 치유하려고 힘들지만 용기 있는 노력을 기울였을 때 자신의 이러한 행동이 세상에 미칠 영향력을 상상이나 했을까? 그 파문이 다음 몇 세대까지 퍼져나갈 줄 과연 알았을까?

이것이 재능이 작동하는 방식이다. 당신의 내면을 세상에 드러내면 여기에 감동받은 사람들이 고무되고 북돋워져, 이 사람들이 또 다른 사람들의 내면에 똑같은 열정을 불러일으킨다. 오브라이언도 나에게 같은 생각을 밝혔다. "저는 남들에게 도움을 줄 수 있는 일이 있다면 선행을 베풀며 사는 것이 우리가 해야 할 일이라고 생각해요. 그러면 도움을 받은 사람들도 나름의 방식으로 똑같이 누군가에게 도움을 줄 테고, 그러다 보면 세상을 바꾸어가는 사람들이 함께 살아가는 공동체가 만들어질 거예요."

우리가 재능을 발휘할 때마다 새로운 관계가 더해져 연결 고리가 확장된다. 이 연결 고리가 어디까지 다다를지, 어떤 일로 이어지거나 누가 그 연결 고리를 쓰게 될지는 모른다.

우리는 살아가는 동안 때때로 이 연결 고리를 확인하면서 가장 중요한 것이 무엇인지 상기할 수 있다. 오브라이언은 살면서 가장 감동스러웠던 순간으로 '레일즈 투 레퓨지' 프로그램을 이용한 생존자 몇몇을 만났던 일을 꼽았다. 그들 중엔 임신한 몸으로 도망친 여성도 있었다.

때로는 이 연결 고리에서 보이지 않는 고리가 되어야 한다. 자신도 모르는 사이에 네트워크가 필요한 이런저런 사람들과 연결되는 순간이 있다. 가령 4번 채널의 다큐멘터리 제작진, 방송진, 기술진, PD들은 자신들이 일상적으로 하는 일이 무려 3,000명의 사람들이 안전한 곳을 찾아가도록 돕는 데 직접적인 견인차 역할을 했다는 사실을 알지 못했을 것이다. 당연하게 여겼던 평범한 하루가 사실은 의로운 행동을 펼친 날이었는데도 말이다.

이처럼 때로는 연결 고리를 잡아당겨 어느 때보다 절실한 순간에 기운을 북돋우는 사람이 될 수도 있다.

당신이 이렇게 재능을 발휘할 때마다 당신은 자기 자신이 연결 고리의 일부이며, 나의 행동이 중요한 일이고 이것이 파급 효과를 불러일으킬 것이라는 신념을 따르는 셈이다. 우리 각자가 조금씩 도움을 주며 다 함께 놀라운 일을 만들어가고 있다고 믿는 것이다. 서로를 더 잘 보살필 수 있는 세상을 완성해가고 있다고 믿는 것이다.

핵심 포인트

- 모든 사람에게는 재능이 있으며 재능은 인성, 특기, 지혜 세 가지로 나눌 수 있다.
- 재능은 기쁨을 주고 둘도 없이 고유하며, 다른 사람들에게 도움을 준다.
- 거울처럼 상대를 비추면서 그가 잘하는 일을 짚어주어 상대방이 자신의 재능을 찾을 수 있게 도와주자.
- 재능을 발휘함으로써 다른 사람들과 또 다른 유대를 맺을 수 있다.

11

인성_
우리가 하는 모든 일의 밑바탕

2013년, 일본의 TV 진행자 오구니 시로가 취재차 식사하러 간 식당에서 주문한 것과 다른 음식을 받았다. 햄버거 대신 군만두가 나온 것이다. 그런데 이 식당은 일반적인 식당이 아니었다. 치매 요양원 시설에서 운영하는 곳으로 환자들이 직접 요리, 청소, 운영을 도맡아 하는 독특한 식당이었다.

접시를 쳐다보던 오구니는 이곳 사람들이 주문을 잘못 받은 것이 그리 대단한 일로 여겨지지 않았다. 이 식당에서는 이런 실수가 생길 만도 했으니 말이다. 정작 대단한 부분은 따로 있었다. 사회로부터 너무도 빈번히 방치되는 이 사람들이 인격적으로 대우받고 있다는 사실이었다. 그는 다음과 같이 견해를 밝혔다. "어떤 사람을

'정신이 오락가락하는 아무개 부인'이라고 부르는 것과 '치매가 있는 아무개 부인'이라고 부르는 것은 천지차이다. 사람은 사람이다. 변화는 사람에게서 비롯되는 것이 아니라, 사회로부터 비롯되어야 한다. 관용을 키우면 어떤 문제든 거의 다 해결할 수 있다."

오구니는 일본 사회가 치매 환자들을 대하는 방식을 변화시키는 데 일조하기로 결심했다. 그리고 몇 년 후, '주문을 틀리는 요리점'을 열었다. 그의 말처럼 "이 식당의 핵심은 주문을 제대로 받느냐 틀리게 받느냐가 아니다. 중요한 것은 치매가 있는 사람들과의 교류다." 오구니가 식사를 마치고 나가는 손님들에게 설문조사를 해보니 주문한 메뉴 중 37퍼센트가 잘못 나왔지만 99퍼센트의 손님들이 만족감을 나타냈다.

이 식당이 대히트를 치자, 사회도 치매인들을 더 효과적으로 지원할 다양한 방법을 논의하면서 관련 담론을 촉발시켰다. 창의성 부문의 최고상인 칸 국제 광고제에서 상을 받기도 했다. 무엇보다 식당 직원들의 신체적, 정신적 건강이 크게 향상되었고 손님들에게 음식을 서빙할 때 자주 환하게 웃어 보이며 즐거워했다. 이런 유대가 정말 중요하다고 판단한 오구니의 생각이 옳았던 셈이다. 최근의 한 연구에서도 치매가 있는 사람들은 매주 단 한 시간 타인과 유대를 맺는 것만으로도 삶의 질이 크게 높아지는 것으로 나타났다.

우리는 사랑을 완전히 잘못 이해했다

오구니의 이 이야기는 재능의 첫 번째 유형인 인성이 돋보이는 사례다.

인성은 행복을 위해 필요한 단 하나의 재능이다. 오구니의 사례가 보여주듯, 인성은 우리가 특기와 지혜를 펼치는 밑바탕이다. 오구니는 인성 재능(치매가 있는 사람들에게 연민을 베푸는 재능)을 바탕으로 지혜 재능(치매가 있는 사람들이 실수해도 괜찮은 공간을 만들어줄 수 있다는 깨달음)과 특기 재능(담론의 물꼬를 터줄 만한 경험의 제공)을 접목시켰다.

4장에서 살펴보았듯 당신 안의 진정한 자신에게는 선하고 애정 어린 속성이 있다. 당신의 인성 재능은 그런 기질을 표현하는 방법이다.

오늘날의 문화는 사랑을 로맨틱한 관계로 한정 짓는다. 두 사람이 마치 롤러코스트를 타듯 드라마틱하면서 뜨거운 관계를 유지하다가 '두 사람은 그 후로 행복하게 살았다'라는 자막이 나오며 화면이 서서히 어두워지는 식으로 묘사한다.

하지만 노스캐롤라이나대 채플힐 캠퍼스의 바버라 프레드릭슨Barbara Fredrickson이 진행한 최근의 연구에 따르면 사랑은 이런 묘사와 달라도 많이 다르다. 사랑은 두 사람이 서로의 안정을 위해 노력하고 싶게 만드는 감정이다. 이런 감정은 누구에게나 느낄 수 있다. 배우자나 자녀만이 아니라 친구나 동료, 심지어 모르는 사람에게도 느낄 수 있다.

사실, 다른 사람에게 사랑을 나누어주는 일은 당신 심신의 안녕을 위해 할 수 있는 가장 효과적인 일 중 하나다. 먹으면 곧바로 건강해지는 알약이 있다고 상상해보자. 이 약은 혈압을 낮추고 몸의 건강이 좋아지고 스트레스가 줄어들고 우울 증상이 완화되는 것과 연관된다. 관계를 더 탄탄히 다져주고, 회복탄력성을 높여주고, 삶의 의미를 되새기고, 정신 건강에도 도움을 준다. 이런 놀라운 약효도 약효지만 무엇보다 이 약은 돈이 들지 않고, 부작용도 없다. 이런 약이 있다면 사람들이 너도나도 의사에게 처방전을 써달라고 사정하지 않을까.

이런 약은 실제로 존재한다. 이 약의 이름은 바로 사랑이다.

우리는 누구나 뇌와 심장을 연결하는 신경을 가지고 있다. 바로 미주신경이다. 연구자들은 이 신경이 얼마나 '강한지' 측정해, 미주신경 긴장도라는 것을 측정할 수 있다. 미주신경 긴장도를 사랑의 지표라고 생각해보자. 당신이 얼마나 사랑하고 사랑받는다고 느끼는지 보여주는 지표인 셈이다.

당신의 미주신경은 상대방과 관심사를 공유하는 순간 작동된다. 이를테면 우스꽝스러웠던 에피소드를 이야기하면서 아이들과 깔깔대고 웃거나, 프로젝트를 진행하면서 동료를 도와주거나, 친구와 하루 일과를 놓고 수다를 떨거나, 마트에서 계산대 직원과 기분 좋은 잡담을 나누는 순간에는 어느새 서로가 서로를 흉내 내며 비슷한 방식으로 웃고 행동한다. 자율신경계와 신경의 점화가 상대방과 조화를 이루려고 작동을 개시한다. 이 사람의 삶에 도움이 되어주고 이 사람을 행복하게 해주고 싶은 마음이 차오른다. 이것이 바로 진정한 사랑이다.

이러한 사랑을 느끼고 따르며 상대에게 도움을 주는 행동을 할 때 당신은 인성 재능을 발휘하는 것이다.

인성 재능은 아주 다양한 모습으로 발휘된다. 친절, 연민, 용기, 용서, 인내, 격려, 위로, 관심, 감사, 권한의 부여, 칭찬, 장난, 공감, 다정다감함, 배려, 함께 있기, 관용, 호기심, 상호의존, 인정, 관대함, 열린 마음, 이해, 유쾌함. 이 모든 행동이 인성 재능에 해당된다.

이런 생각이 들지도 모른다. '이런 것들이 나의 인성 재능이라고? 그냥 누구나 하는 평범한 행동 아닌가?'

사실, 우리는 신체 조건상 사랑을 해야만 한다. 아주 오래전부터 우리는 서로에게 치열하게 의존하도록 진화되었다. 인간은 세상 그 어떤 동물보다 발육기가 길어 다른 사람들과 지속적이고도 애정 어린 유대가 없으면 생존하기 힘들다. 이것은 어느 특이한 실험을 통해 입증된 사실이기도 하다. 13세기에 프리드리히 2세는 '인류의 타고난 언어'가 무엇인지 알고 싶었다. 그는 일단의 아이들을 격리해서 양육하며 어떠한 언어도 듣지 못하게 하도록 명령했다. 이 아기들은 신체적으로는 보살핌을 받았지만 대화를 나누지도, 같이 놀지도, 사랑을 받지도 못했다. 결국 프리드리히 2세가 알고자 했던 인간의 타고난 언어에 대한 궁금증을 풀기도 전에 모든 아기가 사망하고 말았다.

이런 인성 재능이 없으면 사회가 아예 존재하지 못할 텐데도 세상은 그동안 인간의 인성 재능을 중요하게 여기지 않았다. 그 바람에 우리의 재능이 그만큼 저하되고 말았다. 지금까지 인성 재능을 길러 가능한 한 최고의 경지에 이를 수 있는 수많은 기회를 놓친 채 살아온 것이다.

인성 재능을 자연스럽게 잘 발휘하는 사람들도 있지만 그렇지 않은 사람들은 약간의 도움이 필요하다.

우리의 내면에 사랑을 불러일으키기

마음속에 이런 상황을 그려보자. 사방은 어둡고 당신은 길게 뻗은 도로 끄트머리에 있는 집 한 채를 바라보고 있다. 창가의 커튼은 모두 닫혀 있다. 그러다 갑자기 집 안에 있던 누군가가 커튼을 전부 젖히면서 창밖으로 빛이 쏟아져 나온다.

자신의 인성 재능을 발견하는 과정이 이와 같다. 빛은 언제나 켜져 있다. 빛이 흘러나오도록 커튼을 젖히기만 하면 된다.

당신 내면에 깃들어 있는 애정의 속성은 이와 같아서, 어느 순간에든 이용할 수 있다. 커튼을 젖히는 가장 좋은 방법은 자애명상loving-kindness meditation의 실행이다.

자애명상은 불교 수행법의 일종으로, 자신을 보다 연민 어린 사람으로 갈고닦는 데 목적이 있다. 이 명상을 수행하려면 입으로 소

주변 사람들과의 교류 하나하나가 내면의 사랑을 키울 기회가 되어준다

리 내어 말하든 머릿속으로 내뱉든 다음의 메시지를 되풀이하면서 애정의 느낌을 불러일으키면 된다.

'부디 당신이 안전하고 보호받는 느낌을 느끼길. 행복함과 평온함을 느끼길. 건강하고 강하게 느끼길. 마음 편히 살길.'

이 메시지를 처음엔 당신 자신에게 보내고, 그다음엔 사랑하는 상대에게, 또 그다음엔 특별한 감정이 없는 누군가에게, 그리고 마지막엔 당신이 힘들어하는 사람에게 보낸다. 여기까지 마치면 최종 마무리로 온 세상의 모든 존재에게 보낸다.

참가자를 무작위로 선정한 어느 통제 실험에서 연구팀이 일단의 참가자들에게 이 명상법을 가르쳤다. 각 실험 참가자는 9주에 걸쳐 매일 10분가량 명상을 했다. 그 결과 타인에 대한 사랑을 더 잘 느끼게 되었을 뿐만 아니라 개인적으로 느끼는 행복도 향상되었다.

이 명상은 형식을 갖추어 수행할 수도 있지만 나는 일상에 접목하기 쉽도록 약간 변형해서 독특한 방식으로 수행한다. 길에서나 매장에서나 직장에서 누군가를 지나칠 때마다 그 사람을 잠깐 쳐다보며 마음속으로 이렇게 말하는 것이다. '부디 오늘 하루 당신이 행복하길', '당신은 사랑받고 행복할 자격이 있어요.' 날마다 이런 작은 사랑의 명상을 수행해보자.

내면에 이런 애정 어린 감정을 불러일으켰다면, 이제는 이 감정을 드러낼 차례다. 잊지 말자. 밖으로 표출해야 비로소 재능이 된다. 사랑은 당신의 내면에서 싹트지만 외부로 드러내 사회 곳곳으로 전달해야 한다.

애정 어린 행동을 하기

케냐의 장거리 달리기 선수인 아벨 무타이는 3,000미터 경주에서 우승을 코앞에 두고 있었다. 2위로 들어오던 스페인 선수 이반 페르난데스 아나야와 상당히 차이를 벌린 상태였고, 결승점에 점점 가까워지고 있었다. 그런데 결승선을 10미터 앞둔 지점에서 무타이가 갑자기 달리기를 멈추었다. 그만 큰 착각을 해서 이미 결승선을 지났다고 생각한 것이다.

페르난데스 아나야는 이 틈에 무타이를 쉽게 앞질러 그의 실수를 등에 업고 우승을 차지할 수도 있었다. 하지만 무타이를 따라잡은 순간, 속도를 늦추더니 먼저 가라고 말한 후 내내 뒤에서 따라가며 결승선까지 이끌어주었다. 무타이를 앞질렀다면 우승의 영예는 자신의 차지였을 텐데도, 그 순간 페르난데스 아나야는 무슨 수를 쓰든 이기는 것이 중요한 일이 아님을 확실히 깨달았다. 또한 한 인간을 위해 옳은 일을 해야 할 순간임을 알게 되었다.

말 그대로든 비유로든, 속도를 늦추면 당신의 주변 곳곳에 사랑을 전할 기회가 널려 있다는 사실이 차츰 눈에 들어온다. 잠깐 멈추는 것만으로도 큰 변화가 일어날 수 있다. 바쁘게 하루를 보내는 와중에 잠깐 속도를 늦추고 스스로에게 물어보자. '지금 당장 나의 인성 재능을 발휘한다면 어떤 방식이 좋을까?'

프린스턴대의 C. 대니얼 뱃슨C. Daniel Batson과 존 달리John Darley의 주도로 1970년대부터 진행된 유명한 연구가 있다. 두 사회심리학

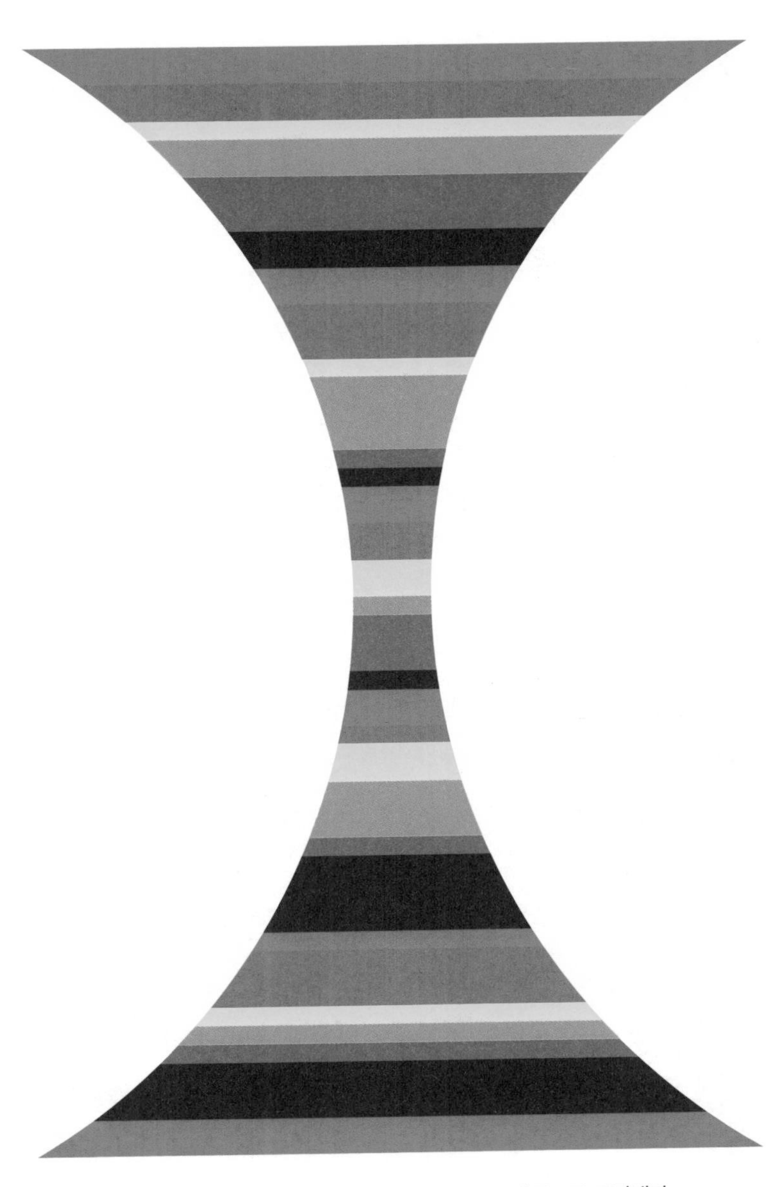

당신 내면에 깃든 사랑을 다른 사람들을 돕는 행동으로 드러내자

자는 일단의 신학생들을 참가자로 모집하고, 길가에 누워 고통스러워하는 사람을 도와주는 성경 속 착한 사람 이야기인 '선한 사마리아인'을 주제로 토론을 준비해달라고 했다. 이어서 신학생들은 한 건물로 이동해 간단한 평가를 받았다. 이후 선한 사마리아인과 관련해 각자 준비한 발언을 하기 위해 캠퍼스 건너편의 다른 건물로 이동하라는 지시를 듣는다. 이때 신학생 중 절반은 시간이 늦었으니 서두르라는 연락을 받고 나머지 절반은 시간이 충분하지만 출발해야 한다는 연락을 받았다.

연구팀은 다른 참가자들은 모르는 상태에서, 한 팀원에게 두 건물 사이에 누운 채 정말로 몸이 안 좋은 사람처럼 몸을 웅크리고 신음 소리를 내게 했다. 선한 사마리아인의 상황을 대놓고 흉내 내게 한 것이었다.

그 결과 학생들 중 40퍼센트만 이 불쌍한 사람을 도와주었다. 서둘러 가던 학생일수록 멈춰 서서 도와주는 경향이 낮았다. 시간이 늦었다는 말을 들은 학생들 중에는 겨우 10퍼센트만 가던 걸음을 멈췄다.

그렇다고 이 학생들이 악질이거나 몰인정한 사람들이었던 것은 아니다. 연구팀이 지켜본 결과 두 번째 장소에 도착했을 때는 학생들이 왠지 안절부절못하는 기색을 나타냈다. 우리가 서두르다 보면 유대가 필요한 순간을 본체만체 지나치거나 뒷전으로 미루기 쉽다. 때로는 우리가 살아가는 세상의 구조 방식이 사랑을 펼치지 못하도록 막는 것 같다.

이런 현실에 대해 사는 게 다 그런 것 아니냐는 식으로 받아들여선 안 된다. 그러면 불행한 세상을 받아들이는 셈이 된다. 때로는 시간이 늦었다는 이유로 도움이 필요한 사람을 재빠르게 지나치는 자신을 발견하는 순간이 있을 것이다. 그런 순간엔 이러한 마음으로 다짐하자. '서두르지 않기 위해 최선을 다하자. 그래야 내 앞에 놓인 사랑의 순간을 놓치지 않아.'

잊지 말자. 서두른다고 당장 성과가 나는 것이 아니다. 대체 우리는 어딜 그렇게 서둘러 가는 것일까? 지금 바로 여기가 우리의 삶이다. 우리 앞에 있는 도움이 필요한 사람을 통해 인성 재능을 발휘하며 행복을 느낄 순간이다.

수년 전, 한 친구와 이런 문제로 대화를 나누던 중에 들었던 이야기가 생각난다. 그의 아버지가 예전에 자주 해주었다는 다음의 조언이었다. "눈을 들어 사방을 둘러보는 걸 잊으면 안 된다, 애덤." 휴대폰이나 컴퓨터를 들여다보다가도, 직장에서 일을 하다가도, 스트레스에 시달리다가도, 할 일을 하다가도, 기를 쓰고 무언가에 매달리다가도 잠깐 멈추고 시선을 돌려보자. 바로 우리 앞에 사랑을 전할 사람들이 있을 것이다.

알코올중독자 재활협회Alcoholics Anonymous에는 '바로 다음의 옳은 일을 하기'라는 표어가 있다. 금주를 지키려고 애쓰는 사람에게 앞으로 평생토록 두 번 다시 술을 마실 수 없다는 사실은 상상하기도 힘든 일이다. 하지만 초점을 장기적 관점에서 단기적 관점(지금부터 한 시간 혹은 내일)으로 옮기면 금주를 지킬 가능성이 한결 높아진다.

바로 다음에 할 옳은 일을 통해, 오늘의 술을 참을 수 있다.

마찬가지로 남은 평생 동안 한결같이 애정 어린 사람이 될 생각을 한다면 부담스러울 수 있다. 대신 바로 다음에 다정하고 친절한 행동을 취하는 것에 초점을 맞추면 실천 가능성이 훨씬 높아진다. 이러한 실천이 늘어날수록, 운동을 통해 근육을 키우는 것처럼 우리 안의 애정 어린 자신도 점점 더 강해진다.

우리 모두는 바로 다음과 같이 애정 어린 행동을 실천하기로 결심한 누군가의 선택 덕분에 꾸준한 도움을 받고 있다. 다음은 우리가 속한 공동체에서 일어나는 몇몇 사례다.

- **다정함**: 내가 우울감에 시달릴 때 친구가 쿠키와 카드를 현관 앞에 놓고 갔지
- **연민**: 내가 가족 문제로 지쳐서 울 때 배우자가 귀 기울여 들어준 덕분에 힘이 났어
- **용서**: 직장에서 큰 실수를 저질렀을 때 상사가 관대하게 받아주고 잘 수습하도록 도와주셨어
- **너그러운 인심**: 월세 낼 돈이 부족했을 때 친구가 지낼 곳을 마련해 주었어
- **용기**: 병원에 가기 두려웠을 때 친구가 같이 가주었지

이러한 행동은 잠시 멈춰 서서 지금 이 순간의 사랑이 어떤 모습일지 생각하게 만든다. 인성 재능은 여러 형태로 다양하게 발휘할

수 있다. 지금 당신 앞에 있는 그 사람에게는 어떤 인성 재능이 가장 도움이 될까?

내가 연구를 진행하던 당시에 이야기를 나눈 사람 중에는 산후 우울증을 심하게 앓던 줄리아가 있었다. 당시 그녀는 며칠간 잠도 제대로 못 자고 말도 못 할 만큼 극심한 절망에 사로잡힌 채 자살 충동을 떨쳐내려 안간힘을 쓸 정도였다. 친정 엄마가 집을 치워주며 도와주려고 애를 썼지만, 줄리아에게는 집안일이 문제가 아니었다. 아이들에게서 잠깐이라도 벗어나 푹 쉬고 잠을 잘 수 있게 해줄 사람이 필요했다.

어느 날, 줄리아의 친구가 찾아왔다. 친구는 이것저것 세심하게 물어보며 줄리아의 말에 귀 기울이더니 이렇게 말했다. "여기 누워서 눈을 좀 감아. 눈을 수건으로 가리면 잠이 올 거야. 내가 옆에 있다가 아기에게 무슨 일이 생기면 네 발을 꾹 눌러줄게. 네가 자는 동안 내가 아무 문제없도록 잘 챙길 테니 걱정 마." 줄리아는 친구 덕분에 며칠 만에 제대로 숙면을 취할 수 있었다.

이런 시간이 가능했던 이유는 줄리아의 친구가 인성 재능을 발휘한 덕분이었다. 그녀는 충분한 시간을 두고 친구에게 무엇이 문제인지 분간해, 곧바로 현재 상황에 가장 적절한 애정 어린 행동을 실천할 수 있었다.

사랑에 마음을 여는 방법

로지 토레스는 지칠 대로 지쳐 있었다. 2008년 당시 이라크로 파병을 갔던 남편 르 로이가 큰 병에 걸린 채 집으로 돌아왔다. 그는 4만 제곱미터가 넘는 대지에 마련된 기지 소각장에서 쓰레기와 분뇨에 기름을 잔뜩 뿌려 태울 때 발생한 유독 가스에 노출되었다. 르 로이는 400명이 넘는 의사를 찾아다닌 끝에 쇠약성 폐질환, 폐쇄성 세細기관지염, 뇌병변 진단을 받았다. 그런데 이 와중에 미 재향군인회로부터 의료보험 혜택을 거부당하고 실직까지 하면서 극심한 우울증에 시달렸다.

로지와 르 로이는 소각장 때문에 병에 걸린 다른 수십만 명의 재향군인에 대한 사회적 인식을 높이고 이들을 돕기 위해 수년간 노력했다. 번피츠 360Burn Pits 360이라는 단체를 설립해서 커뮤니티를 운영하고 서로 도우며 여러 난관을 헤쳐 나가는가 하면, 워싱턴 DC로 찾아가 정부 관계자에게 이렇게 고통받는 사람들을 어떻게든 도와달라고 탄원했다.

그러던 어느 날, 로지는 코미디언 존 스튜어트가 911 응급대원들의 의료보험을 옹호하는 모습을 보았다. 당시엔 911 응급대원 상당수도 유독가스로 인한 건강 악화에 시달리고 있었다. 그녀는 존 스튜어트를 찾아가 자신들의 명분에 힘을 실어줄 수 있을지 물었다. 그는 제안을 듣고 5초도 되지 않아 그러겠다고 대답했다.

4년 후, 의회에서 관련 법안이 통과되면서 군대가 보유한 소각장

당신 내면의 사랑과 단절된 느낌이 든다면, 여전히 그 자리에 사랑이 머물고 있음을
기억하라. 언제든 다시 마음을 열고 사랑을 나눌 수 있다

및 기타 유독 물질로 피해를 입은 모든 사람이 의료보험 혜택을 받게 되었다. 스튜어트는 국회의사당 계단에서 승리를 축하하며, 자신이 이 명분을 위해 앞장서도록 이끈 주역들을 소개했다. "로지가 아니었다면 저는 이 자리에 없었을 겁니다. 로지와 르 로이가 아니었다면요." 그는 르 로이를 돌아보며 말을 이었다.

"4년 전 제 사무실에서, 나의 형제인 르 로이에게 약속했어요. '손을 놓지 않겠다'고요. '끝까지 해내자'고요. 그래서 어떻게 됐나요? 우리는 해냈습니다. 사랑해요, 르 로이."

마음을 열고 상대의 필요성에 감응하는 것 역시 인성 재능을 발휘하는 행동이다. 스튜어트는 자신과 동일한 바람을 가진 로지에게 마음을 열어 대뜸 '돕겠다'고 대답했다. 당신도 과거에 이런 일을 경험했을지 모른다. 힘들어서 쩔쩔매는 누군가를 보고 갑자기 동질감을 느껴 뭐라도 도와야겠다고 느끼는 경험 말이다.

이런 감정을 카마 무타kama muta라고 부른다. 카마 무타는 산스크리트어에서 유래된 말로, '사랑에 의한 감동'을 뜻한다. 인류학자 앨런 페이지 피스크Alan Page Fiske는 이 감정을 '갑작스러운 헌신의 감정'이라고 이름 붙이기도 했다. 온라인에서 유명한 영상 중에서도 가족이 있는 고향으로 돌아가는 군인들, 함께 단결하는 지역 주민들, 관대한 행동을 실천하는 긍정적인 영상들이 대체로 이러한 감정을 불러일으킨다.

이런 작은 감정이 강렬한 힘을 발휘하는 이유는 자신과 다른 사람들 간의 유사성을 확인함으로써 즉각 서로의 공통점을 확인할 수 있기 때문이다. 한 연구에서 실험 참가자들을 대상으로 그들의 내집단에 포함되지 않은 사람들이 등장하는 가슴 훈훈한 감동 이야기를 시청하게 했다. 그 결과 참가자들은 이 '타인들'을 보다 인간적으로 바라보면서 공감할 수 있었다. 우리는 감동을 받으면 불의에 맞서 싸우고 세상의 고통을 적극적으로 다루려는 힘을 북돋울 수 있다.

물론 우리가 언제나 애정 어린 상태를 유지할 수는 없다. 얼마나 자주 그 상태에서 빠져나오는지는 중요하지 않다. 정말 중요한 것은 얼마나 자주 사랑을 느끼느냐이다.

내가 이름 붙인 '커튼 젖히기'를 활용하면 애정 어린 상태로 돌아가는 데 도움이 될 것이다. 한밤중에 빛이 쏟아져 나오는 집의 이미지를 다시 떠올려보자. 애정 어린 상태에서 슬그머니 벗어나 있다는 것은 커튼이 닫혀 있다는 의미이다. 심호흡을 하며 커튼을 다시 여는 상상을 하자. 기꺼이 사랑을 느끼면서 애정 어린 행동을 실천하자.

인성 재능이 세상을 변화시킬 수 있는 이유

드넓은 세상에서 매일 일어나는 무수한 사건을 마주하다 보면 우리의 인성 재능이 하찮게 여겨질 수도 있다. 하지만 인성 재능은 선함을 유지하는 데 어마어마한 힘을 발휘한다.

평화를 연구하는 학자들이 평화로운 사회에 기여하는 주된 요인들을 찾아냈다. 그중 상당수는 정부, 공중보건, 평등, 경제 정책처럼 개인이 영향을 미치기가 비교적 어려운 것들이었다. 하지만 전적으로 우리의 통제 하에 있는 의외의 것들도 있었다. 평화로운 사회에는 구성원들끼리 사랑과 우정을 나누는 소소한 순간들이 더 많았다는 점이다. 이런 사회의 구성원들은 자신의 인성 재능을 발휘하는 빈도가 훨씬 더 높았다. 이 분야의 대표적 연구자인 피터 T. 콜먼Peter T. Coleman과 더글라스 프라이Douglas Fry가 밝혔듯 "평화 유지는 긍정적인 상호호혜를 통해 일어난다. 이쪽에서 친절을 베풀고 저쪽에서 보답으로 도움을 주다 보면 어느새 그 파급력이 사회 전반에 100만 배 이상으로 퍼져나간다."

결과적으로 보면 맞는 말이다. 사랑은 정말로 누적되는 것이다.

핵심 포인트

- 저마다의 인성 재능을 통해 선하고 애정 어린 본성을 세상에 드러낼 수 있다.
- 우리 내면의 사랑을 불러일으키자. 상대와 교류하는 동안 그에게 사랑을 전하는 모습을 상상하거나 마음속으로 사랑을 느끼면 된다.
- '지금 당장 필요한 애정 어린 행동은 무엇일까?' 잠시 멈추고 이렇게 자문하면서 마음 깊은 곳에 있는 애정 어린 감정을 행동으로 옮기자.
- 내 안의 인성이 느껴지지 않는다면 커튼을 여는 이미지를 떠올리자.
- 인성 재능은 더 행복하고 평화로운 세상을 만드는 데 기여한다.

12

특기_ 위대함에 이르는 보이지 않는 길

탁월한 특기를 가진 사람이라는 말을 들으면 누가 떠오르는가? 아마도 다음과 같을 것이다.

- 화가이자 발명가, 레오나르도 다빈치
- 최초의 컴퓨터 프로그래머, 에이다 러브레이스
- 여러 권의 소설로 호평을 받은 작가, 찰스 디킨스
- 미국에 프랑스 요리를 대중화시킨 셰프, 줄리아 차일드
- 지브리 스튜디오의 창업자이자 애니메이션 감독, 미야자키 하야오
- 스물세 번이나 그랜드 슬램을 달성한 세레나 윌리엄스
- 마이크로소프트사의 CEO, 사티아 나델라

세상에는 이런저런 다양한 특기로 경외감과 영감을 불러일으키는 사람들이 가득하다. 이들은 까마득히 먼 곳에 있어서 감히 다가가기조차 어려워 보이는 고수의 경지에 이른 사람들이다. 당신이나 나 같은 평범한 시절이 있었으리라고는 상상조차 안 될 정도이다. 자신이 무엇을 원하는지 혼란스럽고, 무엇을 잘하는지도 모르겠고, 엉터리 사기꾼처럼 느껴지던 때는 없었을 것만 같다.

하지만 우리 눈에 보이지 않을 뿐, 사실 이런 사람들은 신비로우면서도 따라가기가 아주 힘든 길을 걸으며 '그러한 특기를 가진 유일한 자신'이 된 존재들이다.

이들을 통해 정작 우리가 보는 것은 낡은 행복을 보강하는 이미지이다. 이런 사람들의 완벽한 특기가 어디선가 뚝 떨어지기라도 한 것처럼 바라본다. 이른바 완벽한 자신에 대한 환상에 사로잡히는 셈이다. 탁월한 특기를 가진 사람들은 부와 명성 같은 수많은 외재적 목표를 성취했을 것이라고 여기기도 한다. 이른바 성과에 대한 환상에 사로잡히는 셈이다. 그리고 이들이 가진 특기를 몇몇 탁월한 천재들만의 전유물로 여긴다. 마지막으로, 나와 분리하고자 하는 환상에 사로잡히는 것이다!

하지만 이 사람들은 수많은 사람들에게는 보이지 않는 바로 그 길을 걸었다. 이들은 운이 좋아서 그 길을 우연히 발견했지만, 우리도 그 길을 찾을 자격이 있다.

자신만의 특기를 발견하는 3단계

2,400년도 더 이전에 아리스토텔레스가 《니코마코스 윤리학The Nicomachean Ethics》이라는 책을 썼다. 오늘날까지도 철학과 심리학 분야에 영향을 미치고 있는 이 책에서 아리스토텔레스는 모든 사람에게는 '다이몬daimon'이 있다는 주장을 펼쳤는데, 다이몬은 진정한 자신이라는 의미이다.

당신의 다이몬은 당신의 타고난 잠재력이 머물고 있는 곳이다. 아리스토텔레스의 주장에 따르면 인간으로서 우리가 해야 할 일은 저마다의 다이몬을 끄집어내어 내면의 잠재력을 실현시킴으로써 최고의 나 자신이 되는 것이다.

우리는 이미 앞에서 내면에 깃든 사랑을 표현하는 방법을 살펴보았다. 이제는 내면의 잠재력을 끄집어낼 차례다. 지금부터 아리스토텔레스의 통찰에 현대의 연구를 더해, 그 방법을 3단계로 나누어 소개하겠다.

1. 진정한 자신의 타고난 잠재력 발견하기
2. 잠재력을 특기로 전환하기
3. 오랜 시간에 걸쳐 특기를 서서히 발전시키기

이것이 바로 보이지 않는 길을 발견할 수 있는 3단계이다.

1단계. 타고난 잠재력 발견하기

줄리아 차일드는 음식에 관심을 가졌던 적이 없었다. 적어도 미식가 남편인 폴이 그녀를 프랑스에서 가장 오래된 식당, 라 쿠혼느(La Couronne, 1345년에 개업했다고 한다!)에 데려가기 전까지는 그랬다.

이 식당에 앉아 음식을 먹는 순간, 그녀의 삶은 바뀌었다. 조개껍데기에 올린 굴 여섯 점, 갈색 버터 소스를 뿌린 가자미 뫼니에르, 가벼운 드레싱의 아삭한 야채샐러드, 프로마쥬 블랑이라는 크리미한 치즈였다. 훗날 〈뉴욕타임스〉와의 인터뷰에서 그녀는 이날의 식사가 "나에게 영혼과 정신의 문을 열어주는" 느낌이었다고 회고했다.

이것이 특기를 발견하는 방법이다. 진정한 자신이 내면에서 보내는 느낌에 주의를 기울이면 된다. 이런 감정은 차일드의 경우처럼 정신적인 느낌일 수도 있고, 훈훈함이나 차분함같이 제법 미세한 감정일 수도 있다. '이것, 이 일, 이 상황에 대해 더 자세히 알아봐야겠어'라든가 '시험 삼아 해보고 싶어'처럼 무언가를 시도하고 싶은 계기로 나타날 수도 있다. '……에 호기심이 생기네'나 '저 일이 정말 멋져 보여!' 같은 생각이 들 수도 있다.

먼저 일상에서 이런 순간들을 적어 리스트로 만들어보자. 10장에서 소개한 워크북을 활용해도 괜찮다. 이 리스트가 바로 당신의 '잠재력 리스트'이다.

이 단계는 사금을 채취하는 과정과 같아서, 당신의 느낌이 탐사를 벌일 만한 가치가 있는 무언가를 찾았다는 알람 역할을 해준다.

예를 들어, 당신이 대학생이고 수업을 통해 사금 조각을 찾고 있다고 가정해보자. 당신은 교수의 어떤 말에 자세를 바로잡으며 더 반듯하게 앉거나, 그 자리에서 교재를 참고하며 더 알아보려 할 수도 있다. 과제의 일환으로 팀 프로젝트를 수행하면서 목표를 달성하기 위해 팀원들의 노력을 체계화하던 중 어떤 느낌을 받을 수도 있다. 아니면 자신의 커리어 여정을 들려주는 초빙 강사의 사례에 흥미를 느낄 수도 있다.

아직 어떤 느낌인지 잘 모르겠다면 도움이 될 만한 아래의 전략을 참고하자.

시간을 거슬러 가기

당신은 일곱 살일 때 무엇을 좋아했는가? 게임이나 책이나 영화를 고를 때 어떤 주제를 좋아했는가? 그 답이 비현실적인 것으로 느껴지더라도 리스트에 적어보자.

스케줄 따라 하기

하루하루의 일상이 가장 흥미롭다고 느끼는 사람은 누구인가? 보고 있으면 '우와, 매일 아침에 일어나서 저걸 하다니, 대단해'라는 생각이 드는 사람을 찾아서 그의 스케줄을 따라 해보자.

편안하게 다가오는 일을 찾기

남들은 힘들어하는데 당신에게는 쉬운 일이 있는가? 남들은 대부분 하기 싫어하는데 당신에게는 즐거운 일이 무엇인지 찾아보자.

피드백 요청하기

학교든 직장이든 집이든 당신이 속한 집단에서 당신의 행동을 직접 지켜보는 사람들을 리스트에 정리한 후, 이들에게 다음과 같이 질문한다. '나만의 고유한 특기가 무엇인 것 같아?', '내가 언제 가장 생기 있어 보여?' 당신이 다른 사람들의 특기를 발견할 수 있게 된 것처럼 그들에게도 당신의 재능을 찾아줄 수 있는 기회를 제공해보자.

'내가 어떤 직업을 가지는 것이 좋을까?' 이런 식으로 질문하면 안 된다. 곧바로 해답을 얻으려 하거나, 남들의 눈에 비친 자신의 잠재력을 기준으로 판단하려는 사람들이 많다. 하지만 직업이라는 것은 당신이 해야 할 당신의 일이다. 다른 사람들이 찾아준 대답을 자신만의 느낌으로 걸러내야 한다. '이 느낌이 과연 맞을까?'

지금의 삶을 아무리 걸러내도 금 조각을 찾지 못하겠다면 새로운 곳으로 가야 한다. 줄리아 차일드가 마흔에 가까운 나이가 되어서야 음식에 애정을 느낀 것은 이전까지 적절한 경험을 해보지 않았기 때문이다. 당신에게는 불을 지펴줄 무언가가 필요하다. 성냥에 불을 붙이려면 성냥갑 표면의 인이 필요한 것처럼.

이제껏 접해본 적 없는 새로운 상황에 스스로를 노출시켜보자. 도서관이나 서점을 방문하면 평소에는 둘러본 적 없었던 코너로 가보자. 고장 난 물건을 되는 대로 고쳐보자. 새로운 취미를 시도하자.

줄곧 운동을 즐겼다면 한번쯤 미술관에 가보자. 미술을 좋아한다면 스포츠 경기를 관람하자. 재미, 놀이, 탐험, 모험, 즉흥성 같은 단어를 우리의 삶 속에 불러들이자. SNS를 할 때는 나와 다른 분야에서 일하는 사람들을 팔로우하자. 다른 부서에서 일하는 사람들을 관찰해보자. 나에게 영감을 불러일으키는 사람과 함께 커피를 마실 자리를 만들어보자.

마이크로소프트사의 CEO로 유명한 사티아 나델라가 바로 이런 식으로 자신의 특기를 발견했다. 그는 젊은 시절 자신이 무엇을 잘하는지 몰라서 아주 힘들어했다. 형편없는 성적을 받은 것으로 보아 공부에는 소질이 없었던 것 같다. 크리켓을 좋아했지만 상위권에 랭크될 정도의 실력은 아니었다. 그러던 어느 날, 아들이 새로운 시도를 할 수 있게 도우려고 애쓰던 아버지가, 최초의 가정용 컴퓨터 중 하나였던 싱클레어 ZX80을 집으로 가져왔다. 바로 그때 나델라의 가슴속에 불꽃이 일었고, 마침내 컴퓨터공학과 상품개발 분야 등에서 여러 특기를 발견할 수 있었다.

이 외에도 이 책에서 소개한 다양한 방법을 실행하다 보면 새로운 관심이나 흥미를 자극하거나 영감을 주는 것들로 리스트를 채울 수 있다. 다시 말해, 이제는 당신의 잠재력이 펼쳐질 때를 기다리는 단계에 이르는 것이다.

2단계. 잠재력을 특기로 전환하기

레오나르도 다빈치는 플로렌스에서 부유하고 존경받는 인물의 아들로 태어나 이 도시의 명성 높은 미술과 문화를 접하며 자랐다. 어릴 때부터 그림을 그렸고 아버지의 주선으로 플로렌스의 전설적인 화가 베로키오의 견습생으로 들어갔다. 그는 베로키오의 화실에서 수년간 작업을 하며 미술 재능을 키웠다.

이에 비하면 찰스 디킨스는 인생의 출발부터가 험난했다. 열두 살에 아버지의 빚을 갚기 위해 구두닦이 공장에서 일해야 했다. 공장에 들어가고 3년 후에야 학교에 갈 수 있었다. 이후에 그는 기자가 되어 매일 기사를 쓰면서 글쓰기 능력을 키웠다.

에이다 러브레이스는 유명 시인인 바이런 경의 딸로 태어났으며 어머니의 격려에 힘입어 수학과 과학에 관심을 가지고 열정을 펼쳤다. 이후 멘토이자 유명한 수학자인 찰스 배비지와 함께 작업하면서 최초의 컴퓨터 프로그램을 만들어냈다.

특기를 발휘하는 사람들의 인생을 살펴보면 대체로 하나의 패턴이 두드러진다. 자신의 잠재력을 특기로 전환하기 쉬운 환경이었거나 그런 환경을 찾아냈으며, 거듭 훈련을 되풀이해서 능력을 펼칠 수 있게 되었다는 것이다.

하지만 저명한 심리학자 미하이 칙센트미하이의 연구에 따르면 이것만으로는 부족하다. 혼신의 노력도 필요하다. 단, 여기서 무엇보다 중요한 포인트는 그 노력이 즐거워질 만한 방법을 찾는 것이다.

특기를 발견하고 발전시키려면 실제로 펼쳐보아야 한다.
몰입할수록 특기가 더욱 커진다

어떻게 해야 혼신의 노력이 재미있어질까? '몰입'하면 된다. 몰입이란 지금 하고 있는 일에 완전히 몰두해 그 일과 하나가 되는 느낌을 받는, 차원이 다른 의식 상태이다. 내재적 보람을 안겨주는, 이루 말할 수 없이 즐거운 경험이다. 몰입은 우리의 동기를 채워주어 더 해보고 싶은 의욕을 북돋음으로써 그 일이 무엇이든 점점 더 잘하게 해준다.

칙센트미하이는 어느 연구에서 특기를 가진 십대들에게는 어떤 차이점이 있는지 알아보고자 일단의 청소년들을 자세히 관찰했다. 그 결과, 특기를 가진 아이들은 이 재능을 발전시키는 것을 즐거워하고 난관을 극복하고자 하는 동기와 의지 또한 더 높았다. 칙센트미하이가 인용했듯 DNA의 이중나선 구조를 발견하는 데 일조한 프랜시스 크릭Francis Crick도 이러한 성공을 이끈 단 하나의 중요한 요인으로 재능을 발휘하는 활동을 즐겼던 점을 꼽았다. 칙센트미하이의 관점에 따르면 "사람은 그것이 무엇이든 자신이 하는 일을 즐길 때 꾸준하게 발전한다." 몰입이야말로 당신의 성장을 돕는다.

나는 대학원에서 몰입에 대해 배워 학문적으로는 이해하고 있었지만 진정으로 체감한 것은 배우자인 알렉스를 만나고 나서였다. 알렉스는 내가 만난 사람들 중 가장 열정이 넘치는 사람이었다. 나와 처음 만났을 당시엔 스케이트보드에 푹 빠져 있었다. 능숙하게 타려고 정말 열심히 노력했다. 하지만 그만큼 즐기기도 했다. 어찌나 즐거워하는지 얼굴에서 환하게 빛이 날 정도였다.

그를 지켜보다가 퍼뜩 깨달았다. 이때껏 나는 마음 깊은 곳에서 특기를 키우는 일은 쉽고 재미있는 과정일 것이라고 믿어왔는데 그게 아니었다. 힘들고 재미있는 일이었다.

이 대목에서 낡은 행복의 성과와 뉴해피의 목표가 또다시 대비된다. 열심히 노력해서 외재적 목표를 성취하는 것과 열심히 노력해서 진정한 자신을 드러내 보이는 것 사이에는 큰 차이가 있다. 전자는 사람을 녹초로 만들고 후자는 생기 넘치게 해준다.

누구나 처음엔 초보자다. 하지만 거듭해서 몰입하는 환경을 경험하면 특기를 빠르게 키울 수 있다.

모든 사람이 저마다 몰입을 경험하는 환경에서 자란다면 세상이 더 좋아질 것이라는 생각에 아쉬운 마음이 든다. 한 연구에서 소득이 상위 1퍼센트인 가정에서 태어날 경우 발명가가 될 가능성이 10배 높은 것으로 밝혀졌다. 여성, 소외된 공동체의 일원, 저소득층 자녀처럼 잠재력을 펼치는 데 필요한 지원을 충분히 받지 못하는 사람들의 숫자를 생각하면 '잃어버린 아인슈타인'이 수백만 명에 이를 것이다. 진정한 자신으로 성장하기 위해 받아 마땅한 지원을 제공받지 못하는 수많은 이들에게 이러한 현실은 부당하며, 그들의 특기를 통한 다양한 혜택을 누리지 못하는 우리로서도 어처구니없는 일이다.

이러한 현실에서 우리가 할 수 있는 일은 스스로가 이런 환경을 흉내 내는 것이다. 그러려면 먼저 몰입하는 방법부터 배워야 한다. 몰입 상태가 되려면 실력에 맞게 도전 과제를 정해야 한다. 이제 막 시작한 초보에게는 아주 소소한 도전도 충분하다. 실력이 좋아질수록 서서히 난이도를 높이다가 중대한 프로젝트에 착수하면 된다. 반복해서 몰입을 경험하다 보면 처음엔 상상도 할 수 없었던 경지에 어느새 이를 수 있다.

당신의 잠재력 리스트에서 하나를 골라보자. 알고 보니 당신은 누군가를 가르치는 일에 관심이 있을 수도 있다.

그렇다면 교육이나 학습 등과 관련해 지금 당장 부담감 없이 편하게 할 만한 일이 무엇일지 생각해보자. 이때는 누군가를 가르친 경험이 전무한 상태부터 몇 년간 수업을 가르친 적이 있는 상태에 이르기까지 관련 경험이 얼마나 많으냐에 따라 다른 답이 나올 것이다.

그 일의 난이도를 부담 없는 수준보다 10퍼센트 정도 높게 잡자. 난이도가 너무 높으면 스트레스 때문에 그만두고 싶어진다. 난이도가 너무 낮아도 재미가 없어서 역시 그만두고 싶어진다. 타인을 가르쳐본 적이 한 번도 없다면 '동생에게 자기소개서 쓰는 법 가르쳐주기' 같은 것도 좋다. 이보다 경험이 많다면 '한 시간 동안 새로운 교과 과정의 초안 짜기'도 괜찮은 도전이 될 만하다.

도전 과제를 정했다면 이제 실행하자.

반복해서 도전하고 또 도전하면서 매번 새로운 실력에 맞춰 난이도를 높이면 된다. 몰입이 이렇게까지 위력적인 이유는 여러 의식 상태를 활용해 몇 시간이 지나도록 집중할 수 있게 해주기 때문이다. 인류학자 데이비드 그레이버David Graeber와 고고학자 데이비드 웬그로우David Wengrow가 지적했듯 우리는 평소에는 한 가지 생각이나 아이디어에 대략 7초 정도만 집중할 수 있다. 하지만 7초 만에 잠재력을 발휘한다는 건 굉장히 힘든 일이다.

그레이버와 웬그로우에 따르면, 어떤 일을 몇 시간 동안 지속할 수 있게 해주는 또 다른 의식 상태가 있다. 타인과의 유대다. 우리는 몇 시간이 지나도록 다른 사람들과 대화하거나 어울리거나 일할 수 있다. 이제 우리의 잠재력을 특기로 전환하는 데 유용한 도구가 하나 더 생긴 셈이다.

알 만한 사람은 이미 모두 알겠지만, 세레나 윌리엄스는 테니스 슈퍼스타인 언니 비너스와 테니스를 치며 자랐다. 세레나는 한 인터뷰에서 두 자매의 원동력에 대해 이렇게 말했다. "저희는 서로가 최고의 능력을 발휘할 수 있게 해줘요. 언니와 테니스를 칠 때 최선을 다해야 한다는 점을 의식해요. 그건 언니도 마찬가지예요. 선수 생활을 하는 내내 저희는 할 수 있는 최선을 다하도록 서로가 서로를 응원해줬어요."

미야자키 하야오의 멘토는 그의 첫 번째 상관이었던 오오츠카 야스오였다. 그는 미야자키가 하는 일을 한결같이 응원하면서 그가 중요한 역할을 맡도록 장려하고 새로운 프로젝트를 이어갈 수 있게 해주었다. "고비에 직면할 때마다 오오츠카가 새로운 방향으로 나아가도록 저를 북돋워주었죠."

동료들, 더 노련한 선배들, 고수들을 활용해 어떻게 자신만의 커뮤니티를 구축할 수 있을지 생각해보자.

- **동료들**: 교육 프로그램을 함께 수강하는 동료들을 대상으로 커뮤니티를 구축하고, 학생들을 여러 그룹으로 나누어 비평과 토론을 한다. 자신과 비슷한 특기를 키우려고 노력하는 사람들과 정기적으로 만나고 교류하면서 서로 응원과 피드백을 주고받는다.
- **선배들**: 자신의 멘토가 되어줄 수 있는 사람에게 다가간다. 이들과 한 달에 한 번이나 1년에 몇 번씩 만나면 발전하는 데 큰 도움을 얻을 수 있다. 자신이 선배라면 가진 재능을 활용해 도움을 베풀 수 있는 아주 좋은 방법이다.
- **고수들**: 이들과 직접 유대할 수는 없어도 그 사람의 자서전, 다큐멘터리, 활동 등을 보고 동참함으로써 그가 세상에 미친 영향을 살펴볼 수 있다.

3단계. 특기를 꾸준히 발전시키기

우리 안의 진정한 자신은 한 곳에만 머물려 하지 않고 계속 발전하고자 한다. 실제로도 몰입 상태를 계속 경험하기 위해서는 실력이 늘수록 도전의 난이도를 높여야 하고 계속 발전해야만 한다. 뉴해피의 초점이 성과보다 진정성 있는 행동을 중시하는 이유도 여기에 있다. 즉, 최종 도착지가 없기 때문이다. 살아가는 내내 우리는 자기 자신이 되는 과정에 있다.

작가 제이디 스미스Zadie Smith는 안무가 마사 그레이엄Martha Graham의 자서전을 읽고 조언으로 삼을 만한 인상 깊은 대목을 발견했다. 그레이엄이 어떤 모습으로 살아가든 내면의 잠재력과 연결되어 있는 것이 얼마나 중요한지 언급하며 쓴 대목이었다.

"당신을 통해 드러나는 활기, 생명력, 에너지, 생동감이 있다. 당신은 전 시대를 통틀어 단 한 명이기에 이런 행동은 유일무이하다."

그레이엄은 잠재력을 발휘하는 데 가장 큰 장애물 중 하나가 사실은 우리 자신이라며, 다음과 같은 조언도 남겼다.

> 그런데 당신이 잠재력을 가로막는다면, 내면의 잠재력은 다른 매개로는 어떻게도 존재하지 못하는 까닭에 그대로 잃어버리고 만다. 세상이 그 잠재력을 누리지 못하게 된다. 당신이 가진 잠재력이 얼마나 유용한지, 얼마나 가치 있는지, 다른 이들의 잠재력과 비교해서 어떤지 따위를 판단하는 것은 당신이 신경 쓸 일이 아니다. 당신이 관심 가질 일은 내면의 잠재력을 확실하고도 직접적으로 자신의 것으로 만드는 일, 그리고 그것이 세상 밖으로 드러나는 통로를 계속 열어두는 일이다.

당신 자신이 곧 당신의 특기인 것은 아니다. 당신은 당신의 특기를 드러내는 존재이다. 그래서 때로는 표현 방식이 달라질 수도 있다. 어떤 재능이 따분하거나 지루한 느낌이 든다면 이제는 더 깊이 파고들거나, 범위를 확장하거나, 다른 방향으로 도약해야 한다는 신호이다.

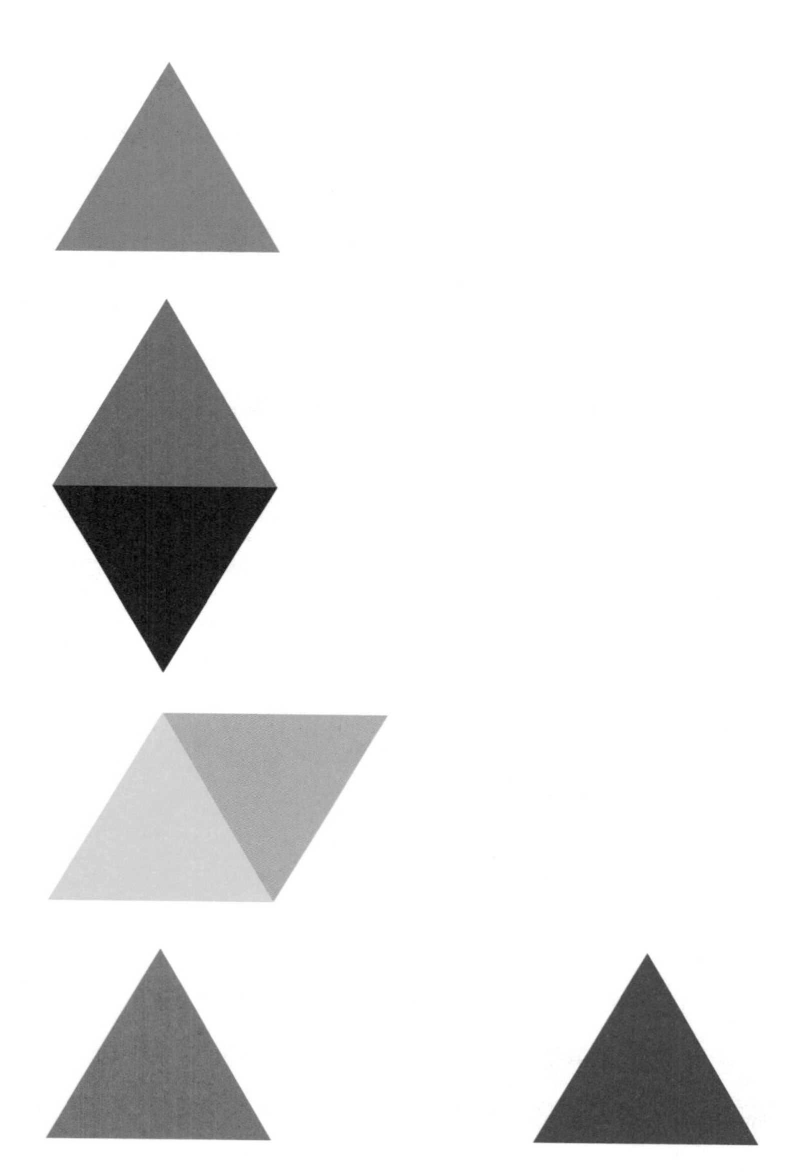

특기를 발전시키기 위해 더 깊이 파고들 수도, 옆으로 넓혀갈 수도,
완전히 새로운 분야로 도약할 수도 있다

더 깊이 파고들기

찰스 디킨스는 소설만 썼던 게 아니라 잡지 기사, 단편소설, 희곡도 썼다.

당신도 도전에 나설 만한 환경을 찾거나 지금까지 했던 것보다 훨씬 더 야심찬 목표를 세우는 방식으로 자신의 특기를 더 깊이 파고들 수 있다. 예를 들면 새로운 직업을 구하기, 커뮤니티에 가입하기나 전혀 낯선 분야를 배우기, 글쓰기를 좋아한다면 자신의 책을 쓰거나, 건축가로 일하고 있다면 보다 복잡한 프로젝트를 맡아보기 등이다.

옆으로 확장하기

줄리아 차일드는 요리책을 출간해 큰 영향력을 발휘한 이후 활동 영역을 넓혔다. TV 프로그램에 출연하고, 미국 와인·푸드협회The American Institute of Wine and Food의 설립을 돕고, 아동을 대상으로 식생활 교육을 하는 것 등이 그 예이다. 당신도 시야를 넓혀 자신의 특기가 보다 폭넓은 범주에 속한다고 생각해보자. 다음과 같은 식으로 생각하면 된다.

- 미술에 재능이 있다면 자신의 특기를 영화, 디자인, 사진, 패션 등을 아우르는 '창작 특기'의 범주로 생각해본다.

• 사람을 상대하는 것이 어렵지 않다면 자신의 특기를 자발성, 조직성, 주도성, 영업, 화술 등을 아우르는 '유대 특기'의 범주로 생각해본다.
• 이벤트나 행사 기획을 좋아한다면 자신의 특기를 리더십, 경영, 운영, 협력 등을 아우르는 '조직화 특기'의 범주로 생각해본다.

도약하기

다빈치는 미술 외에도 인체 연구, 수학 연구, 비행기계와 로봇과 무기 설계에 몇 년간 열정을 쏟았다. 이런 활동의 연결지점은 무엇이었을까? 주목할 사실은 인류가 이런 것들을 만들 기술을 갖추기 훨씬 이전부터 설계를 고민했다는 것이다. 기존의 지식을 넘어서고 싶은 것, 한 가지 분야만으로는 만족하지 못하는 것이 다빈치의 의지였다.

자신의 특기를 들여다보며 이렇게 자문해보자. '내 특기를 발휘하게 만드는 더 깊은 동기는 무엇일까? 나의 특기를 쏟아 부을 만한 또 다른 분야는 무엇이 있을까?'

당신이 특기를 표출할 때의 그 행동은 결국 세상을 이롭게 한다. 당신이 특기를 발휘하는 그 일만이 아니라, 그 특기를 통해 당신이 한 인간으로서 거듭 변신하고 발전하는 과정 자체가 세상에 도움을 준다. 칙센트미하이도 밝혔듯, 부단히 몰입하는 사람은 가장 진화된 자신으로 거듭날 수 있으며 이를 통해 개인적으로 더 발전할 뿐만 아니라 세상에 기여하는 부분까지 많아진다.

특기를 재능으로 지키기

특기는 낡은 행복의 문화에서 곡해되기 쉬운 재능이다. 비에 젖은 나무토막이 쉽게 뒤틀어지듯이 아주 쉽게 왜곡될 수 있다.

우리 대다수는 자신이 가진 특기를 직업을 통해 발휘한다. 그런 탓에 때로는 특기가 자신을 규정하는 것처럼 느껴질 수 있다. 낡은 행복이 개인주의, 자본주의, 지배의 힘을 내세워 그런 느낌을 부추긴다. 당신을 상자 안에 집어넣고는 그대로 가만히 있길 바란다. '너는 딱 전기 기사 체질이야', '너는 천생 회계사야', '너는 타고난 간호사야' 같은 식이다. 당신은 이런 식으로 한정 지어서는 안 되는 존재다. 당신에게는 언제든 새로운 방식으로 표출될 수 있는 어마어마한 잠재력이 내재되어 있다.

특기로 반드시 돈을 벌어야 하는 건 아니다. 특기는 어디서든 쓸 수 있다.

- 사람들에게 동기를 부여하는 재주가 있다면 그 특기로 친구들이 힘들 때 희망을 잃지 않게 해줄 수 있다.
- 무언가를 창작하는 특기가 있다면, 취미 활동으로 다양한 물건을 만들어볼 수 있다.
- 오락을 즐기는 것이 특기라면 친구들과 가족을 위해 즐거운 파티를 주최할 수 있다.

좀 더 예를 들어보자. 정리해고를 당했거나, 병마와 싸우거나, 한 번도 상상해본 적 없는 엄청난 책임을 지게 되었거나, 완전히 새로운 특기를 개발하기로 결심하는 상황이 생길 수 있다. 특기를 발휘할 만한 환경이 달라지면 우리 내면의 잠재력은 새로운 표출 방법을 찾게 되어 있다. 당신이 하나의 특기를 가진 적이 있다면 또 다른 특기를 키울 방법도 알고 있다는 뜻이다. 이것이 바로 메타 탤런트meta-talend, 즉 여러 특기를 개발하는 능력이다. 당신은 보이지 않는 길로 되돌아가기만 하면 된다.

현대 사회가 일부 특기에 우선순위를 매기고 보상을 주는 탓에 어떤 특기는 다른 특기들보다 더 중요한 것처럼 여겨질 수 있지만, 잘못된 생각이다. 모든 특기는 저마다 중요한 목적에 기여한다. 수많은 특기의 연결 고리에서 당신의 자리를 떠올려보자. 모든 재능은 중요하고, 모든 재능은 연결되어 있으며, 모든 재능은 점점 늘어난다. 외적 보상은 당신이 애초에 그 특기를 발휘하기로 결심한 이유를 잊어버리게 만들 여지가 있다. 명성이나 남들의 칭찬을 얻기 위해서가 아니라 내면의 힘을 발휘해 세상에 유의미한 변화를 이끌어내기 위해서 특기를 활용한다는 사실을 잊어서는 안 된다. 낡은 행복에 휘둘려 진정성 있는 행동이 아닌 성과에만 시선을 두어서는 안 된다.

당신의 특기가 수백, 수천, 심지어 수백만 명에게 반드시 의미 있게 다가가야 할 필요는 없다. 사실 우리의 충족감과 목적의식에 가장 큰 영향을 미치는 것은 일상에서 개인적으로 연결되는 순간이다. 줄리아 차일드의 레시피는 명확한 설명으로 정평이 나 있지만, 그 레시피가 아무리 훌륭해도 이제 막 요리를 배운 당신의 아이가 당신을 위해 직접 만들어준 첫 요리만큼 의미가 있을까?

중요한 건 당신이 얼마나 많은 사람에게 다다를지가 아니다. 당신의 특기를 통해 도움이 필요한 누군가에게 도움을 준다는 사실 자체가 중요하다. 빅터 프랭클의 말을 인용하면 "인생에 충족감을 느끼는지 여부는 그 사람의 행동반경이 얼마나 큰가가 아니라, 그의 반경 안이 얼마나 가득 채워져 있는지에 따라 좌우된다."

핵심 포인트

- 특기를 키우는 3단계: 자신의 잠재력을 발견하기, 그 잠재력을 특기로 전환하기, 특기를 꾸준히 훈련하기
- 흥미나 호기심, 설렘을 느끼는 순간 마음속에 잠재되어 있는 열정을 불러일으켜줄 무언가를 찾아보자.
- 잠재력을 특기로 전환하는 방법: 첫째, 몰입하기 둘째, 누군가와 함께 또는 팀을 이루어 시도하기
- 오랫동안 꾸준히 특기를 계발하자. 이미 하고 있는 분야를 더 깊이 파고들거나, 관련 분야의 폭을 넓히거나, 새로운 영역으로 도약하자

13

지혜_ 당신은 스스로 생각하는 것보다 더 많이 알고 있다

2016년의 어느 토요일 오후였다. 나는 샌프란시스코 현대미술관을 이리저리 거닐다가 화가 수전 오멜리Susan O'Malley의 작품에 마음을 빼앗겼다. 밝게 칠해진 캔버스에 볼드체 대문자로 짧은 문구가 찍혀 있었는데, 간결한 말이 기분을 아주 좋게 해주었다.

네 가슴이 하는 말에 귀 기울여봐

다 괜찮을 거라고

할 수 있다고

그건 바보 같은 생각이 아니라고

너는 이미 알아야 할 것을 알고 있다고 말하고 있잖아

이 작품의 제목은 '80세인 내가 건네는 조언'이다. 오멜리는 모든 연령대를 아우르는 각계각층의 100명을 대상으로, 지금보다 나이 든 자신이 지금의 나에게 어떤 조언을 건넬 것 같은지 질문했다. 이 질문에 대한 사람들의 답변은 지혜와 관련해 아주 중요한 사실을 일깨워주었다. 우리 모두는 이미 지혜롭다는 사실이었다. 오멜리가 깨달았듯, 우리에게 필요한 것은 단지 그 지혜를 활용할 수 있게 해줄 적절한 자극이었다.

누군가가 당신에게 좋은 질문을 던졌을 때, 답변하면서도 자신의 답변 내용에 스스로 놀랐던 적이 없는가? 그때 당신은 진정성이 있고 진실하지만 이전에는 한 번도 표현한 적 없었던 말을 꺼낸 것이다. 좋은 자극은 우리 안에 살아 있는 지혜를 드러내준다.

학계에서 지혜를 정의하는 일관된 개념은 없다. 하지만 한 인간으로서 누군가의 심신의 건강에 기여하는 것 역시 지혜에 속한다는 점에는 대다수 과학자들이 공감한다. 인생의 지도를 제시하기, 문제를 해결하기, 불확실한 상황에서 어떻게 해야 할지 방향을 안내하기 등이 여기에 해당한다. 사회학자 모니카 아델트Monika Ardelt가 지적한 것처럼 "개인의 경험을 성찰함으로써 지혜를 깨달아야 한다."

이러한 연구에 입각해 나는 '지혜 재능'을 통찰 혹은 개인적 경험에서 우러나오는 깨달음이라고 정의한다. 당신이 살아가는 방식, 취하는 행동, 만들어내는 무엇, 타인을 돕는 방식을 통해 당신의 지혜가 재능으로 전환된다.

지혜 재능은 행동 촉진, 의욕 분발, 참여 및 봉사, 좋은 의사결정,

중요한 문제 해결 등에 유용하다. 또한 세상의 본질을 이해하는 중대한 통찰에서 특정 문제를 해결할 전략에 이르기까지 다양한 범위를 망라한다.

많은 사람들이 자신에게 무슨 거창한 지혜가 있겠느냐고 의심한다. 말도 안 되는 생각이다. 당신에게는 당연히 지혜가 있다. 당신은 자신만의 삶을 살아온 단 한 사람이며 앞으로도 자신만의 삶을 살아갈 단 한 사람이다! 당신의 내면에는 상처받은 마음을 달래주고 문제를 해결하고 삶을 변화시킬 수 있는 보물이 있다. 그 보물을 드러낼 적절한 자극만 받으면 된다.

관점을 변화시키는 힘

1990년에 심리학 박사 과정을 밟고 있던 엘리자베스 뉴턴Elizabeth Newton이 흥미로운 실험을 벌였다. 그녀는 실험 참가자로 150명을 모집한 후 이들을 두 그룹으로 나누어, 한 그룹에겐 '탁자를 두드리는' 역할을 맡기고 다른 그룹에겐 '듣는' 역할을 맡겼다. 두드리는 역할을 맡은 사람들은 어떤 노래를 떠올린 후 그 멜로디에 맞춰 탁자를 두드리고, 듣는 역할을 맡은 사람들이 그 노래를 알아맞힐 가능성을 추측했다. 그 결과, 실험 참가자의 절반 정도가 어떤 노래인지 알 것이라는 추측이 나왔다. 하지만 실제로 제대로 알아맞힌 사람은 150명 중 단 두 명으로, 약 0.01퍼센트에 불과했다.

지금까지 당신이 살아온 여정을 차근차근 짚어보자.
당신은 남들을 도울 수 있는 지혜를 아주 많이 가지고 있다

이 실험 결과는 워낙 인상적이어서 지식의 저주curse of knowledge 라는 독자적인 별칭까지 붙었다. 우리는 일단 뭔가를 알고 나면 그것을 모른다는 사실을 상상하기 어렵다. 내가 머릿속으로 그 노래를 떠올렸으면 다른 사람들도 떠올릴 수 있다고 추정한다. 상대방이 무엇을 들어야 노래를 잘 알아맞힐지 고민하는 게 아니라, 자기 자신이 듣고 있는 것을 생각한다.

바로 이러한 사고방식이 자신이 가진 지혜를 발견하지 못하도록 가로막는 장애물이다. 남들에게 필요한 것을 생각하는 게 아니라 자신에 대해 생각한다. 자신에게로 향하는 초점을 옮겨 이렇게 물어야 한다. '내가 아는 것들 중 다른 누군가에게 유용하게 쓰일 만한 게 무엇일까?'

여러 연구에서 증명된 것처럼 이런 초점의 변화가 아주 유용하게 작용할 수 있다. 한 연구팀이 실험 참가자들에게 자신이 개인적으로 겪었던 어려움 중 하나를 떠올린 다음, 그것이 친구의 문제이고 자신이 친구에게 조언하는 상황을 상상해보도록 했다. 그 결과 친구에게 조언하는 상상을 한 경우에 더 지혜로운 답이 많이 나왔다. 미국인들을 대상으로 한 또 다른 연구에서는 미국에 사는 미국인으로서의 관점과 아이슬란드에 사는 아이슬란드인으로서의 관점을 가지고 점점 양극화되는 미국 정치를 생각해보도록 했다. 그러자 자신을 아이슬란드인이라고 상상한 사람들이 미국의 정치 문제를 더 현명하게 분석했다.

이어서 우리 삶 속에 있는 지혜의 4대 원천과 함께, 그 원천을 풀어내는 데 도움이 되는 네 가지 자극을 살펴보자.

- **인생 여정**: 내가 살면서 터득한 것들 중 남들에게 도움이 될 만한 게 무엇일까?
- **성취**: 지금까지 내가 이룬 성취를 다른 사람들도 맛보게 하려면 어떻게 이끌어주는 게 좋을까?
- **인생의 어려움**: 내가 겪은 고통 중 남들은 겪지 않도록 도울 수 있는 것이 무엇일까?
- **유대감**: 주변 사람들을 통해 내가 무엇을 배울 수 있을까?

당신의 인생 여정

엄마는 갓 십대가 되었을 때부터 수영을 시작했다가 몇 년 후 수영에 진지한 열의를 갖게 되었다. 고등학교에서 몇 년간 훈련을 받았고, 미시건대에 진학해 국가대표 선수가 되어 1984년 올림픽에도 출전했다. 엄마는 1985년에 은퇴했고, 이후 다시는 수영을 하지 않았다.

엄마는 은퇴 후 이 세상에서 자신의 자리를 찾는 데 어려움을 겪었다. 수영만큼 충족감을 주는 일을 찾아보았지만 27년이 지나도록 찾지 못했다. 엄마는 프랜차이즈 매장 운영, 지역사회 자원봉사, 가족 돌보기 등 다양한 활동을 시도하며 그때마다 선수 시절의 열정을 가지고 최선을 다했다. 하지만 어떤 일을 해도 늘 무언가를 잃은 듯한 상실감을 느꼈다.

그러던 2013년, 함께 올림픽에 출전했던 선수 출신의 이웃이 자살로 비극적인 죽음을 맞았다. 엄마는 그가 얼마나 고통스러워하는지 전혀 모르고 있었다. 그러다가 이웃의 사망을 계기로 운동을 그만둔 후 힘들어하는 사람이 자신만이 아니라는 사실을 깨닫게 되었다. 알고 보니 은퇴 후 상실감에 빠져 새로운 삶을 어떻게 헤쳐나가야 할지 막막해하는 사람들이 아주 많았다.

엄마는 이 일에서 자극을 받았고 본인의 경험을 활용해 다른 운동선수들을 돕기로 했다. 그 후 5년에 걸쳐 연구를 진행하며 은퇴 이후 운동선수의 장래성과 위험성을 세심히 정리해 책으로 펴냈다. 지금은 전 세계의 올림픽 출전 선수들을 돕는 일로 하루하루를 보내며, 이들이 운동선수 이후의 삶을 준비하고 새로운 삶을 살아가는 데 도움을 얻을 수 있도록 힘쓰고 있다.

모든 사람은 저마다 독자적인 인생 여정을 걸으며 자신만의 지혜를 터득한다. 자, 지혜를 드러낼 첫 번째 질문으로 나만의 지혜를 발견해보자. '내가 살면서 터득한 것 중 다른 사람들에게 도움이 될 만한 게 무엇일까?' 다음은 참고할 만한 몇 가지 사례이다.

- "저는 우리 회사에서 흑인 여성으로는 처음으로 파트너로 승진했어요. 지금은 이 분야에서 소외당하고 있는 여성들에게 멘토가 되어주는 한편, 기업들이 더 공정하게 사업을 하도록 돕고 있어요."

- “저는 미국으로 처음 이민을 왔을 때 금융 신용을 어떻게 쌓아야 할지 몰라 난감했어요. 혼자 힘으로 다 알아내야 했죠. 지금은 우리 교회의 난민 봉사단과 함께 이민자들에게 간단하고 쉬운 가이드를 전하고 있어요.”
- “제 여동생은 장애가 있어요. 동생은 아이들이 통상적으로 하는 놀이에 끼지 못할 때가 많았지요. 그 모습을 보면서 자란 경험을 살려 더 포용적인 놀이 공간을 설계하고 있어요.”

우리의 삶을 한 발자국 떨어져 살펴보면 패턴과 교훈을 발견할 수 있다. 쇠렌 키르케고르의 그 유명한 말처럼 “삶은 뒤를 돌아봐야만 이해되는 것이다. 다만, 삶을 살아가려면 앞을 봐야 한다는 사실도 잊어서는 안 된다.”

당신의 성취

이 세상이 멋진 이유 중 하나는 당신이 달성한 일을 하고 싶어 하는 누군가가 반드시 있고, 당신이 하고 싶은 일을 해낸 사람도 반드시 존재하기 때문이다.

세상에는 당신이 이미 겪은 삶의 여러 단계나 계절(학교 생활, 구직 활동, 임신과 출산 등)을 거치고 있는 사람들이 있다. 당신이 이미 이룬 목표(사업 시작, 하이킹, 기술 배우기 등)를 이루려고 노력 중인 사람들도 있다.

이러한 지혜, 즉 성취의 지혜를 나누는 것은 우리가 서로를 도울 수 있는 하나의 방법이다. 우리는 대인관계망을 통해 지혜를 전하며, 때로는 다른 사람들의 궤도를 본받고 다른 사람들이 자신의 발자취를 길잡이로 삼을 수 있게 도우면서 자신만의 독자적인 인생을 만들어간다.

당신의 삶에서 발전, 성취, 변화가 두드러졌던 순간을 생각하며 지혜를 자극할 두 번째 질문에 답해보자. '내가 어떤 성취를 이루었지? 다른 누군가가 비슷한 결과를 얻도록 내가 어떻게 이끌어주면 좋을까?'

지금부터 이런 지혜를 잘 보여주는 사례이자 지혜를 통해 결국 삶을 변화시킨 사례를 살펴보자. 내가 연구 중에 우연히 접한 어느 감동적인 이야기를 들려주겠다.

지난 2006년, 에린 록우드는 뉴욕의 자비에르 고등학교에서 교사로 일하고 있었다. 그러던 어느 날 학생들에게 과제를 냈다. 유명 작가에게 학교를 방문해 창작 과정 수업을 해달라고 부탁하는 편지를 쓰게 한 것이다.

편지를 받은 작가들 중 《제5도살장》의 저자인 커트 보니것Kurt Vonnegut이 유일하게 다음과 같이 답장을 보내왔다.

오늘 저녁에 할 숙제를 내줄게. 숙제를 하지 않으면 록우드 선생님이 너희에게 낙제점을 주었으면 좋겠구나. 숙제는 6행시 쓰기야. 주제는 무엇이든 상관없지만 운을 맞춰야 해. 네트 없는 테니스 시합은 공정하지 않잖니.
너희가 할 수 있는 한 최대한 잘 써보도록 해. 다만, 무엇을 쓰고 있는지는 아무에게도 말하면 안 돼. 이성 친구든 부모님이든 선생님이든, 그 누구에게도 보여주지 말고 읽어주지도 마. 알았지?
6행시를 다 쓰면 그 종이를 잘게 찢어서 멀찍이 떨어진 쓰레기통 여러 개에 나눠서 버리는 거야. 이렇게 하고 나면 너희가 그 시로 이미 영광스러운 보상을 받았다는 사실을 알게 될 거야. 무언가가 되는 경험을 했고, 너희의 내면에 대해서도 더 많은 것을 알게 되었고, 너희의 영혼을 성장시켰으니 말이야.

보니것은 작가로서 얻은 성취를 통해 창의성의 비결을 발견했다. 그는 창의성을 기르고 싶다면 예술을 창작함으로써 영혼을 성장시켜야 한다는 점에 초점을 두었다. 보니것은 편지로 이러한 지혜를 전해준 것이다.

나는 에린 록우드를 만나 그 숙제에 대해 질문했다. "아이들이 편지를 다 쓰자마자 작가들에게 발송했어요." 그녀가 소리 내어 웃다가 말을 이었다. "그래도 연락이 올 거라고는 기대도 안 했어요." 그런데 어느 날, 누가 그녀의 책상에 메모를 남겨놓았다. '커트 보니것이 전화함.' 처음엔 장난인 줄 알았다.

그러다 전화가 연결되자 보니것은 록우드에게서 편지를 받고 가슴이 아주 훈훈했다고 말해주었다. 록우드는 고등학생 시절 그의 책《챔피언의 아침식사Breakfast of Champions》를 좋아했고 그 영향으로 영어교사가 되기로 결심했던 이야기를 털어놓았다. 두 사람은 대화를 나누었고 그녀는 이것으로 그와의 인연이 끝이려니 생각했다. 그런데 그 후에 보니것이 학생들 앞으로 편지를 보낸 것이다.

나는 록우드의 소개로 보니것에게 처음 편지를 썼던 학생에게 연락했다. 그는 마이클 페린인데 지금은 그도 뉴욕에서 교사로 일하고 있었다.

페린은 보니것이 학교에 직접 방문하기는 어렵다고 솔직하게 말하면서도 대신 자신이 할 수 있는 걸 해주겠다며 "그 시절 십대들에게 대단히 인상적이고 완전 멋진 격려의 말"을 전해준 점이 가장 감동을 주었다고 말했다.

이 사례는 언제든 실천할 수 있는 기회가 생겼을 때 지혜를 나눠주는 일의 뜻깊은 예시이다.

록우드와 페린 모두 보니것이 편지로 전해준 지혜를 자주 떠올렸다. 교직을 떠나 이제는 심리치료사가 된 록우드는 보니것의 말에 큰 영향을 받았다고도 했다. 페린은 보니것의 조언을 상기하며 학생 지도의 가이드로 삼을 때가 많다고 했다.

보니것은 학생들의 편지를 그냥 무시했을 수도 있지만 그러지 않고 일부러 시간을 내서 정성껏 현명한 답을 해주었고, 이 답장이 이들의 20년 후의 삶에까지 영향을 미쳤다. 안타깝게도 그는 편지를 보내고 불과 몇 달 후 세상을 떠났다.

어려움을 겪는다는 것

분노의 5단계Five Stages of Grief를 제창한 정신의학자 엘리자베스 퀴블러 로스는 이런 글을 썼다.

> 우리가 아는 가장 아름다운 사람들은 패배를 겪고, 고통을 겪고, 어려움을 겪고, 상실을 겪으면서도 그 심연에서 벗어날 길을 찾아낸 사람들이다. 이들은 감사함과 배려심을 가지고 있을 뿐만 아니라 연민, 관대함, 진심에서 우러나오는 애정 어린 염려가 가득한 삶을 이해한다. 아름다운 사람들은 어쩌다 그냥 그런 사람이 되는 게 아니다.

지혜로운 사람들은 고통과 어려움을 다른 관점에서 보려고 한다. 단지 개인적으로 잘 통과해야 하는 경험이 아니라, 이것을 변신시켜 다른 사람들에게 도움이 될 수 있는 새로운 경험으로 본다. 세상에는 고통을 통해 깨달은 앎을 기반으로 누군가를 도울 수 있는 사람들이 있다. 사실로 밝혀졌듯, 이런 선택은 더 고결한 목적과 연결되고 회복탄력성을 높여서 힘든 시기를 더 잘 대처하는 데도 도움이 된다.

당신이 겪은 어려움에서 지혜를 발견하려면 다음 질문으로 스스로를 자극해보자. '나는 겪었지만 다른 사람들은 겪지 않도록 막아줄 수 있는 고통에는 무엇이 있을까?'

나는 얼마 전 바바라 위드먼이라는 도서관 사서에 대한 기사를 읽었다. 위드먼은 몇 년 전에 싱글맘이 된 후로 아동이나 한부모가

족에게 친화적인 공간이 아주 부족한 세상을 살아가기가 얼마나 힘든지 깨달았다.

그 후로 다니던 도서관이 리모델링 공사를 시작하자, 한부모 가장들에게 도움이 될 만한 건축 디자인을 제안했다. 갓난아기들을 위한 공간이 딸린 특별 열람대를 설치하고, 책의 여러 구절이 인쇄된 데코 패널에 둘러싸인 공간을 마련했다. 이곳에서 부모가 아기를 옆에 눕혀두고 컴퓨터를 쓸 수 있게 해주자는 제안이었다. 위드먼은 이런 식으로 자신의 불편을 누군가에게 도움을 주는 방향으로 전환시킬 수 있었다. 이 기사가 입소문을 타고 퍼지면서 비슷한 열람대를 설치하고 싶다고 문의하는 사서들이 한둘이 아니었다.

이런 사례를 잘 보여주는 또 한 사람이 오프라 윈프리다. 윈프리는 미시시피주 시골의 극빈층 가정에서 자라며 어린 시절 성적 학대를 당했다. 그녀는 힘든 유년기를 보내는 와중에도 언론인이 되어 세상을 변화시키고 싶다는 꿈을 놓지 않았다. 이후 자신이 걸어온 변화의 길을 공개하면서 다른 사람들이 자신의 방식을 따르도록 힘을 북돋웠다. 때로는 자신이 겪어온 어려움을 용기 있게 털어놓는 것만으로도 지혜를 전하기에 충분하다.

남들에게서 배울 수 있는 것들

1800년대 폴란드의 종교 지도자인 심카 버님Simcha Bunim은 호주머니에 항상 종이 두 장을 넣고 다니도록 가르쳤다. 그는 한 종이에는 '나는 한 점의 먼지다'라고, 다른 종이에는 '세상은 나를 위해 만들어졌다'를 적어두게 했다.

지혜를 다룰 때도 이런 자세가 바람직하다. '나에겐 세상과 공유할 중요한 통찰, 관점, 경험이 있다'라는 자세와 '세상에는 내가 모르는 것이 아주 많다'라는 자세가 모두 필요하다. 당신은 스스로 생각하는 것보다 아는 것이 많고 모르는 것도 많다.

과학자들 사이에서도 지혜를 다룰 때 반드시 갖춰야 할 자세가 지적 겸손이라는 점에 공감한다. 지혜로운 사람은 모르면 모른다고 기꺼이 인정할 뿐만 아니라 자신이 틀렸을 때도 기꺼이 받아들인다. 어떤 지혜든 한계와 특정 맥락이 있기 마련이며, 모든 지혜가 반드시 보편적이지는 않다는 사실을 잘 안다. 그리고 무엇보다, 자신의 지혜에 너무 확신을 가지면 어리석은 사람이 된다는 점도 안다.

지혜를 활용하고 싶다면 다음의 질문으로 적당한 자극을 주자.
'다른 사람에게 내가 무엇을 배울 수 있을까?'

모든 것을 다 아는 사람은 단 한 명도 없다. 이것이 서로가 필요한 또 하나의 이유이다. 우리는 서로에게 스승, 길잡이, 도우미 역할을 하고 있다.

경우에 따라 지혜가 명확히 전달될 때도 있다. 1930년대에 사회운동가이자 작가인 폴리 머레이Pauli Murray가 당시 영부인이었던 엘리너 루스벨트를 만났다. 몇 년 후 머레이는 남부의 인종차별에 항의하기 위해 루스벨트에게 편지를 보냈다. 루스벨트가 이 편지에 답장을 보내면서 두 사람 사이에는 결코 싹틀 법하지 않았던 뜻밖의 우정이 생겨났다. 머레이는 루스벨트가 세상을 완전히 다른 시각으로 바라보도록 자극을 주었으며, 이후 루스벨트가 벌인 수년간의 활동은 물론이고 법률 제정, 행정의 우선순위, 인권운동에까지 영향을 미쳤다.

그런가 하면 지혜가 관찰을 통해 전해지는 경우도 있다. 진실한 지혜는 몸으로 체화되기 때문에, 그 인물의 소통방식과 행동을 지켜보다 보면 많은 것을 배울 수 있다. 20년이 넘도록 간호사로 일하는 내 시어머니가 대표적인 예이다. 시어머니는 알렉스가 병에 걸렸을 때 호주에 떨어져 살고 있었는데도 나에겐 구명밧줄 같은 존재였다. 의학 지식으로 도움을 주었을 뿐만 아니라 아프고 겁에 질리고 서러운 사람들을 잘 보살펴주는 것이 어떤 의미인지를 몸소 보여주면서 나에게 의지가 되어주었다. 나는 어려운 순간이 닥치면 자주 시어머니를 본받으려 애쓰며 이렇게 자문한다. '어머님이라면 이런 난관을 어떻게 대처할까?'

이 방법은 어떤 사람의 지혜를 활용하고 배울 수 있는 아주 효과적인 전략이다. 개인적으로 아는 사이이든 아니든, 지금의 당신에게는 없는 지혜를 가진 사람을 떠올려보자. 그 사람이 당신의 입장이라면 어떻게 할 것 같은가? 그 사람의 방식에 따라 행동하면 당신의 내면에도 차츰 그런 지혜가 생길 것이다.

당신의 지혜는 전해져야 한다

어느 흥미로운 논문에서 생물인류학자 조지프 헨릭Joseph Henrich과 심리학자 마이클 무터크리슈나Michael Muthukrishna가 이런 의문을 던졌다. 우리 인간이 다른 동물들보다 영리한 이유는 무엇이고, 어떻게 그 힘든 환경에서 살아남아 새로운 혁신을 이루고 번성할 방법을 찾았을까?

두 논문 저자가 지적했듯, 이 질문에 대한 대다수 사람들의 본능적인 대답은 개인주의적이다. 소수의 위대한 인물이 등장해 나머지 사람들이 이득을 볼 수 있는 거대한 진전을 이룬 덕분이라는 것이다. 논문 저자들은 오히려 그 반대가 맞다고 주장한다. 세상의 진보를 이루는 토대는 위대한 일부 사람들이 아니라 전체 사람들의 위대함이라는 것이다. 인류는 이른바 '집단 지능collective brain', 즉 수천 년에 걸쳐 지식을 축적하고 지혜를 쌓아왔으며, 이 집단 지능 덕분에 현재의 난관을 극복하고 더 나은 미래로 나아간다는 주장이다.

당신의 지혜를 재능으로 전환시켜 세상의 집단 지능에 기여할 방법은 다양하다.

- 프로그램이나 봉사 활동을 주도하기
- 글이나 말로 소통하기
- 새로운 시스템을 실행하기
- 누군가를 가르치기

저마다 가진 지혜를 다른 사람들에게 전할 책임이 있다.
이것이 새로운 고지에 도달하고 더 나은 세상을 만들어가는 방법이다

- 다른 관점을 제시하기
- 대담하게 소신을 밝히기
- 무언가를 만들어내기
- 자신의 이야기를 밝히기
- 자기 자신이 되기

모두가 자신의 지혜를 나눈다면 우리의 집단 지능이 얼마나 더 막강해질지 상상해보자. 그동안 당신이 배워온 지혜를 널리 전하자.

여러 재능을 한 곳으로 모으기

이제 당신은 인성, 특기, 지혜라는 세 가지 재능을 알게 되었다. 당신은 사랑, 잠재력, 새로운 관점을 포함한 비범한 선의를 가지고 있으며 이 선함을 키우고 드러냄으로써 뉴해피를 누릴 수 있다.

나는 이번 장을 쓰던 중 몇 년 전 미술관에서 관람했던 작품의 화가인 수전 오멜리에게 연락했다. 그녀의 작품에 대해 대화를 나누며 감사한 마음을 표현할 기회를 얻고 싶었다. 그런데 그녀의 연락처를 수소문하던 중 안타까운 소식을 접했다. 아이를 가지려고 몇 년간 노력한 끝에 쌍둥이 딸을 임신했는데 제왕절개 수술을 사흘 앞두고 그녀가 쓰러졌다는 소식이었다. 그녀의 심장에 종양이 있다는 사실을 아무도 몰랐다. 의료진은 그녀도, 뱃속의 아이들도 살려내지 못했다. 이 소식을 접하고 눈물이 흘렀다. 엄청난 충격에 뭔가 단단히 잘못된 것 같았다. 세상이 너무나 불공평하게 느껴졌다.

하지만 그녀에게 바치는 추도사를 읽으면서 깨달은 사실이 있다. 오멜리는 세상에 더 많은 사랑과 유대와 기쁨이 충만하기를 간절히 바랐다. 이런 세상을 조성하는 것을 자신의 사명으로 삼았고, 작품 한 점 한 점을 작업할 때마다 질문을 하나씩 던졌다.

오멜리가 세상을 떠난 후, 친구들은 그녀의 이상이 실현되도록 돕기 위해 오멜리의 작품을 한 점씩 골라 수천 장 복제했고, 샌프란시스코 베이 에어리어 전역에 비치했다. 내가 전시회에서 관람했던 출품작 중 하나인, 무지갯빛 그러데이션이 멋진 작품도 바로 친구들이 선정한 것이었다. 그 작품에는 다음과 같은 글이 새겨져 있었다.

그건 당신이 미처 상상도 못 할 만큼 아름다울 거예요

내가 오멜리에게 하고 싶었던 이야기도 이 작품에 대한 것이었다. 차를 몰고 집으로 퇴근하던 어느 날, 나는 알렉스의 병에 대해 완전히 자포자기 상태였다. 철저한 무기력감에 빠져 있었다. 그러다 길이 막혀 차를 세웠을 때, 눈앞에 보이는 건물 옆면에 걸린 그녀의 작품이 눈에 띄었다. 그림에는 큼지막한 글씨로 이 문구가 새겨져 있었다. 그 순간 희망의 등불이 반짝 켜졌다.

하지만 나에게 감동을 준 것은 단지 그녀의 지혜만이 아니었다. 이 작품에 녹아든 그녀의 모든 재능이었다. 누구나 저마다의 답을 가지고 있으며, 그 답으로 타인을 도울 수 있다는 사실을 깨달은 그녀의 지혜, 인상적이고 멋진 작품으로 이 지혜의 메시지를 전한 그녀의 특기, 그리고 세상에 더 많은 사랑을 전하고픈 진심 어린 소망에 담긴, 그녀의 인성.

오멜리는 자신의 모든 재능을 끌어모아 내가 간절히 필요로 하던 바로 그 순간에 시공간을 넘어 나에게 다가왔고, 자신만이 할 수 있는 일을 해주었다. 그녀의 재능은 진정한 자신으로부터 비롯되었기에 누구도 베낄 수 없다. 그 순간이 나에게 얼마나 큰 힘이 되었는지 그녀에게 말해주지 못한 것이 너무 아쉽다. 고마워요, 수전. 당신은 내가 가장 필요로 했던 그 순간에 나를 일으켜주었어요.

당신도 당신의 재능을 발휘해 사람들을 일으켜 세울 수 있다. 당신이 가진 재능을 발휘해 자신만이 할 수 있는 일을 하길 바란다. 당신이 알고 지내는 사람들뿐 아니라 모르는 사람들에게도 평생 잊지 못할 도움을 주기를.

핵심 포인트

- 지혜는 우리의 인생 경험에서 나온다.
- 지혜를 드러내기 위해서는 자신의 경험이 다른 사람들에게 어떤 도움이 될지고민해야 한다.
- 우리의 인생 여정, 성취, 난관, 유대는 지혜의 4대 원천이다.
- 누군가에게 지혜를 전하는 것은 한 사람을 돕는 데서 그치지 않는다. 사회가 긍정적인 방향으로 진보할 수 있도록 집단 지능에도 기여하는 셈이다.

5

Serve the World

세 상 에
도움이 되기

14

우리는 협력해야 한다

알베르트 아인슈타인이라고 하면 떠오르는 몇 가지가 있을 것이다. 천재의 상징, $E=mc^2$, 인상적인 헤어스타일 등.

하지만 역사상 가장 유명한 이 과학자에 대해 당신이 모르는 사실이 있다. 그가 뉴해피를 살아가는 데 관심이 많았다는 사실이다. 물론 그가 이 단어를 직접 언급하지는 않았지만 자신의 글과 행동을 통해 이러한 관심을 분명히 보여주었다.

아인슈타인은 1938년에 스와스모어대의 졸업식 연설에서 다음과 같이 뉴해피를 표현했다.

누구나 자기 안에 내포된 재능을 발전시킬 기회를 가져야 합니다. 그래야 저마다 마땅히 누릴 자격이 있는 만족을 느끼고, 그래야 세상이 가장 풍요로운 번영을 이룰 수 있습니다.

아인슈타인은 재능을 발휘하는 경험을 '만족'이라고 일컬었지만 나는 만족이라는 단어가 이 경험의 장점을 담아내기에는 많이 부족하다고 생각한다.

재능을 발휘할 때 우리가 느끼는 감정은 단 하나의 단어로 담아내기엔 무리이다. 심오한 차원의 행복이자, 나날이 기쁨이 동반되는 목적의식이자, 흡족함이 공존하는 무한한 동기이자, 좌절의 순간에 삶을 지탱하게 해주는 회복탄력성이자, 용기를 불어넣는 결의이자, 우리 자신과 다른 사람들, 그리고 세상과 더 가까워지게 해주는 경험이기 때문이다.

그렇다면 아인슈타인이 말한 두 번째 대목, 즉 만족을 느껴야 "세상이 가장 풍요로운 번영을 이루는" 데 도움이 된다는 메시지는 어떤 의미일까?

이번 장에서는 바로 이 질문에 대한 답을 알아보고자 한다. 이 답은 뉴해피의 마지막 퍼즐 조각이자, 우리의 재능을 발휘함으로써 얻을 수 있는 심오한 행복을 경험하기 위해 내디뎌야 할 마지막 걸음이다.

우리는 온 세상과 연결되어 있을 뿐만 아니라, 세상과의 연결이 우리의 행복과 밀접한 연관이 있다는 사실을 알아야 한다.

우리는 모두 연결되어 있다

1971년 1월 31일, 에드거 미첼이 지구를 떠나 달로 향했다. 2월 5일, 아폴로 14호 탐사팀은 달의 프라 마우로 지층에 내려섰고, 그와 앨런 셰퍼드는 이곳에서 서른세 시간을 머물며 암석과 토양 샘플을 채취했을 뿐만 아니라 여러 실험 데이터를 지구로 전송했다. 다음의 말에서 잘 드러나듯, 미첼은 이 경험 이후로 다시는 예전과 같을 수가 없었다.

> 그곳에 발을 딛자마자 전 지구적 의식과 성향이 두드러지면서 극도의 불만이 생겨났고, 이 불만을 해결하기 위해 뭐라도 해야 할 것 같은 충동이 일었다. 달에서 바라보는 국제정치는 너무 옹졸해 보인다. 정치인의 뒷덜미를 움켜잡고 38만 5,000킬로미터 밖으로 질질 끌고 와서 이렇게 말하고 싶어진다. "저길 좀 보라고, 이 개자식아!"

이러한 현상을 과학계에서는 '조망 효과overview effect'라고 부르는데, 우주비행사들이 우주로 나가는 순간 경외감에 빠져 지금까지의 세계관이 산산조각 나고 인간의 상호의존성을 새롭게 의식하게 되는 것을 말한다.

꼭 우주에 나가야 이런 깨달음을 얻는 것은 아니다. 우리가 이 책에서 살펴본 여정도 이런 깨달음의 과정이다. 한 장씩 넘어갈 때마다 자신을 바라보는 관점이 달라지면서 분리가 아닌 연결에 초점을

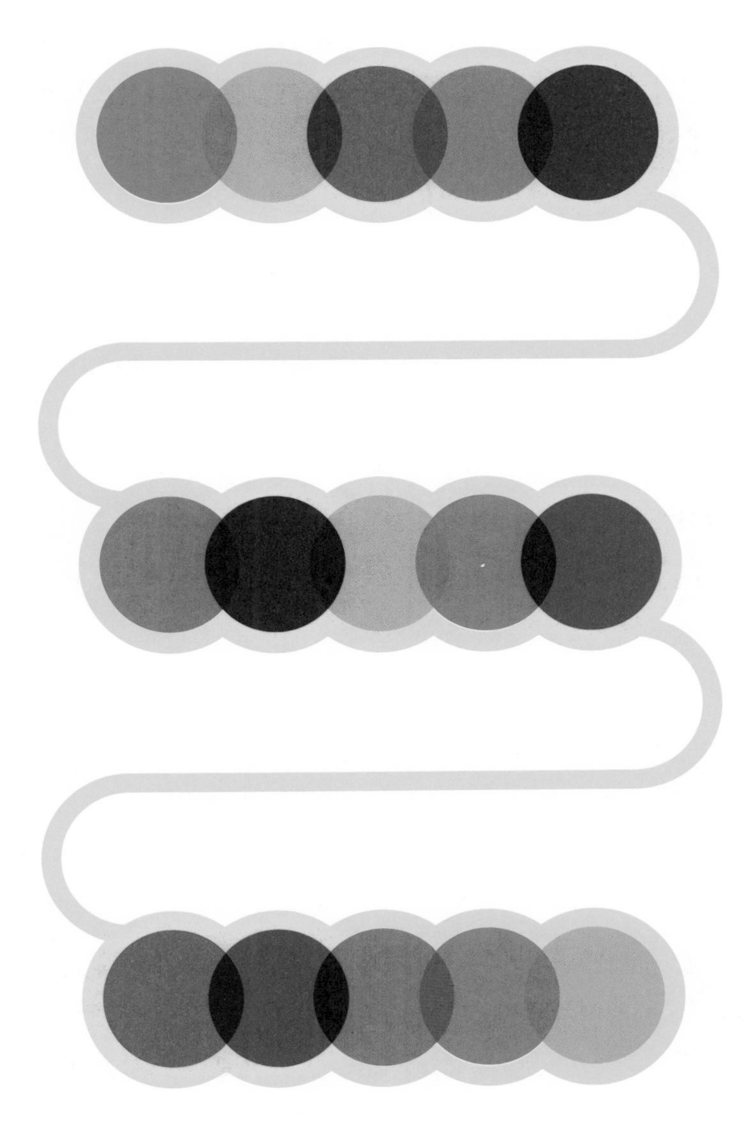

당신은 주변 사람들뿐 아니라
세상 모든 이들과 깊게 연결되어 있다

맞추게 되었고, 연결과 주고받음을 통해 이 범위가 점점 더 많은 이들에게로 확대되다가 마침내 온 세상과 연결된다는 사실을 이해하게 된 것이다.

이런 위대한 차원의 연결은 여러 원주민과 그들의 문화에서 오래전부터 행해졌으나, 아쉽게도 식민지 개척자들에 의해 파괴되거나 억압되었다. 아메리칸 원주민의 역사를 연구하는 학자인 팅크 팅커Tink Tinker에 따르면 원주민들의 유대 양식에서 나타나는 커다란 근원은 세계관이다. 예를 들어, 하와이 원주민의 세계관에서는 모든 것이 연결되어 있다고 바라보며 "개인은 공동체의 관계 맥락 속에서만 균형을 이룰 수 있다"고 믿는다. 아프리카 반투족의 우분투ubuntu 철학이 따르는 가장 중요한 가치관에서는 우리 자신이 타인과 떼려야 뗄 수 없는 관계로 연결되어 있다고 본다. 연구를 통해 밝혀졌듯, 이런 세계관은 심신의 건강뿐 아니라 공동체와 생태학적 건강에도 이로운 측면이 있다. 세상과 이러한 유대감을 느낄 수 있어야 공동체에 도움이 되고 싶은 동기와 의욕이 생겨난다.

어떤 사람이 자신을 위해 자동차를 사면 '내 차'라고 말하지만 커플이 함께 차를 사면 '우리 차'라고 말한다. 한 직원이 단독 프로젝트를 마치면 '내 일'이라고 말하지만 팀과 함께 공동 프로젝트를 할 때는 '우리 일'이라고 말한다.

인간은 서로 분리되어 있을 때는 '그건 내 문제가 아니야'라며 선을 긋지만 하나로 연결되어 있으면 '내가 무엇을 도와주면 될까?'라고 생각한다.

1942년 여름의 어느 날, 폴란드에 사는 발비나가 노크 소리에 문을 열었다. 문 밖에는 어린 남자아이가 있었다. 소년은 더러운 몰골을 한 채 배고픔과 무서움에 떨고 있었다. 깊은 슬픔으로 정신이 멍해 보였다. 자세히 살펴보니 근처 가게 사장의 아들인 사무엘 올리너였다. 나치가 소년의 가족을 비롯한 주민 전체를 몰살시키기 직전에 기적적으로 탈출한 것이었다.

그녀는 유대인을 숨겨주면 죽을지도 모른다는 위험을 무릅쓰고 소년을 당장 집 안으로 들인다. 이야기를 들어주고, 음식을 내어주고, 소년이 목숨을 부지할 수 있도록 도울 계획도 고민한다. 발비나는 폴란드식 가명을 지어주며 이웃들이 눈치 채지 못할 만큼 먼 곳에 떨어진 농장에 일자리를 얻을 수 있게 도와주었다. 자신의 아들도 그곳으로 보내 두 아이가 오랜 친구 사이인 척 지내게 했다. 사무엘의 사연을 더 그럴듯해 보이도록 해준 것이다.

발비나의 용기 덕분에 사무엘은 전쟁이 끝날 때까지 살아남았고, 미국으로 이민을 떠난 후 이타주의 연구에 일생을 바치며 발비나와 같은 사람들이 타인을 돕는 이유를 파헤쳤다. 사회학자인 아내 펄 올리너와 함께 제2차 세계대전 중에 유대인들을 구해준 사람들도 연구했다.

올리너 부부가 발견한 통찰에 따르면, 사람은 다른 사람들을 자신과 같은 일원으로 볼 때 도와주고 싶어 한다. 발비나는 사무엘을

'남'으로, 즉 자신과 다른 사람으로 보지 않고 같은 인간으로 본 것이다.

정치학자 크리스틴 먼로Kristen Monroe의 연구는 올리너 부부의 이런 연구를 확증해준다. 그녀가 불이 난 건물이나 지하철 선로에 뛰어들어 자신의 목숨을 걸고 타인을 살린 영웅들을 인터뷰한 결과, 이들 모두에게서 한 가지 공통점을 발견한다. 자신이 모든 사람과 연결되어 있고, 더 넓은 인류의 일부라고 보는 관점이었다.

우리가 모든 인류와 연결되어 있다고 생각하지 않을 경우에는 일부 사람들, 그것도 대부분이 자신과 비슷한 사람들하고만 연결될 위험이 있다. 우리는 사람들을 뉴욕커, 기독교인, 미국인 등의 집단으로 구분하고 자신의 집단에 속하는 사람들을 우선시하는 경향이 있다. '남'을 누구라고 생각하느냐에 따라 내(內)집단이 바뀔 수도 있다. 배두인족의 유명한 속담처럼 "나의 적은 형이고, 나와 형의 적은 사촌이며, 우리 모두의 적은 모르는 사람들이다." 이런 식의 분류는 억압, 폭력, 집단 학살, 전쟁을 야기할 여지가 있다.

따라서 우리는 스스로를 이런 식으로 나누면 안 된다. 광범위한 연구가 증명한 바에 따르면 우리는 자기 자신을 다양한 기준으로 분류하고 있지만, 이런 기준은 언제든 아주 쉽게 바뀔 수 있다. 여러 실험이 증명하듯 우리는 세상을 동전 던지기로 구분 짓고 있다.

실제로 이런 라벨링이 얼마나 쉽게 바뀔 수 있는지를 증명해준 기발한 연구가 있다. 11장에서 살펴본 '선한 사마리아인' 연구의 변형판이다.

이 연구팀은 일단의 맨체스터 유나이티드 팬들을 실험 참가자로 모집했다. 그리고 맨체스터 유나이티드가 자신에게 어떤 의미인지, 자신에게 가져다주는 행복이 얼마나 큰지, 같은 맨체스터 유나이티드 팬들에게 느끼는 유대감은 어떠한지 등을 생각하며 팬으로서의 정체성에 집중하게 했다. 그런 뒤 영상을 시청하기 위해 다른 건물로 이동하라고 요청했다. 팬들이 이동할 때 미리 계획된 사고가 발생해, 한 연구자가 넘어져 고통스러워하는 척했다. 이때 연구자는 맨체스터 유나이티드 셔츠나 평범한 셔츠 또는 숙적 팀인 리버풀의 셔츠를 입고 있었다. 과연 팬들은 '남'을 도와주었을까?

실험 참가자의 92퍼센트는 맨체스터 유나이티드 셔츠를 입은, 자신들의 내집단 사람을 도와주었다. 반면 30퍼센트만이 리버풀 셔츠를 입은 사람을 도와주었고, 평범한 셔츠를 입은 사람을 도와준 참가자는 33퍼센트였다. 자신과 가장 비슷한 사람을 도운 셈이다.

연구팀은 이런 결과를 예상했고 정말 알고 싶었던 것은 따로 있었다. 실험 참가자들이 자신과 비슷하지 않다고 생각하는 사람들에게 느끼는 유대감의 정도를 바꿀 수 있을까 하는 점이었다.

연구팀은 새로운 참가자들로 다시 실험을 진행해 이번엔 그들이 더 고차원적인 정체성을 떠올리도록 했다. 맨체스터 유나이티드 팬들만이 아니라 에버튼, 아스널, 첼시의 팬들, 심지어 숙적인 리버풀 팬들까지 아우르는 축구 팬으로서의 정체성이었다. 새로운 실험에서는 참가자들이 자기 앞에서 넘어지는 사람을 도와준 확률이 리버풀 팬일 때와 맨체스터 유나이티드 팬일 때가 같았다. 대신 평범한 셔츠를 입은 사람을 도와준 확률은 그에 비해 크게 낮았다.

연구팀이 참가자들의 정체성을 훨씬 더 넓게 끌어내 모두가 똑같은 인간이라는 사실에 집중시켰다면 결과가 어땠을지 궁금하다. 더 많은 사람이 평범한 셔츠를 입은 사람을 도와주었을까? 나는 그랬을 거라고 생각한다.

우리도 이렇게 할 수 있다. 먼저 주변 사람들과 연결되어 있는 자신의 정체성을 생각해보자. 그런 다음 정체성을 점점 더 넓혀 매 단계마다 좀 더 큰 집단을 아울러보자. 다음과 같은 식으로 하면 된다.

- 나는 텍사스 주민이야
- 나는 북미 사람이야
- 나는 미국인이야
- 나는 인간이야
- 나는 생명체야

다음과 같이 해볼 수도 있다.

- 나는 디자이너야
- 나는 창작하는 사람이야
- 나는 사람이야
- 나는 생명체야

신체적 차원에서 보면 우리는 모든 사람과 연결되어 있다. 과학계에서 단정했듯, 살아 있는 모든 인간은 누구나 하나의 공통된 조상을 두고 있다. 우리 모두는 기원전 1400년에서 서기 55년 사이에 태어난 조상의 후손이다. 따라서 우리 모두는 한 가족이다. 그러니 아인슈타인 같은 과학자들이 이런 세계관을 옹호하는 것도 놀라운 일은 아니다. 논리적으로 보면 옹호할 만하다.

당신에게는 세상이 필요하다

2020년 9월 10일, 자정에 가까운 시간. 스티브 잡스가 자기 자신에게 이메일을 보냈다.

> 내가 먹는 먹거리 중 내가 기르는 건 거의 없고, 내가 기르는 것 중 내가 그 씨앗을 기르거나 더 좋게 개량한 것은 하나도 없어.
> 내가 입는 옷 중 내가 만든 옷은 하나도 없어.
> 나는 내가 발명하거나 가다듬지 않은 언어로 말하고 있어.
> 나는 내가 발견하지 않은 수학을 활용하고 있어.
> 나는 내가 구상하거나 제정하지 않았고, 내가 집행이나 판결을 맡지 않은 자유와 법으로부터 보호받고 있어.
> 나는 내가 직접 작곡하지 않은 음악에 감동을 받고 있어.
> 나는 스스로를 치료해서 살리는 데 아무 쓸모가 없어.

트랜지스터, 마이크로프로세서, 객체 지향 프로그래밍이나 일할 때 쓰는 기술 대부분은 내가 발명한 게 아니야.

나는 현재 살아 있거나 죽은 모든 이를 망라한 나의 종種을 사랑하고 존경하면서, 내 삶과 웰빙을 그들에게 전적으로 의존하고 있어.

우리는 다른 사람들이 발휘하는 재능으로 항상 이런저런 도움을 얻고 있다. 알지도 못하는 수십억 명이 우리의 행복에 도움을 준다. 이것이 아리스토텔레스가 말한 공동선common good, 즉 우리가 저마다의 웰빙을 누릴 수 있게 해주는 집단적 행복이다.

지극히 평범한 일과조차 우리가 세상에 얼마나 의존하고 있는지를 보여준다. 몇 년 전 아티스트인 토머스 스웨이츠Thomas Thwaites가 혼자 힘으로 무작정 토스터기를 뜯어서 재조립하기로 했다. 먼저 최저가인 토스터기를 검색해 5달러도 안 되는 가격으로 구매했다. 토스터기를 분해하니 부품이 총 404개였다. 누군가가 빵을 바삭하게 구울 수 있게 해주려고, 인간이 개발한 이 많은 부품이 복잡하게 연결되었다는 뜻이다.

아인슈타인도 이런 진실을 포용하며 이렇게 썼다. "하루에도 백 번쯤 상기하지만, 나의 내적·외적인 삶은 살아 있거나 죽은 다른 사람들의 수고에 기반한다. (중략) 내가 받은 것처럼 나도 다른 사람들에게 베풀기 위해서는 분발해야 한다."

잡스와 아인슈타인은 역사상 가장 위대한 '세상의 혁신자world-changers'로 인정받고 있다. 두 사람의 영향력을 부정할 사람은 아무

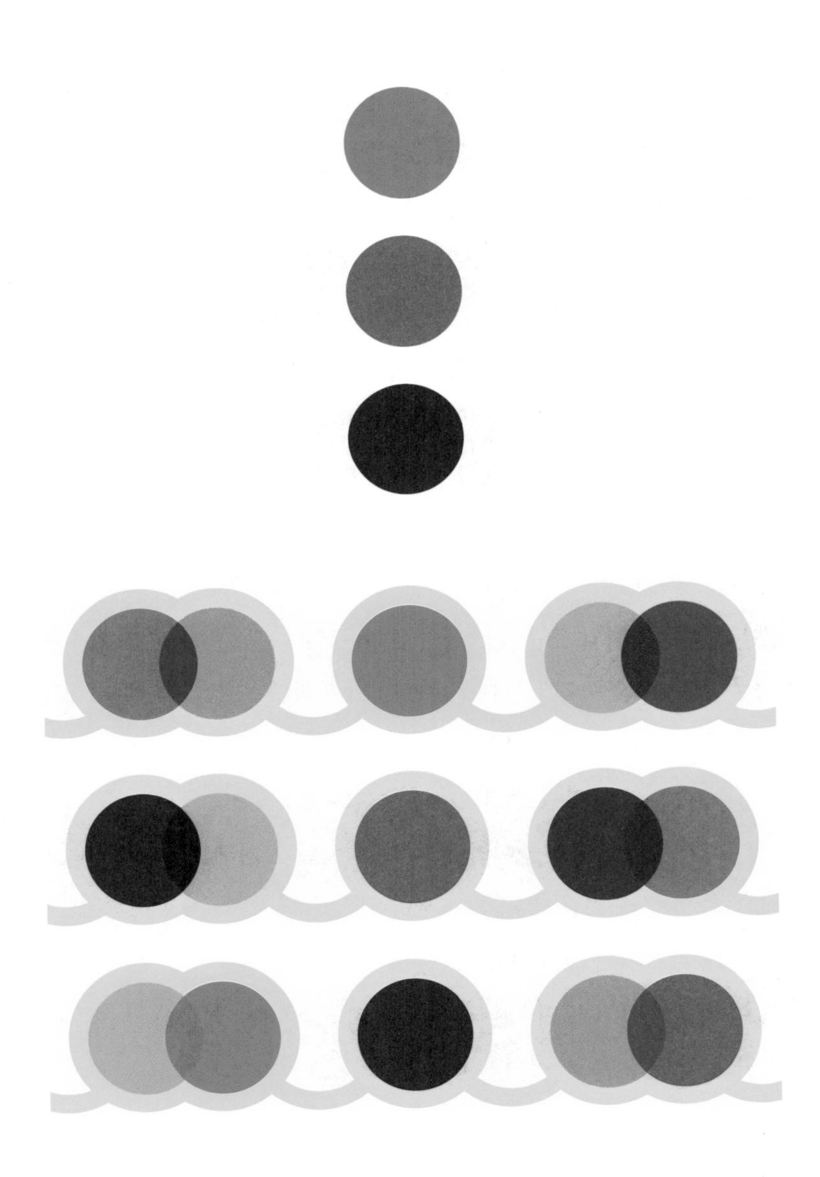

누구도 혼자만의 힘으로는 살 수 없다.
당신은 수많은 이들에게 의존하면서 끊임없이 그들의 도움을 받고 있다

도 없다. 또 다른 각도로 보면, 두 사람은 이러한 혁신을 혼자 힘으로 해내지 않았다. 그 점을 본인들이 누구보다 먼저 인정했다.

아인슈타인은 학생 시절 물리 수업이 지루해서 툭하면 수업을 빼먹고 친구 마르셀 그로스만의 노트를 보면서 시험공부를 했다. 그로스만은 훗날 아인슈타인의 요청에 설득되어 아인슈타인이 이론을 전개하고 진전시키는 일을 돕기도 했다. "당신이 꼭 도와줘야 해. 안 그러면 내가 미쳐서 돌아버릴 거야." 아인슈타인을 스위스 특허청에서 일하게 해준 사람은 그로스만의 아버지였다. 아인슈타인은 이 특허청에서 새로운 발명품을 검토하는 일을 맡았는데, 이 일을 하면서 자신의 발명을 진전시키는 데도 도움을 받았다. 어떤 문제로 벽에 부딪힐 때는 그가 "유럽 최고의 자문 상대"라고 칭했던 친구 미셸 베소와 자주 의논했다. 나치를 피해 도망쳐야 했을 때는 벨기에 왕가의 보호를 받았고 영국에서 은신처를 제공받았으며, 이후엔 미국에서 기꺼이 망명 신청을 받아주었다.

역사가 '위대한' 인물이라고 일컫는 이들의 곁에는 그들을 도운 사람들이 있다. 이들 대다수는 우리에게 잘 알려져 있진 않지만 자신들의 재능을 더 위대한 선을 위해 기여했다.

이처럼 우리 모두의 내면에는 위대함이 있지만 개인의 위대함은 집단의 일부가 될 때 비로소 발휘될 수 있다.

세상은 당신을 필요로 한다

2008년에 우주비행사 로널드 가란이 국제우주정거장으로 임무를 수행하러 떠났다. 그 역시 이곳에서 에드거 미첼과 비슷한 조망 효과를 경험했다. 그는 엄청난 세계관의 변화 이후 깊은 비애를 느꼈다.

> 10억 명에 가까운 사람들이 깨끗한 물 없이 살고 있고 무수한 사람들이 밤마다 주린 배로 잠자리에 든다. 지구 곳곳에 여전히 불평등과 갈등과 빈곤이 만연해 있다는 사실을 생각하지 않을 수가 없다. (중략)
> 우리는 모두 지구 여행의 동반자이다. 우리 모두가 이런 관점으로 세계를 바라본다면 불가능한 일은 없다는 사실을 알게 될 것이다.

이 세상의 문제점은 한두 개가 아니다. 우리가 보편적 인간성과 단절될 경우, 수많은 문제를 보며 이렇게 말하기 쉽다. '그 일은 지금 당장 나에게 영향을 미치지 않으니 걱정할 필요 없어.'

그 문제가 당신에게 영향을 미치더라도 혼자서는 어떻게 해볼 엄두가 안 날 만큼 거대하고 복잡하게 느껴질 수도 있다. 나 혼자 어떻게 하겠냐고 체념하면서 누군가가 나타나서 해결해주길 바랄 수도 있다.

하지만 짠! 하고 나타나 우리를 구해줄 사람은 아무도 없다. 우리를 구할 수 있는 사람은 우리뿐이다. 세상은 우리를 필요로 한다.

다른 사람도 아닌, 홀로코스트 생존자이자 《죽음의 수용소에서》

의 저자 빅터 프랭클도 조언하지 않았던가. 우리가 삶으로부터 무엇을 원하는지 묻지 말고 삶이 우리로부터 무엇을 원하는지 물으라고. 아기가 먹을 게 필요하면 우는 것처럼, 세상 곳곳에서 발생하는 문제들은 우리가 필요하다는 울음소리이다. 우리 주변에서 사람들이 고통받고 있는데도 그 울음소리를 무시한 결과, 세상의 여러 문제는 갈수록 늘어나고 확대되고 있다. 이로 인해 공동선이 점점 쇠퇴하고 있다.

30년 후에도 지구 온난화의 진행을 막지 못한다면, 그때도 우리가 생산성이니 커리어 쌓기니 하는 현재의 걱정들을 하고 있을까? 당연히 아니다. 43도의 폭염에서 살아남으려고 애를 쓰거나, 여기저기서 죽어가는 사람들을 공포에 질린 채 지켜보며 넋이 나가거나, 아직 기회가 있을 때 행동하지 않았다는 사실을 두고두고 후회할 것이다.

아리스토텔레스는 공동선에 기여하지 않으면 개인도 행복을 누릴 수 없다고 주장했다. idiot(바보)의 어근인 그리스어 'idiota'도 당시 공동선에 동참하지 않으려 했던 사람들을 지칭하는 표현이었다.

세상의 모든 문제는 우리의 재능을 발휘함으로써 해결할 수 있다. 당신만이 가진 재능으로 우리 모두의 문제에 기여하자. 이제는 이해했겠지만, 그러면 당신의 욕구도 충족된다. 세상의 울음소리에 답하면 당신이 그토록 갈망하던 삶의 목적을 찾을 수 있다. 아인슈타인이 세상의 문제를 "더 나은 삶을 위해 즐겁게 봉사할 기회"라고 정의한 이유도 이 때문이다.

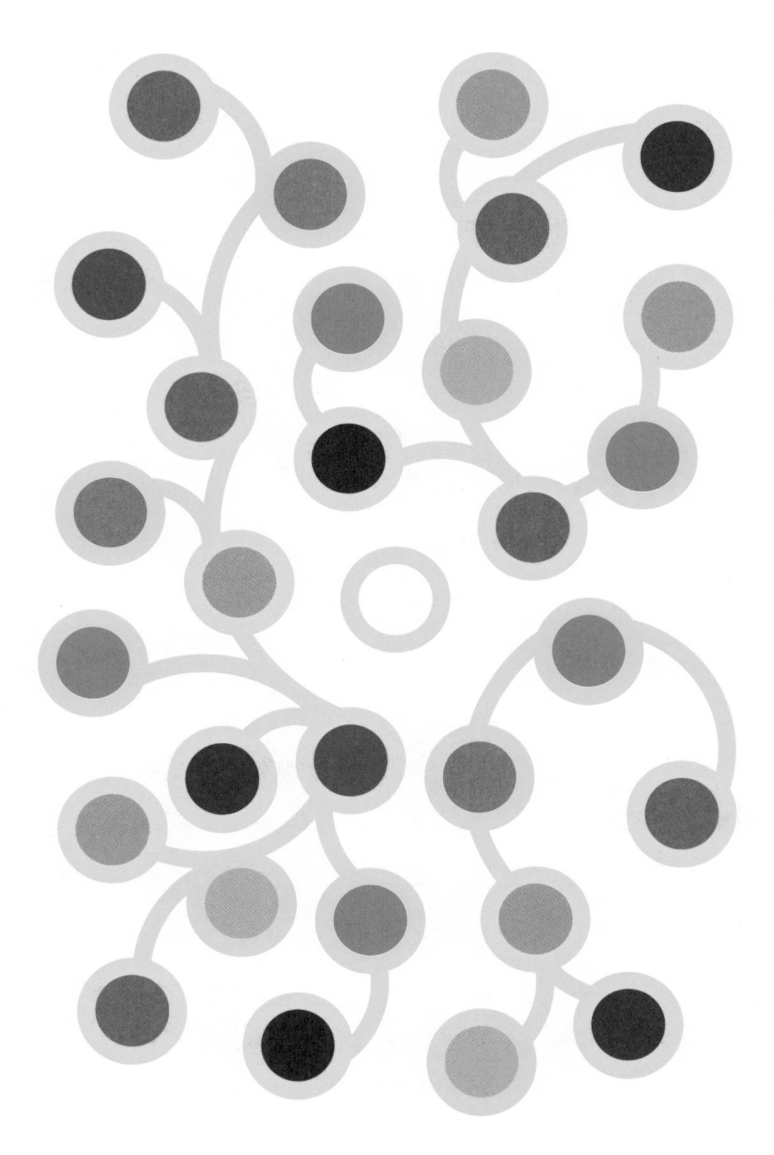

우리에게는 자신만의 재능으로 세상에 기여할 책임이 있다.
그래야 모두에게 더 행복한 세상이 만들어진다

우리의 위대한 영웅들도 하나같이 자신의 재능을 발휘해 세상 곳곳의 문제를 해결했다.

- 조너스 소크의 소아마비 근절
- 넬슨 만델라의 아파르트헤이트(인종차별 정책) 종식
- 아이 웨이웨이의 인권 옹호
- 말랄라 유사프자이의 여성 교육권 보장을 위한 운동

그렇다면 당신이 다룰 만한 일은 무엇일까? 당신의 재능이 어떤 문제를 해결하는 데 도움이 될 것 같은가? 어떤 필요성이 당신의 재능에 잘 부합할 것 같은가? 1990년대에 저명한 SF 작가 옥타비아 버틀러Octavia Butler가 2027년을 배경으로 우화 시리즈를 써서 사인회를 열었다. 기후 변화로 황폐해진 세상을 그린 작품이었다. 사인회 도중 한 학생이 그녀에게 다가와 질문했다. "작가님이 쓴 미래가 실제로 일어날 거라고 생각하세요?" 버틀러는 기후 변화는 자신이 상상해낸 허구가 아니라는 점을 짚어주며, 자신은 그저 우리가 행동에 나서지 않으면 미래가 어떻게 전개될지를 묘사한 것이라고 말해주었다. 학생이 이 문제를 해결할 수 있는 방법을 물었을 때는 이렇게 대답했다. "마법의 해결책 같은 건 없어요. 대신 수천 개의 답이 있죠. 그것도 최소한으로 잡아서요. 실천할 마음만 먹는다면 학생의 행동도 하나의 답이 될 수 있어요."

이런 상호 필요성이 우리를 단결시킨다. 우리가 이 세상에서 살아남을 수 있는 유일한 방법은 서로의 도움을 받는 것이며, 당신이 이 세상에서 살아남을 수 있는 유일한 방법은 다른 사람들에게 도움을 베푸는 것이다.

세상에서 가장 위대한 목표

1950년대의 어느 여름, 스물두 명의 소년이 여름캠프에 참가해 3주 동안 시간을 보냈다. 캠프 운영자들은 실제로는 사회학 연구자들이며 소년들은 그들이 자신들의 행동을 기록하고 있다는 사실은 모르는 상태였다.

소년들은 두 그룹으로 나뉜 채 그룹별로 버스를 타고 도착했다. 두 그룹은 각각 래틀러스Rattlers와 이글스Eagles라는 이름을 짓고 티셔츠 디자인과 깃발 제작을 하면서 유대감을 형성했다. 그들은 캠프 참가자들이 자신들뿐인 줄 알았다.

일주일 후, 연구자들은 두 그룹을 소개시키며 소년들을 깜짝 놀라게 했다. 연구자들이 래틀러스 대 이글스로 나뉘어 경기를 벌이자 두 그룹은 곧바로 경쟁심이 붙었고, 나중엔 욕을 하며 깃발을 태우기까지 했다.

얼마 후, 이 실험의 진짜 목적을 알아볼 차례가 되었다. 연구자들은 두 그룹을 단결시킬 수 있을지 확인하기 위해 우선 다같이 시간을 보내게 했지만, 효과가 없었다. 같이 밥을 먹게 하자 음식을 던지며 싸움판이 벌어졌다.

이번에는 한 그룹만의 노력으로는 해결할 수 없는 문제를 제시했다. 연구자들은 캠프의 식수를 막은 후 '반달족(공공기물 파괴범)들'이 함부로 건드려서 못 쓰게 되었다고 말했다. 래틀러스 그룹과 이글스 그룹은 따로따로 현장을 살핀 후 수도꼭지가 막혀 있으니 함께 고치자고 합의했다.

이후 소년들은 영화를 볼 수 있다는 제안을 받았지만 한 그룹이 부담하기엔 가격이 너무 비쌌다. 치열한 협상을 벌인 끝에 두 그룹은 관람비를 공동 부담하기로 했다. 그날 저녁, 소년들은 처음으로 같이 앉아 저녁을 먹기로 합의했다.

며칠 후, 래틀러스 그룹과 이글스 그룹이 서로 다른 트럭을 타고 다 같이 캠핑을 떠났다. 이때 연구자들은 야영장에서 몰래 트럭 한 대를 고장 냈다.

그러자 소년들은 함께 밧줄을 끌어 트럭에 다시 시동을 걸었고 일을 마친 후엔 다 같이 자축했다. 마지막 날 밤, 소년들은 모닥불 주위에 둘러앉아 서로 재미있게 어울렸다. 집으로 갈 때는 더 이상 서로를 다른 그룹으로 구별하지 않고 같은 버스를 타고 갔다.

이처럼 공동의 목표는 사람들을 아주 끈끈하게 단결시킨다. 실제로 교전국 간에 평화를 구축하고, 집단 간 갈등을 해결하고, 관계에서 타협을 끌어내기 위해 공동의 목표가 활용되고 있다.

지금 이 순간, 우리 대다수는 공동의 목표가 아닌 개인의 목표를 위해 힘쓰고 있다. 1장의 내용을 되짚어보자. 당신이 하는 모든 일의 원동력이 되어주는, 아주 중요한 그 목표가 무엇인가? 바로 개인의 행복이다.

낡은 행복의 세계관을 따를 경우 당신이 추구하는 개인적 행복은 나의 개인적 행복과 상충한다. 내가 행복해지기 위해서는 당신을 이겨야 한다. 내가 당신보다 더 잘나고 더 많은 성취를 이루고 더 많은 것을 가져야 한다. 우리 각자를 서로 별개의 존재라고 믿으면 우리는 남을 희생시켜서라도 자신의 행복을 얻으려고 기를 쓰게 된다.

하지만 우리는 서로 연결되어 있기에 이런 방법은 효과가 없다. 말하자면 2인 3각 달리기와 같다. 서로의 발이 묶여 있을 때는 같은 방향으로 가야지, 그러지 않으면 넘어진다. 우리가 자꾸 넘어지고 또 넘어지면서도 옆 사람들을 진창길로 질질 끌고 가는 이유가 이 때문이다.

이런 식의 2인 3각 달리기가 세계 곳곳에서, 여러 도시와 국가에서, 자연과 우리의 관계에서 더 방대한 규모로 일어나고 있다. 작가이자 철학자이며 사회운동가인 메리 울스턴크래프트Mary Wollstonecraft가 가르쳐주듯 "어느 누구도 그 일이 악한 것이라는 사실을 알고 선택하지 않는다. 그것이 행복이라고, 자신이 추구하는 선이라고 착각하고 있을 뿐이다." 남들에게 해를 입히는 사람들 대다수는 의도적으로 그렇게 행동하는 것이 아니다. 심지어 몰라서 그러기도 한다. 그렇게 해야 개인적 행복을 성취하는 줄 안다.

우리 모두는 120억각 달리기를 하면서 철저히 서로에게 의지하고 있는데도 그렇지 않은 척하고 있다. 우리가 함께 앞으로 나아가는 데 도움이 될 만한 공동 목표는 무엇일까?

바로 모두를 위한 행복이다. 더 행복한 세상이다.

이제는 당신도 그 이유를 알았겠지만, 내 행복은 내가 당신을 도울 때만 충족시킬 수 있기 때문이다. 내 재능을 발휘해 당신을 도울 때 내가 행복해지고, 당신의 재능을 발휘해 나를 도울 때 당신이 행복해진다.

뉴해피의 철학을 따르면 당신 자신만을 위해서가 아니라 남들을 위해서도 행복을 만들어갈 때 진정으로 행복해진다.

이 공동 목표는 우리가 서로에게 팔을 두르고 같은 방향으로, 모든 사람이 행복해지기 위해 필요한 것을 누리는 세상으로 나아갈 수 있게 해준다. 이런 이유로 아인슈타인도 재능의 발휘가 결국엔 "가장 풍요로운 번영"이라고 말한 것이다.

이 책의 후반부에서는 당신의 재능을 나누기 위해 첫발을 내디딜 세 가지 방법을 알아보겠다. 일을 통한 방법, 공동체 내에서의 방법, 더 넓은 세계와 함께하는 방법이다.

바로 지금, 드넓은 우주 어딘가에서 비행사들이 지구를 내려다보고 있다. 그들은 조망 효과를 느끼며 인간의 서로에 대한 책임을 곰곰이 생각하다가 이렇게 궁금해할지 모른다. '어떻게 해야 지구의 문제점을 모두 해결할 수 있을까?' 안타깝게도 그들은 모르고 있다. 자신들이 우리 머리 위에 떠 있다는 사실을. 이제부터 세상을 더 나은 곳으로 바꾸려 하는 누군가가 있다는 사실을.

핵심 포인트

- 각자의 재능을 발휘해 세상과 연결될 때 모두에게 도움이 된다.
- 우리의 정체성을 '나'에서 '인간'으로 더 넓히자.
- 세상이 나의 생존과 웰빙에 어떻게 기여하는지 찾아보자.
- 궁극적 행복을 누리기 위해 세상에 기여할 방법을 찾아보자.
- 뉴해피의 철학에 따르면 단지 나 하나의 행복을 위해서가 아닌 모두를 위한 행복을 만들어갈 수 있다.

15

일_ 아무도 알려주지 않았던 완벽한 직업

2013년, 토크쇼 〈더 데일리 쇼The Daily Show〉의 통신원인 코미디언 존 올리버가 새로운 프로젝트를 시작했다. 호주의 총기 규제법이 어떻게 실행되고 있는지를 영상 시리즈로 제작하는 것이었다. 불과 몇 개월 전에 샌디훅 초등학교에서 총기 난사 사건이 발생해 스물여섯 명이 사망하는 비극이 발생했다. 심지어 사망자의 대다수는 예닐곱 살 아이들이었다.

올리버는 이 프로젝트의 일환으로 호주 퀸즐랜드의 전 주총리인 롭 보비지Rob Borbidge와 인터뷰를 가졌다. 롭은 총기 규제법을 통과시키는 데 아주 중요한 역할을 했지만 그 일로 너무 가혹한 대가를 치러 재선에 실패했고, 사실상 정치 인생마저 막을 내리고 말았다.

올리버와의 인터뷰에서 롭은 그래도 괜찮다고 말했고, 자신이 옳은 일을 했다고 생각한다며 이렇게 덧붙였다. "우리가 그런 행동을 취했기 때문에 현재 살아 있는 호주인들이 있잖아요. 생명의 가치가 얼마나 귀합니까?"

올리버가 일에서의 성공을 무엇이라고 생각하는지 묻자 롭은 이렇게 답했다. "정치인으로서의 성공은 사회를 더 나은 곳으로 만드는 것이지요."

미국으로 돌아온 올리버는 네바다주 상원의원인 해리 리드의 수석보좌관 짐 맨리에게도 똑같은 질문을 던졌다. 맨리의 대답은 사뭇 달랐다. "재선에 당선되는 게 성공이죠……. 재선에서 떨어진다는 건 정치판에서 로드킬을 당하는 것이고, 그러면 또 한 사람의 패배자가 되는 거니까요."

성공 역시 행복처럼 우리의 세계관이 손아귀에 꽉 쥐고 제멋대로 휘두르려 하는 개념이다. 맨리의 답변에는 성공이 무엇인지에 대한 그만의 철학이 사실상 없다. 그저 '특정 목적이나 목표를 이루는 것'을 의미할 뿐이다.

낡은 행복의 세계관에 의하면, 성공은 맨리의 표현처럼 이기는 것이다. 지금도 현실에서 드러나고 있다시피 이기는 것이 아이들과 교사들을 총기 사고로 잃지 않도록 막는 것보다 훨씬 중요한 일이다.

낡은 행복은 일을 경쟁으로 여기도록 가르친다. 우리는 최고의 일자리를 놓고 경쟁하고, 또 그다음 최고의 일자리를 얻기 위해 지금의 일자리에서 최고가 되려고 애를 쓴다. 기업들은 시장에서 이기기 위해 할 수 있는 일은 무엇이든 한다. 심지어 다른 사람들이나 지구에 해를 입히는 일도 아랑곳없다. 경쟁의 승자들은 떠받들어지고, 교훈을 주고 귀감이 된다. 부도덕한 행동 때문에 승리한 경우라도 그렇다. 승자에게는 돈, 힘, 영향력, 다른 사람들을 지배할 명시적 권리가 보상으로 주어진다.

패배하거나 경쟁을 잘 못하는 사람들은? 그냥 부족한 사람이 된다. '성공하지' 못하거나 '따라가지 못해 뒤처지는' 사람이다. 우리는 이들에게 실패한 사람이라는 꼬리표를 붙이고 열등한 존재로 여기면서 자신의 온갖 두려움을 정당화한다. 혹시 나에게 취업에 실패한 사람이라는 꼬리표가 달릴까 봐 과로하다가 질병, 고립, 불행을 얻는다.

하지만 이렇게 되길 바라는 사람은 아무도 없다는 점이, 참으로 가슴 미어지는 아이러니이다.

일에서의 성공을 새로운 이미지로 그리기

사람들이 성공을 어떻게 생각하는지 알아보기 위해 한 연구팀이 연구를 진행했다. 우선, 실험 참가자들에게 일련의 문항에 '그렇다'나 '아니다'로 답하게 했다. 다른 사람들은 성공을 어떤 식으로 정의할 것이라 생각하는지를 묻는 문항이었다.

응답 결과, 참가자의 92퍼센트가 다른 사람들은 성공을 부, 명성,

성공은 다른 사람들을 이기는 것이 아니라
나 자신을 발전시키는 것이다

권력의 축적으로 여긴다는 문항에 그렇다고 답했다. 또 86퍼센트가 다른 사람들은 성공을 자신과 타인과의 비교를 통해서만 규정되는 것으로 생각한다는 문항에 그렇다고 답했다.

연구팀은 이어서 참가자들에게 본인이 생각하는 성공의 정의를 묻는 문항에 응답해달라고 했다. 그랬더니 참가자의 97퍼센트가 성공이란 자신의 개인적 흥미와 특기를 추구하는 것, 즉 재능을 발휘하는 것이라는 문항에 그렇다고 답했다. 또 96퍼센트는 다른 사람들이 어떻게 하든 상관없이 성공할 수 있다는 문항에 그렇다고 답했다.

한마디로, 우리는 남들은 모두 일이 주는 낡은 행복을 믿는다고 생각하지만 실제로는 모든 사람이 뉴해피를 원하고 있다는 뜻이다. 진짜 성공은 우리의 재능을 발휘하는 것이다.

우리는 가장 좋지 않은 성공의 정의를 믿고, 왜곡된 이미지로 제도를 구축하면서 재능을 발휘하지 못하도록 막고, 그 결과로써 행복해지지 못하도록 서로를 방해하고 있다. 이래서는 안 된다. 우리 대부분은 무언가가 변화되기를 원한다. 정규직이든 파트 타임이든 임시직이든, 자신이 창업한 일이든 보육이든 양육이든 우리는 각자의 일터에서 소신을 밝히며 변화를 일으킬 수 있다.

당신의 일에서 재능을 발휘하는 데 도움이 될 만한 효과적인 전략 두 가지가 있다. 지금 하는 일에 변화를 주거나 당신의 재능에 더 잘 맞는 일자리를 찾아보는 일이다.

지금 하는 일에 변화를 주기

중환자실은 세상에서 스트레스가 가장 많은 일터에 속한다. 빠른 속도로 움직여야 하고 근무 시간은 길고 위험부담이 극도로 높다.

호흡기내과 의사인 탄 네빌은 수년간 UCLA 병원의 중환자실에서 일하며 깨달은 바가 있었다. 이곳에서 사망은 흔한 진단이었다. 중환자실의 환자 다섯 명 중 한 명은 생존하지 못한다.

어느 날, 그녀는 캐나다의 한 병원에 대한 기사를 읽었다. 이 병원에서 세 가지 소원 프로젝트3WP, 3 Wishes Project를 실시한다는 내용이었다. 임상의들이 환자와 그 가족의 생애 마지막 소원 세 가지를 들어주는데, 네빌은 이 프로젝트가 자신이 보살피는 중환자실 환자들에게도 변화를 줄 수 있겠다고 생각해 UCLA 병원에 도입하고자 보조금을 신청했다.

환자들의 소원은 좋아하는 음식 먹기, 침대 곁에 가족들 모이기, 미키마우스 만나기에 이르기까지 다양했다. 한 간호사는 환자들의 지문으로 열쇠고리를 만들자는 아이디어도 냈다. 네빌은 나에게 이렇게 말해주었다. "나중에 가족과 대화를 나눌 때마다 제가 이렇게 물어봤어요. '그 열쇠고리 기억하세요?' 그러면 그 열쇠고리를 들어 보이며 이렇게 말했어요. '이거 말씀이세요? 어딜 가든 가지고 다니고 있어요.'"

3WP는 네빌이 의술이라는 특기, 기사와 중환자실 근무를 통해 깨달은 지혜, 연민의 마음을 하나로 모으게 해주었다. 그녀는 이 프

로젝트를 시행하면서 목적의식과 충족감이 크게 늘어나 삶의 질이 높아졌다고 밝혔다. “이제는 환자들을 위해 해줄 수 있는 일이 아주 많아져서 기뻐요. 인생에는 사랑이 가장 중요하다는 걸 더 뚜렷하게 의식하게 되었어요.”

네빌은 첫 번째 환자를 도와주었던 경험도 들려주었다. 장기부전으로 생명 유지 장치에 의존하던 젊은 남성으로, 결혼 후 산타모니카로 온 지 얼마 되지 않았고 야외활동을 아주 좋아하는 사람이었다. 그의 아내는 남편이 사방이 벽으로 막힌 병원에서 죽어가고 있다는 생각에 참담해했다. 중환자실 의료팀은 방법을 궁리하다가 그를 테라스 가까운 자리로 옮겨주었다. 네빌은 환자의 아내에게 담요를 건네 남편 곁에 누울 수 있게 해주었다. 해가 질 무렵, 네빌은 인공호흡기를 떼어냈고 결국 숨을 거두었다. 의료진 모두 눈물을 흘렸다.

4년 후, 네빌은 UCLA 병원의 개발팀으로부터 메일을 받았다. 3WP를 위한 거액의 신규 기부금에 대한 내용이었다. 4년 전 사망한 환자의 아내가 재혼을 했는데 그녀의 새 남편이 기부금을 보낸 것이다. 새 남편은 살다가 견디기 힘든 순간을 맞이했을 때 주변의 도움이 얼마나 절실한지를 잘 안다며, 다른 환자들과 가족들이 소원을 이룰 수 있게 돕고 싶다고 했다.

네빌은 3WP를 시작하기 전부터 이미 자신의 재능을 통해 세상에 도움을 주고 있었다. 그러다 그 일을 새롭게 접근해 충족감을 주는 방식으로 한 차원 높은 도움을 주게 되었다.

이런 전략을 잡 크래프팅(job-crafting, 자신의 업무 가운데 조절할 수 있는 부분을 자발적으로 변화시키거나 의미 있게 발전시킴으로써 업무 만족도를 높이는 일-옮긴이)이라고 한다. 두 심리학자인 에이미 브제스니브스키Amy Wrzesniewski와 제인 더턴Jane Dutton이 처음으로 이 개념을 제시했다. 여러 연구를 통해 증명되었다시피 잡 크래프팅은 만족도를 높이고 스트레스를 낮출 수 있을 뿐만 아니라, 심지어 그 역할이 당신이 꼭 '해야 하는' 일이 아닌 경우에도 더 잘할 수 있게 해준다.

잡 크래프팅이 엄두가 나지 않는다면 당신은 이미 이 작업을 하고 있다는 점을 기억하기 바란다. 당신은 유일무이한 존재이므로, 당신이 하는 일이 무엇이든 언제나 자신만의 고유한 방식으로 접근하게 되어 있다.

우리의 일의 바깥 영역에서도 크래프팅을 자주 접하고 있다. 예를 들면 다음과 같다.

- 운동을 시작하고 처음에는 런닝머신을 타다가 나중에는 밖으로 나가서 자전거를 타기 시작했을 때
- 경제학 수업을 수강했지만 너무 지루해서 중간에 마케팅 수업으로 변경했을 때
- 사람들을 사귀고 싶지만 클럽에 가기가 부담스러워 데이트 앱에서 회원 가입을 했을 때

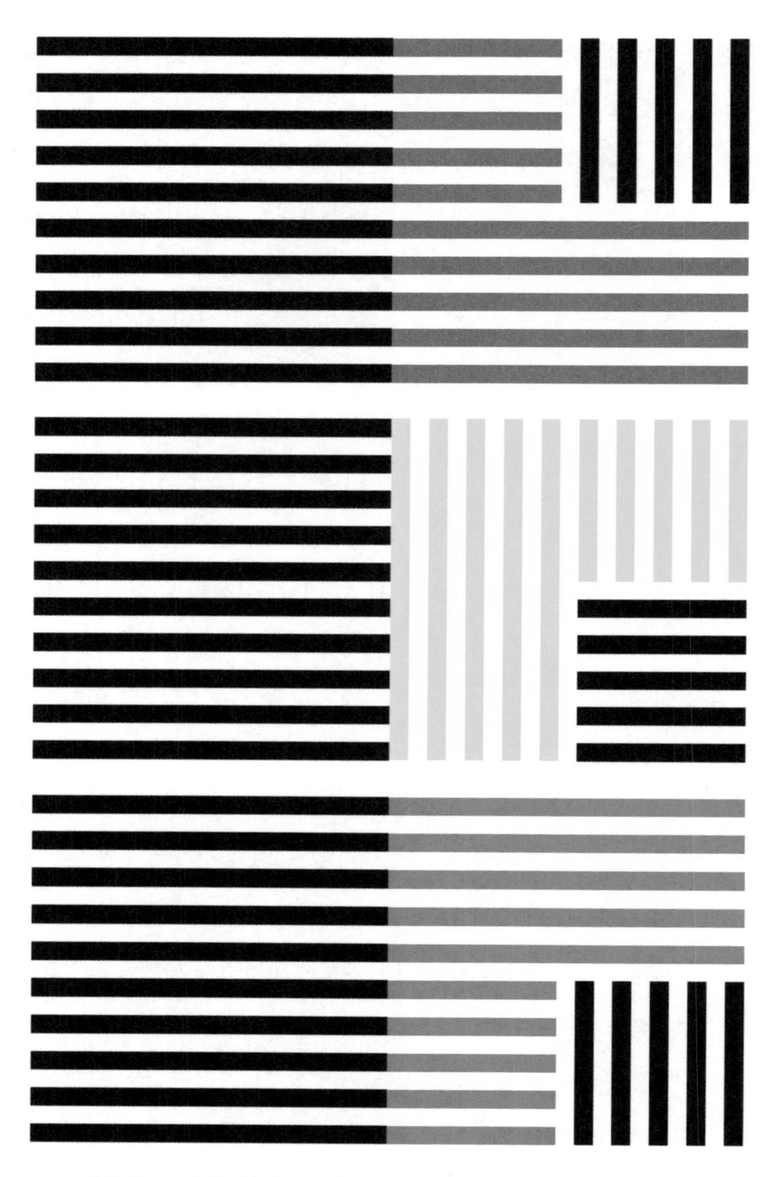

커리어 포트폴리오를 다시 써서 당신의 재능을 발휘할 역할을 만들어내자

우리와 목표 사이에는 언제나 장애물이 있기 마련이고, 우리는 방향을 바꿔 새로운 경로를 찾는 데 익숙하다. 크래프팅을 또 다른 말로 바꾸면 '창의적 문제 해결'이다. 다시 말해, 당신이 하고 있는 일을 당신에게 기쁨을 가져다주는 일로 바꾸는 것도 하나의 창의적 문제 해결 과정이다.

일에는 다음과 같은 여러 활동이 뒤섞여 있다.

- **필수 직무**: 지출내역 정리, 고객 조사, 상품 재입고 등
- **지속적 직무**: 주간회의, 보고서 작성, 영업장 방문 등
- **관계**: 동료, 상사, 고객과의 소통 등
- **계획 과제**: 납품, 시장 개척, 브랜드 이미지 개선, 사건 수임 등

집안일에도 여러 활동이 뒤섞여 있긴 마찬가지이다.

- **필수 직무**: 청소, 식사 준비, 아이에게 약 먹이기 등
- **지속적 직무**: 생필품 주문, 약속 잡기
- **관계**: 가족, 친척, 이웃과의 유대
- **계획 과제**: 아이가 전학 갈 학교 알아보기 등

그럼 지금부터는 이러한 각각의 활동을 크래프팅하는 방법을 살펴보자.

나는 연구 도중 반려동물 사료 기업인 츄이Chewy의 고객서비스 상담원에 대한 사례를 우연히 접하게 되었다.

애나라는 여성이 자신이 키우던 반려동물이 얼마 전 세상을 떠나자 츄이에 전화해 미개봉 사료를 반품할 수 있을지 문의했다. 상담원은 그녀에게 전액을 환불해주며 미개봉 사료는 동물보호시설에 기부해달라고 말했고, 꽃다발까지 보내주었다. 애나가 이 경험담을 온라인에 올리자 그녀와 비슷한 경험담을 올리는 사람들이 많아졌다. 츄이는 고객들에게 오래전부터 이런 서비스를 해주고 있었을 뿐만 아니라 때로는 세상을 떠난 반려동물의 초상화를 제작해 보내주기도 했다.

츄이의 고객서비스 팀이 맡은 업무는 고객들의 요청에 답변하는 일이었다. 하지만 상담원들은 인성 재능을 활용해 고객의 고통에 공감하고 연민을 드러내는 애정 어린 행동을 보여주었다.

등식으로 설명하면 '직무×재능'을 펼친 것이다. 어떻게 해야 자신의 직무를 통해 다른 사람들이 더 행복한 경험을 할 수 있을지를 고민하는 것이다.

이제 당신도 일을 할 때 통상적인 직무를 하나만 골라 이 등식을 적용해보자.

- 고객 조사×인성=고객과 짧지만 의미 있는 대화를 나누려고 노력하기

- 강의 진행×특기=수업 중간중간 농담이나 유머를 활용해 학생들이 핵심 요점을 더 잘 기억하게 해주기
- 보고서 작성×지혜=그동안의 업무에서 쌓은 경험을 바탕으로 예상 질문과 답변을 구상하기

이 전략은 당신의 모든 재능에 활용할 수 있다. 이때는 모든 재능을 아우르는 '직무×재능'의 보강된 공식을 활용하면 된다.

마이클 콘스탈리드는 뉴욕시 교육부에서 물리치료사로 일하며 아이들의 이동성 문제를 도와주고 있다. 그에게는 세 가지 고유한 재능이 있다. 신경근육에 발생한 문제를 해결해 나가는 아버지를 보며 얻은 인성, 상황별로 특화된 조정이 얼마나 효과적일지 파악하는 지혜, 아버지에게 배운 목공 기술이다. 그는 어느 날 자신의 재능을 조합해 아이들에게 맞춤 가구를 만들어줄 수 있겠다는 생각을 하게 되었다. 운동신경에 문제가 생긴 아이가 친구들과 함께 바닥에 앉을 수 있게 해주는 의자를 만드는 것이었다.

첫해에 콘스탈리드는 사용자가 직접 조절할 수 있는 맞춤 가구 80개를 만들었다. 전부 무료였고, 재활용 가구나 버려진 가구로 만든 것이었다. 그는 한 아이를 위해 특별히 가구를 만들어주는 감화를 이렇게 표현했다. "제가 만든 가구로 그 아이가 수업을 받는 모습을 보면, 제가 그 아이의 삶에 직접적이고 긍정적인 영향을 주어 좀 더 밝은 하루를 보내고 있다는 느낌을 받아요. 그 아이가 조금은 더 밝아진 느낌도 받고요."

관계를 크래프팅하기

내 친구 마리아는 데이터 관리 업체에서 일하고 있다. 그녀는 지금 하는 일이 즐겁지 않았지만 어린 자녀들이 있어서 당장 새로운 일자리를 찾을 만한 여건이 못 되었다. 나는 마리아에게 본인의 인성 재능을 발휘해 동료들과 유대를 맺는 데 집중하면 어떻겠냐고 권유했다.

내향적인 마리아는 작은 일부터 시작했다. 자리에서 일어나거나 화장실에 가거나 물을 마시고 싶을 때마다 잠시 멈추고 주변에 있는 누군가에게 인사를 건네기로 했다. 처음 몇 번은 사람들이 놀란 표정을 지었지만, 시간이 지나는 동안 이런 행동이 회사 사람들과 좋은 관계를 맺게 해주는 기폭제가 되었다.

몇 달이 채 지나지 않아 마리아는 원만해진 인간관계 덕분에 회사 내에서 '도움이 필요할 때 찾아가는' 사람이 되었다. 그녀는 이렇게 간단한 행동이 큰 변화를 일으킬 수 있다는 사실에 놀라워했다. "이제는 출근하는 게 정말 즐거워. 하는 일은 그대로인데 완전히 새로운 업무를 하는 기분이야. 집에서도 더 좋은 엄마와 아내가 되었어."

마리아의 예시를 참고해 당신도 매일의 직장 생활에서 본인만의 인성 재능을 발휘해보길 권한다. 다음 회의 때 당신만의 사려 깊은 행동을 해보는 건 어떨까?

몇 년 전 캘리포니아주 힐즈버그의 웨스트사이드 초등학교 교장이 믹스드미디어 아트mixed-media art를 전문으로 다루는 화가 제시카 마틴을 찾았다. 교장은 그녀가 학교에 와서 완전히 새로운 미술 프로그램을 수업해줄 의사가 있는지 알아보고 싶었다. 마틴은 걱정스러웠지만 큰마음을 먹고 모험을 해보기로 결심했다. 그 후 2주가 채 지나기도 전에 마틴은 학생들, 교사들, 그리고 그 공동체에 완전히 푹 빠져버렸다.

그러던 2020년, 마틴은 학생들에게 연민에 대해 가르치려면 어떻게 하는 게 좋을지 곰곰이 생각하고 있었다. 마침 동료 교사 애쉬라 바이스와 마음이 통했고 두 사람은 함께 '연민의 핫라인compassion hotline'을 만들자는 아이디어를 내놓았다.

마틴과 바이스는 학생들에게 연민에 대한 질문을 던지고 답변들을 녹음해 펩톡Peptoc이라고 이름 붙인 연민의 핫라인에 활용했다. 1-707-873-7862. 당신도 가능하다면 이 번호로 전화를 걸어 직접 들어보기를 권하고 싶다. 전화를 걸면 옵션 메뉴가 안내되는데 화가 나거나 절망스럽거나 불안하다면 1번, 응원의 말과 인생 조언이 필요하면 2번, 격려의 말을 듣고 싶다면 3번을 누르면 된다. 2번을 누르면 아이들이 응원해주는 메시지가 계속 들려온다.

"스스로에게 감사하는 마음을 가지세요."

"까짓 거, 마음껏 즐겨요!"

"당신답게 하세요!"

"남들과 달라도 괜찮아요."

"당신이 있어서 세상이 더 좋은 곳이 되고 있어요."

펩톡은 금세 입소문을 타면서 서비스 개시 후 3개월 만에 수신 전화 횟수가 500만 건을 넘어섰다.

마틴과 바이스의 '연민의 핫라인'은 누가 시켜서 만든 것이 아닌 자발적인 행동이었다. 당신도 자신에게 기쁨을 가져다주고 세상에 영향을 미치는 프로젝트를 생각해낼 수 있다. 당신 자신에게 다음과 같이 물어보자.

- 내가 이 회사의 책임자라면 어떤 프로젝트를 해보고 싶을까?
- 내 일을 더 재미있거나 의미 있게 만들어줄 프로젝트는 무엇일까?
- 우리 고객들을 더 잘 도울 수 있는 방법이 없을까?

지금 하고 있는 일을 당신에게 잘 맞게 조정하는 것만으로도 모든 사람이 그 혜택을 누릴 수 있다.

나는 마틴과 펩톡에 대한 얘기를 나누던 중 소름 돋는 사실을 알게 되었다. 알고 보니 이 프로젝트의 영감을 얻은 사람이 그녀의 친구인 수전 오멜리였다. 13장에서 소개했던 그 화가 말이다. 마틴은 더 따뜻한 세상을 바랐던 수전의 꿈이 실현되도록 힘을 보태고 싶었고, 결과적으로 수백만 명의 사람들에게 도움을 주었다. 당신이 발휘한 재능이 상상도 못한 방식으로 퍼져나가는 것을 직접 경험해 보길 바란다.

자신의 재능을 발휘할 새로운 직업 찾기

제스 밀리켄은 나이키에서 골프화와 테니스화 사업을 총괄하며 15년간 일하다가 초조한 기분에 사로잡혔다. 자신이 무엇을 원하는지는 막막했지만 지금 이대로는 뭔가 부족하다는 점만은 확실했다. 제스는 이런 감정과 씨름하던 중에 고향인 오리건주가 무시무시한 화마에 휩싸이는 모습을 보게 되었다. 그는 이 일을 계기로 자신이 기후 문제 해결을 위해 재능을 발휘하고 싶어 한다는 걸 깨달았다.

제스는 나이키에서 일하며 키워온 특기들을 떠올렸다. 신발 디자인, 공급망 관리, 상품 출시 분야에 특기가 있었다. 또 아내인 메건은 기업의 지속가능성 분야에서 커리어를 쌓으며 폭넓은 인사이트를 가지고 있었다. 아내와 함께 힘을 모으면 무언가를 해볼 수 있을 것 같았다.

그러던 어느 날, 지혜의 재능이 빛을 발하면서 아이디어가 퍼뜩 떠올랐다. 자신의 세 아이들과, 아이들이 자라면서 금세 작아지는 옷들이었다. 알고 보니 아이들이 성장하면서 못 입게 되어 버리는 옷들이 매년 1억 8,300만 벌에 달했다. 이 문제에 대해 부부가 무언가를 할 수 있을 것 같았다.

당신이 발전할 수 있을 만한 환경을 찾아보자

밀리켄 부부는 울리법스Woolybubs라는 회사를 설립해 친환경 유아 신발을 첫 제품으로 내놓았다. 보통의 유아 신발은 매립지에서 분해되는 데 50~1,000년이 걸리지만 울리법스의 신발은 뜨거운 물에 넣으면 55분 이내에 완전히 분해되었다.

밀리켄이 그랬듯, 당신도 지금 하는 일에서 무언가가 부족하다는 느낌을 받을 때가 있을 것이다. 물론 그런 순간이 오면 힘들겠지만 한편으로는 축하할 일이다. 훨씬 위대한 자신이 될 준비를 시작하자는 신호이니 말이다.

식물을 키울 때, 처음에는 작은 화분으로 시작한다. 정성과 관심으로 보살피면 식물은 더 크게 자라나 흙 사이로 뿌리를 뻗어나간다. 이때 세심히 살피지 않으면 뿌리가 화분 가득히 자라 더는 흙에서 양분을 얻지 못한다. 이 상태가 되면 식물은 점점 시들어가고, 심지어 죽을 수도 있다.

재능을 발휘할 때의 당신도 이와 비슷한 단계를 거친다. 마침내 뿌리가 최대한 뻗으면 더 큰 화분으로 당신을 옮겨 심어야 한다. 이런 식으로 생각해보자. 당신의 직업이 곧 당신의 일은 아니라고. 당신의 진정한 일은 자기 자신이 되어 스스로를 세상에 내어주는 것이다. 이것이 진정한 성공이다. 당신이 가진 직업은 지금 당장 그 일을 하도록 도와주는 하나의 역할이자 장소일 뿐이다. 그 직업이 더 이상 도움을 주지 않을 때는 계속 발전하기 위해, 당신의 일을 이어가게 도와줄 새로운 직업을 찾아야 한다.

직업을 당신이 가장 충실해야 할 대상으로 생각하면 안 된다. 당신이 가장 충실하게 지켜야 할 대상은 언제나 자기 자신이어야 하고, 당신 자신을 세상에 내어주는 일이 되어야 한다.

스스로에게 이렇게 질문하며 확인하는 습관을 가져보자. '내가 진정한 나 자신이 되고 나 자신을 세상에 내어주는 데 이 직업이 도움이 되고 있을까?' 아니라는 답이 나오면, 그리고 몇 번을 물어도 여전히 아니라는 답이 이어진다면 당신의 뿌리를 더 깊고 넓게 내려 계속 발전할 수 있는 새로운 화분을 찾아야 한다는 신호다. 그렇다면 새로운 화분은 어떻게 찾아야 할까?

기자들이 배우는 '언론 보도의 육하원칙'은 기사를 작성할 때 누가, 언제, 어디서, 무엇을, 어떻게, 왜를 확인해야 한다고 강조한다. 우리의 재능을 발휘할 일자리를 찾거나 만들 때도 이 기준을 활용하면 도움이 된다.

- **무엇을**: 가장 발휘하고 싶은 재능이 무엇인가? 지금 나에게 가장 즐겁거나 의미 있다고 생각하는 것을 고르면 된다. 이때는 일을 고민할 때 간과하기 쉬운 지혜 재능와 인성 재능을 특히 고려한다.
- **어디서**: 당신의 재능이 그 가치를 인정받을 만한 곳은 어디인가? 당신의 존재와 지식과 능력이 도움이 될 만한 기업이나 역할을 찾아본다. 지금의 환경을 뛰어넘는 모습도 생각해보며 도전 정신을 발휘한다.
- **왜**: 밀리켄이 기후 문제를 고민한 끝에 깨달았듯, 당신이 다루고 싶은 더 위대한 '왜?'가 없는지 짚어본다.
- **누가**: 이 기회를 탐색하는 데 도움을 줄 수 있는 사람은 누구인가?

개인적 인연이나 온라인 자원, 그 분야의 전문가나 멘토, 심지어 모르는 사람도 괜찮다.

- **어떻게**: 어떤 행동을 할 것인가?
- **언제**: 언제 실행할 것인가?

다른 직업을 고민한다는 건 부담스러운 일이다. 그럴 때 이 기준이 도움이 될 수 있다. 전직을 위해 밟아야 하는 과정을 성취 가능한 단계로 나누어줄 뿐만 아니라, 당신만의 성공의 정의에 맞게 조율할 수도 있을 것이다.

내어주기를 중심에 놓기

젤라니 메모리는 고등학생 때 '올해 최고의 아버지' 후보로 선정되었다.

20년 후, 그는 어키즈컴퍼니A Kids Co.라는 아동도서 출판사를 설립했다. 메모리가 출판하는 책들은 특별한 목적을 가지고 있다. 아이들이 주변 어른들과 좀 더 의미 있고 힘을 북돋워주는 대화를 하는 데 도움을 받을 수 있도록 공감부터 학교 총기 난사, 실패, 병, 이혼, 죽음에 이르기까지 다양한 주제를 다룬다. 이 출판사는 현재까지 수백만 권의 책을 판매하며 양육자와 아이들이 더 좋은 대화를 주고받을 수 있도록 도움을 주었다.

메모리는 열네 살 때 첫 조카가 태어나면서 삼촌이 되었다. 그때는 삼촌이 되는 게 너무 좋고 자연스럽게 느껴져 스스로도 놀랐다. 참고로 메모리는 이렇다 할 아버지상을 갖지 못한 채 성장했다. 그가 네 살이었을 때 아버지가 가족을 버렸기 때문이다. "아빠와 마당에서 같이 야구를 하며 놀았다는 친구들의 얘기를 들으면 딴 세상 같았어요." 그가 나에게 했던 말이다. 간호사였던 엄마는 가족을 먹여 살리기 위해 쉴 새 없이 일해야 했고, 메모리는 부모와 나란히 앉아 두려움이나 좌절감 같은 감정에 대해 깊이 있는 대화를 나눌 기회가 없었다.

어른이 되어 가정을 꾸린 메모리는 서클 미디어Circle Media를 설립하고 마케팅과 리더십 부문의 특기를 발휘해, 부모들이 자녀의 스크린 타임(컴퓨터, 텔레비전, 게임기 등을 사용하는 시간-옮긴이)을 더 잘 관리하도록 도와주었다.

그러던 어느 날, 메모리는 자녀들과 인종차별에 대해 대화해보고 싶다는 생각이 들었다. 그는 일주일 동안 아이들에게 들려줄 만한 자신의 이야기와 통찰을 글로 정리해 '인종차별에 대한 어린이책'이라는 제목을 붙였다. 그 글을 자녀들에게 보여주었을 때 아이들의 첫 반응은 이랬다. "아빠, 이거 더 많이 출력해주세요!"

아이들의 이러한 반응이 메모리가 어키즈컴퍼니를 세우도록 영감을 자극한 계기였다. 그의 동급생들이 옳았다. 아니, 부분적으로만 옳았다. 그는 고등학생 시절부터 단지 최고의 아버지만이 아니라 다른 부모들도 저마다의 가정에서 최고의 부모가 될 수 있도록 도와줄 운명이었다.

메모리는 나와의 인터뷰에서 자신이 하는 모든 일의 중심에 '나를 세상에 내어주기'를 두고 있으며, 이것을 아주 중요하게 여긴다고 털어놓았다. "저는 제 삶의 모든 영역에서 가능한 한 많이 내어주려고 노력해왔어요. 직업인으로서 살아가는 삶, 공동체 구성원으로서의 삶, 다른 사람들과 관계 맺는 삶, 그리고 아이들과 함께하는 나의 삶에서 어떻게 해야 할지를 끊임없이 생각해요."

"그런 생활이 당신의 행복에 얼마나 영향을 주나요?"

그는 단호하게 대답했다. "엄청난 영향을 주죠. 저는 천성적으로 우울하고 슬프고 냉소적인 사람이에요. 그런데 나를 내어주며 살면 즉시 기쁨과 활기가 차올라요. 내가 완전히 달라져요."

당신이 무슨 일을 하든, 메모리의 지혜를 유용한 지침으로 삼을 만하다. 일하는 과정에서 발생하는 대부분의 우여곡절은 우리의 통제권 밖에 있다. 하지만 언제나 우리의 통제 하에 있는 것도 있다. 일을 바라보는 나만의 관점이다. 메모리의 말마따나, 세상을 우리의 일을 내어주기 위해 머무르는 곳으로 바라볼 수도 있다. 이런 관점을 가지면 일상적인 업무와 소통이 기쁨의 순간으로 바뀔 수 있다.

사실, 일이 이상적인 위치에 있는 것은 행복의 근원이 되기 때문이다. 일은 상호의존의 주된 본보기여서, 끊임없이 주고받는 위치에 있다. 생일날, 친구들이 당신을 깜짝 놀라게 해줬던 예쁜 케이크를 떠올려보자. 사실, 케이크는 제과 전문가들의 놀라운 특기 덕분에 누릴 수 있었던 선물이다. 여행차 들렀다가 너무 인상 깊어서 평생 잊지 못할 추억이 된 그 공원은? 그곳 역시 해당 지역의 공무원들과 전문가들이 애정을 담아 관리한 덕분에 멋진 곳으로 존재할 수 있었다. 당신 집의 한쪽 벽을 장식해주는 그림, 눈물이 쏙 빠지도록 웃게 해주었던 예능 프로그램, 주말에 타는 자전거 등, 세상 모든 것은 다른 사람들이 저마다의 분야에서 자신의 재능을 발휘한 덕분에 누리는 것들이다.

이제는 우리의 재능을 다른 사람들과 나눌 차례다. 일단 해보면 이것이야말로 세상에서 가장 위대한 성공이라는 사실을 스스로 깨닫게 될 것이다.

핵심 포인트

- 낡은 행복이 규정하는 성공의 정의를 거부하고 우리 스스로 성공을 정의하자.
- 일은 각자의 재능을 세상과 나누기에 이상적인 출발점이다.
- 당신의 일을 크래프팅하자. '직무×재능'을 적용해 일하면서 만나는 사람들에게 인성 재능을 발휘하고, 우리의 특기를 발휘할 만한 프로젝트를 맡아보자.
- 계속 성장하기 위한 환경이 필요하다면 육하원칙을 활용해 새로운 직업을 고민해 보자.
- 당신이 하는 일의 중심에 '내어주기'를 두면 언제나 성공하게 되어 있다.

16

공동체_ 모두를 연결하는 공통의 맥락

어느 날 저녁, 하랄뒤르 소를레이프손Haraldur Thorleifsson은 아내와 어린 두 자녀와 함께 아이슬란드 레이캬비크의 시내로 산책을 나섰다. 산책 도중 세 살짜리 아들이 목말라하자 모퉁이에 있는 한 가게에서 마실 것을 사기로 한다. 하지만 그는 가족과 함께 가게 안으로 들어갈 수 없었다. 그는 휠체어를 타고 있는데 매장 입구에 계단이 있었기 때문이다.

가족들이 안으로 들어가 음료를 사는 동안 그는 밖에서 혼자 기다렸다. 소를레이프손은 나에게 그때의 심정을 이렇게 말해주었다. "그동안 가족들이 무언가를 하러 간 사이에 밖에서 혼자 기다려야 했던 경우를 전부 떠올렸어요. 카페나 식당에 들어갈 수가 없어서 친구들과 만날 수 없었던 모든 시간도요. 휠체어를 타는 사람들은 시간이 지날수록 자꾸 이런 장애물을 만나는 게 속상하기 때문에 아예 외출할 엄두조차 못 내겠다는 생각도 들었어요."

소를레이프슨은 X(옛 트위터)의 디자인 수석이었고 얼마 전에 고향 아이슬란드로 돌아온 터였다. 그는 자주 여행을 다니면서 많은 국가가 각 도시를 이동하기 쉽게 만들 능력이 있지만, 실제로 그러한 방식으로 도시를 설계하는 국가는 많지 않다는 사실을 확인했다.

소를레이프슨은 레이캬비크 시내에 100개의 경사로를 설치할 계획으로 램프업 아이슬란드Ramp Up Iceland라는 프로그램에 착수하기로 결심했다. 이 프로그램은 7개월 만에 목표를 완수하며 도시의 문화를 근본적으로 바꾼다. 그 후로 몇십 년 만에 처음으로 휠체어를 타고 시내에 나가거나, 줄곧 가보고 싶었던 식당에 다녀올 수 있었다고 털어놓는 사람들의 후기가 쏟아졌다. 램프업 아이슬란드 프로그램은 규모를 훨씬 키워 앞으로 아이슬란드 전역에 1,500개의 경사로를 설치할 계획을 세우고 있다.

소를레이프슨의 사례는 당신이 공동체에서 재능을 발휘하고 싶다면 어떻게 시작할 수 있을지 보여주는 본보기이다.

공공재에 관심을 가져야 하는 이유

몇백 년 전, 경제학자 윌리엄 포스터 로이드William Forster Lloyd가 소목동들이 소떼를 방목해서 풀을 뜯어먹게 하는 공유지에 어떤 일이 일어나고 있는지를 소책자로 출간했다. 그는 앞으로도 사람들은 자신의 이익에 도움이 되는 결정을 내릴 것이라고 주장했다. 말하자면 사람들이 점점 더 많은 소가 공유지에서 풀을 뜯어먹게 방목한 나머지, 장기적으로는 공유지가 황폐해지면서 모두가 실패할 것이라는 지적이다.

이후 1960년대에 생태학자인(그리고 나중에는 우생학자로 밝혀진) 개릿 하딘Garrett Hardin이 로이드가 제시한 이론에 공유지의 비극the tragedy of the commons이라는 이름을 붙여 대중화시켰다. 그는 사람은 믿을 수 없는 존재여서 자원을 알아서 잘 관리하도록 맡길 수 없으며 해결책은 두 가지밖에 없다고 주장했다. 부동산의 민영화(누군가가 그 부동산을 잘 관리하도록 금전적 동기를 부여하는 것)와 정부의 통제였다.

그 후로 공유지의 비극은 하나의 믿음으로 존속되었다. 심지어 정치학자 엘리너 오스트롬Elinor Ostrom이 그 부정확성을 발견했고 이로 인해 2009년 노벨경제학상을 수상했다. 그녀는 인간의 이기심에 대한 하딘의 비관주의적 관점을 받아들이지 않았고, 공유 자원을 잘 관리하는 지역 공동체들을 조사해 그들의 차이점이 무엇인지 알아보고자 했다. 그녀는 이 과정에서 모든 사람에게 이로운 방식으로 공유재산을 관리하는 것이 가능하다는 사실을 발견했다.

오스트롬의 이러한 발견은 삼림과 어장 같은 천연자원에 초점을 맞추고 있다. 나는 오래전부터 그녀의 통찰을 우리의 모든 공유재

우리가 공공재를 훼손시키면 그 가치가 떨어지지만
각자의 재능으로 공공재에 기여하면 그 가치가 높아진다

산을 관리하는 방식에도 적용할 수 있다고 생각했다. 공동체도 마찬가지이다. 우리 모두는 어떠한 공동체의 일원으로 포함되며 공동체에 속한 사람이라면 누구나 소속감을 느낀다는 점에서 하나의 공유재산이라 할 수 있다.

자신의 공동체에 대한 권리를 깨닫기

어디를 둘러보아도 자신이 중요한 존재이고 필요한 사람이며, 더 큰 공동체의 일원이라는 사실을 확인하고 싶어 하는 사람들이 있다.

어딘가에 소속되는 것은 인간의 가장 중요한 욕구 중 하나이며 심신의 건강, 대인관계 개선, 성취 등 다양한 이로움과도 연관된다. 연구를 통해 증명되었다시피 신뢰도가 높은 공동체에서 생활하는 것은 개인의 행복에 일조한다. 공동체 유대가 강한 사람들은 공동체 유대가 약한 사람들보다 행복도가 훨씬 높다. 심지어 회복탄력성도 더 좋아서, 자연재해를 겪은 이후 서로를 신뢰하는 공동체 사람들이 심리적 어려움을 더 적게 겪고, 회복 속도도 훨씬 더 빠르다고 한다.

당신은 이미 여러 공동체에 속해 있다. 다만 이러한 현실을 당연하게 여기고 있을 수도 있다.

당신은 인간의 거대한 연결망을 구성하는 일부일 뿐만 아니라 그 안의 다양한 집단, 즉 마을이나 도시, 자전거 동호회나 뜨개질 모임, 절이나 교회 모임, 회교 사원이나 시크교 사원, 요가 수업이나 반려동물 출입 공원, 단체 채팅방, 서로를 돕는 그룹, SNS 커뮤니티 등에도 속해 있다. 다양한 요인이 당신을 주변의 수많은 타인과 연결시켜준다.

더 위대한 소속감을 느끼는 첫걸음은 이미 속해 있는 공동체에 자신의 권리를 새삼 깨닫는 것이다. 주변을 둘러보며 이렇게 다짐하면 된다. '이곳은 나를 지지해주는 사람들이 모인 집단이야', '이곳은 내가 살아가는 우리 동네야', '저긴 내가 다니는 도서관이야', '이 학교는 나의 학교야' 하는 식으로 생각하다 보면 공유재산에 무관심한 것이 아니라 관리하고 돌보고자 하는 마음이 생긴다.

한 연구팀이 카약을 즐기는 사람들이 자주 찾는 호수의 수면에 쓰레기를 던져놓았다. 그 후 사람들이 카약을 빌리러 오면 이들에게 짧은 실험에 참여할 의사가 있는지 물었다. 있다고 답한 사람들 중 절반에게는 카약을 타러 가기 전에 이 호수에 어울리는 별명을 생각해보라고 했다. 그 결과 호수에 별명을 붙여준 사람들 중 41퍼센트가 호수 위의 쓰레기를 주웠고, 별명을 붙여주지 않았던 사람들 중에는 6퍼센트만 쓰레기를 주웠다.

무언가에 대한 권리를 실감하면 심리적으로 주인의식이 생겨나, 그 대상을 인식하고 대하는 태도가 달라진다. 심리적 주인의식은 공동체를 바라보며 '저 문제에 대해 누군가 나서서 뭐라도 해야 할 텐데' 하던 태도를 '이곳은 나의 공동체야. 내가 이 문제에 대해 무엇이든 해볼 수도 있어' 하는 식으로 바꾸게 해준다.

우리는 이미 우리를 필요로 하는 여러 공동체에 속해 있다.
그 공동체에 대한 권리를 실감한 뒤 연대하고 도움을 주자

이것이 바로 소를레이프손이 했던 일이다. 그는 레이캬비크에 대한 권리를 자처하고 나서서 책임을 맡았다. 자신이 '누군가'가 된 것이다.

당신이 속한 공동체는 당신을 필요로 한다

어린 시절 볼풀에서 놀았던 경험이 있는가? 색색의 플라스틱 공 수백 개가 가득 채워진, 넓고 푹신푹신한 놀이 공간 말이다.

우리 세계의 중대한 문제점, 이를테면 기후변화, 인종차별, 건강, 빈곤 등은 하나하나가 개별적인 공과 같다. 각각의 볼풀 안에 있는 수많은 플라스틱 공은 지역 공동체에서 이런 문제가 드러나는 방식을 대변한다.

'세상의 접근성 개선'이라는 볼풀 안에는 '레이캬비크의 접근성 개선', 'L.A.의 접근성 개선', '뭄바이의 접근성 개선' 등의 라벨이 찍힌 수많은 플라스틱 공뿐만 아니라 '일터에서의 장애인 권익 보장', '미디어의 표현방식 개선', '상품 접근성 개선'과 같은 라벨이 찍인 플라스틱 공으로도 가득 채워져 있다.

소를레이프손은 이 볼풀 안에 손을 넣어 자신의 고향이자 현재 다양한 대인관계를 맺고 있는 곳이며, 장애인의 이동권에 관한 인식 개선과 관련 문화를 잘 알고 있는 해당 공동체에 영향을 미치는 공을 끄집어냈다. 그 공은 자신이 어떻게 해볼 수 있는 공이었다. 그의 말처럼 "세상은 누군가가 그렇게 되어야 한다고 결심했기 때문에 현재의 상태가 되어 있는 것이다. 다시 말해 당신이 세상이 달라져야 한다고 결심하면 세상이 달라진다."

이 점이 엘리너 오스트롬가 진행했던 연구의 핵심 원칙이다. 지역 문제를 해결하는 최상의 방법은 지역 주민들이 저마다의 재능을 발휘해 지역에 맞는 해결책을 제시하는 것이다. 우리도 소를레이프손처럼 실천할 수 있으며, 그렇게 한다면 결국엔 모든 플라스틱 공이 제거될 것이다.

나는 연구 도중 우연히 멕시코시티에서 이 원칙을 실행에 옮긴 사례를 접할 수 있었다. 멕시코시티는 인구수 900만 명의 도시로 이중 70퍼센트가 대중교통을 이용한다. 매일 버스 운행 횟수만 1,400만 회에 달했다. 하지만 이런 현실에도 불구하고 버스 노선을 알려주는 지도가 없었다. 멕시코시티 주민들은 가고 싶은 곳까지 가는 방법을 친구나 가족이나 이웃들에게 물어물어 알아내야 했다.

멕시코시티 시장은 시정부 내에 '시를 위한 실험실Laboratorio para la Ciudad'이라는 싱크탱크를 설치했고, 언론인이자 화가이자 다큐멘터리 제작자인 가브리엘라 고메즈몽이 이 싱크탱크의 지휘를 맡았다. 시장이 이 문제를 제기했을 때 마침 그녀에게는 공유할 만한 지혜의 재능이 있었다. 자신들이 가진 가장 큰 힘이 멕시코시티 시민들이라는 지혜였다. 시민들을 단결시켜 그들의 집단 재능을 활용할 방법이 있다면 이 문제를 해결할 수 있을 것 같았다.

이 싱크탱크는 디지털 게임을 만들어 시민들이 저마다 이용하는 특정 노선을 지도에 표시하고, 그 보상으로 포인트를 받아 교환할 수 있게 했다. 도시계획 설계자들은 이 지도에 채워진 오픈 데이터베이스를 활용해 버스 노선도를 만들었다. 그러자 4,000명이 넘는 시민들의 참여로 단 2주 만에 버스 교통망의 전체 지도가 완성되었다.

아마 민간업자들이 지도를 제작하는 일반적인 방식을 따랐다면 수백만 달러가 투입되었을 것이다. 그렇다면 이 싱크탱크 운영에는 얼마나 들었을까? 1만 5,000달러도 들지 않았다.

대다수 평범한 사람들이 자신이 가진 고유한 재능을 과소평가하거나 무시하며, 이게 무슨 특별한 능력이라고 세상에 드러내겠느냐고 생각하는 경우가 너무 많다. 이건 잘못되어도 한참 잘못된 생각이다. 당신은 당신이 속한 공동체의 문제 해결에 도움을 줄 수 있는 최고의 인재이다. 당신보다 문제 해결에 더 적합한 사람이 어디 있겠는가? 당신의 재능이 필요한 곳을 찾기만 하면 된다.

어디서 행복이 방해받고 있을까?

리사 토머스 맥밀란은 굶주리는 사람들을 도우며 살아왔다. 어느 날, 앨라배마주 브루턴에 위치한 자신의 집에서 185킬로미터 떨어진 거리를 걸어 몽고메리의 주지사를 찾아가 굶주린 사람들을 위한 지원을 늘려야 하는 이유를 편지로 직접 전달했다. 그 후로도 이 정도로는 부족하다는 생각에 워싱턴 D.C.까지 걸어가기도 했다. 그녀의 걸음으로 그곳까지 도착하는 데 53일이나 걸렸다. 그녀의 인성 재능이 얼마나 강한지 알 수 있는 대목이다.

어느 날은 록의 전설 존 본 조비가 설립한 레스토랑인 'JBJ 소울 키친'에 대한 기사를 읽었다. 이 식당에서는 배고픈 사람이 오면 누구에게든 음식을 무료로 나눠준다는 내용이었다. 이 기사를 읽는 순간 그녀의 내면에 불꽃이 피어올랐고, 자신이 하고 싶었던 일이 바로 이것이었다는 사실을 깨달았다.

2018년, 그녀는 남편 프레디와 함께 자신의 재능을 발휘해 일생의 꿈을 실현시킨다. 앨라배마주 브루턴 시내에 기부금만으로 운영되는 식당인 드렉셀앤하니비스Drexel & Honeybee's를 연 것이다. 그녀는 비범한 요리 특기를 발휘했고, 남편은 맨손으로 식당 건물을 보기 좋게 재단장했다.

이 식당에서는 얼마를 내든 상관없이 누구나 식사를 할 수 있다. 식당 앞쪽에는 모금 상자를 비치해두어 다른 사람들의 식사비를 대신 내어줄 여유가 있다면 기부금을 넣을 수 있게 했다. 토머스 맥밀란에 따르면 모금 상자에서 '이 식당이 없었다면 저는 오늘 굶었을 거예요'라고 적힌 쪽지가 자주 나왔다.

브루턴 주민들은 처음엔 그녀의 식당에 회의적이었지만 이제는 전국에서 관광객이 찾아와 토머스 맥밀란의 재능이 발휘되는 공간을 응원한다. 그녀는 "아침에 일어나서 식당으로 출근해 음식을 준비하는 것이 이 세상에서 가장 기분 좋은 일"이라고 말했다. 물론 언제나 쉽기만 한 건 아니지만 언제나 즐겁다고 한다. "풀이 죽고 지칠 때도 있지만 즐거움만큼은 언제나 느끼고 있어요. 이런 게 행복 아닐까요."

토머스 맥밀란의 이야기가 상기시켜주듯 모든 사람의 행복은 더 넓은 공공재산, 즉 안전과 안위, 집과 먹을 것과 식수, 학교와 병원 같은 시설에의 접근성, 경제적 기회와 안정성, 국가와 지역사회 차원의 지원 시스템, 진정한 자신이 되는 자유에 달려 있다. 이런 것들이 없으면 행복이 좌절된다.

오늘, 주변 사람들과 교류하면서 행복이 방해받고 있는 곳들은 없는지 눈여겨보기를 바란다. 바로 그곳이 당신의 재능을 필요로 하는 곳일지도 모른다.

혹시 당신이 속한 공동체에는 다음과 같은 사람들이 없는가?

- 굶주리거나 노숙 생활을 하거나 안전하지 못하거나 아픈 사람들
- 일자리를 구하거나 학교에 다니거나 사회 제도를 이용하는 데 어려움을 겪는 사람들
- 외로움이나 소외감을 느끼는 사람들
- 필요한 지원을 제대로 받지 못하는 사람들
- 차별이나 억압을 당하는 사람들

공공재를 보살핀다는 것은, 사람은 누구나 필요한 지원을 받아야 잘 살아갈 수 있다는 사실을 의식하면서 우리 주변을 위해 이러한 필요성을 충족시킬 수 있는 방법을 찾는 일이다.

또 하나의 감동적인 사례로, 애틀랜타의 바텐더 장인이자 상까지 받은 케야타 민세이 파커의 이야기도 들려주고 싶다. 팬데믹이 덮쳤을 당시에 그녀는 전국에서 숙박업 종사자 수백만 명이 해고되는 상황을 목격했다. 이들 중에는 그녀의 친구들과 동료들도 있었다. 많은 이들이 공과금 낼 돈을 마련하고 이런저런 난관에 대처하느라 쩔쩔매고 있었으며 도움이 절실했다.

마침 그보다 몇 달 전, 민세이 파커는 라이베리아에서 할머니와 어머니에게 배운 재능을 활용할 수 있길 바라는 마음으로 애틀랜타에 3,000평의 땅을 확보해둔 터였다. 그는 이곳에 텃밭을 가꿔 해고당한 숙박업 커뮤니티 직원들을 지원하는 용도로 쓸 수 있겠다는 생각을 했다. 그녀는 이곳에 '천국 한 모금A Sip of Paradise'이라는 이름을 붙이고 애틀랜타 바텐딩 커뮤니티를 위한 텃밭으로 공개했다. 그녀는 나에게 이렇게 말해주었다. "저는 친구들과 흙장난을 하며 어울릴 수 있는 곳이 있기를 바랐어요. 그 텃밭은 사람들이 와서 자기 자신이 되고, 자신의 존재를 드러내고, 집을 떠나 휴식을 취하고, 휴대폰을 내려놓고 시간을 보낼 수 있는 기회 그 자체예요."

이곳은 이후 완전한 비영리단체로 확대되었고 지금은 운동수업, 마음챙김 수업, 바텐더 이벤트 개최, 회원들이 더 좋은 일자리를 찾도록 도와주는 데이터베이스 구축 등의 활동을 벌이고 있다.

민세이 파커는 자신이 '그 누군가'임을 깨닫고, 행복을 방해받고 있던 커뮤니티 멤버들에게 도움의 손길을 내밀었다. 이런 선택은 그녀에게도 도움이 되었다. "우리 각자가 커뮤니티에서 가지고 있는 영향력을 확인하면 정말 기분이 좋아요. 제 기분도 한결 좋아지고요. 사실상 즐거운 일을 하고 있으니 그럴 수밖에 없죠. 제가 행복한 건 친구들과 함께 좋은 일을 하고 있기 때문이에요."

당신이 속한 공동체의 공공재를 돌보기 위해 꼭 식당을 개업하거나 텃밭을 공유해야 하는 건 아니다. 소소하고 일상적인 습관으로도 가능하다. 내 친구 브라이언은 L.A.에 살고 있다. 그는 어릴 때부터 환경에 관심이 많았다. 브라이언은 어머니가 자연을 사랑하고 돌보도록 가르쳐주었다며 나에게 이렇게 말했다. "자연을 사랑한다면 자연을 보호하는 일도 아주 중요한 것이라고 배웠어요." 우리 대부분의 눈에는 어느 순간부터 길가의 쓰레기가 눈에 띄지 않는다. 하지만 브라이언은 다르다. 아내와 밤마다 산책을 할 때면 쓰레기 줍기용 막대기와 쓰레기봉투를 가지고 나선다.

우리가 함께할 수 있는 일은 무엇일까?

30년 전, 조지아주의 콜퀴트라는 작은 도시가 어려운 상황에 처해 쩔쩔매고 있었다.

지역의 봉제 공장이 폐업하면서 일자리가 사라지자 주민들은 다른 곳으로 이사를 떠났다. 이 지역 주민인 조이 징크스는 그 당시를 이렇게 회고했다. "파멸과 죽음의 분위기가 흘렀어요…… 가게들은 판자로 막혀 있고…… 주차된 차는 한 대도 보이지 않고…… 돌아

다니는 사람도 없었으니까요."

어느 날, 징크스는 연극학 박사 과정생인 리처드 기어를 우연히 만난다. 야심차고 대담한 생각을 가졌던 이 학생은 예술이 여러 지역사회의 아픔을 치유할 수 있다는 신념을 가지고 있었다.

기어는 이런 질문을 던졌다. "우리가 콜퀴트의 실제 사례들을 모아 뮤지컬로 만들면 이 도시를 구제할 수 있지 않을까요?"

징크스는 밑져봐야 본전이라는 생각에 기어에게 그 야심찬 구상을 콜퀴트에서 직접 시험해보면 어떻겠냐고 권한다. 두 사람은 이곳 주민들이 개울가에서 낚시를 할 때 자주 만들어 먹는 음식을 기념하는 의미로 뮤지컬 제목을 〈스웜프 그레이비Swamp Gravy〉라고 지었다.

주민들의 반응은 회의적이었다. 소방서장은 이런 말까지 했다. "뻔히 다 아는 얘기를 돈을 주고 보러 올 사람이 어디 있겠어?" 그나마 이 말도 좋게 표현한 것이고 실제로는 더 심했다.

공연 당일 저녁, 조이 징크스는 몇몇 주민과 관중석에 나란히 앉아 결과가 어떻게 될지 전혀 짐작하지 못한 채 초조해하고 있었다.

다행히 공연은 대성공을 거두었다. 배우들은 강렬한 에너지를 얻었고 관중들은 이해와 존중을 받는 기분을 느꼈다. 이 공연을 통해 지역사회가 단결했고 유대감을 느꼈다.

30년이 지난 지금도 〈스웜프 그레이비〉는 콜퀴트를 완전히 변신시킨 연례 공연으로서 무대에 올려진다. 이 공연은 다양한 방식으로 지역 주민들이 각자 고유의 재능을 세상과 나누게 해주었을 뿐만 아니라 도시 자체에 새로운 활력을 불어넣었다. 이 공연을 보러 오는 사람들이 수천 명에 이르면서 연간 관광비로 700만 달러 이상을 벌어들이게 되었다. 콜퀴트는 이 수입으로 멋진 공연장을 지어 지역에 공공자원을 갖추기까지 했다. 〈스웜프 그레이비〉 출연진은 워싱턴 D.C.의 케네디 센터뿐 아니라 1996년 애틀랜틱 올림픽에서 초대 공연을 열었다.

이제 사람들은 예전처럼 콜퀴트를 떠나려 하지 않고 그대로 남아 지역사회에 기여한다. 심지어 공연에 도움을 주기 위해 이곳으로 이사를 오는 사람들도 있다. 그중 한 사람인 무대 감독은 다음과 같이 감회를 밝혔다. "여태껏 이만큼 충족감을 준 프로젝트는 없었어요. 가장 적절하게 표현하자면 영혼, 가족, 서로를 돌보는 마음을 꼽고 싶어요."

어떤 공동체든 공동의 목표를 위해 저마다의 고유한 재능을 발휘하면서 단결하면 비범한 일이 일어난다. 당신이 속한 공동체 구성원들이 어디서 좋은 일을 하고 있는지 찾아보고 당신도 함께할 만한 방법을 고민해보자. 어쩌면 웹사이트 제작법을 아는 사람, 디자인을 잘해서 전단지를 제작해줄 사람, 특정 사원寺院과 연고가 있는 사람이 필요할지도 모른다. 아이들을 아주 잘 보살피거나, 사람들 앞에서 말을 잘하거나, 토요일에 시간이 있어서 해변 청소에 선뜻 동참할 수 있는 사람을 찾고 있을지도 모른다. 그들에게 당신이 필요할 수 있다.

이런 단체에 도움의 손길을 내밀 때는 다음과 같이 의사를 전할 수 있다.

저는 우리 지역에 도움이 될 만한 방법을 찾고 있습니다. 지금 귀하와 귀하의 팀이 [어떠어떠한 문제를] 해결하기 위해 펼치고 있는 활동에 경의를 표하고 싶습니다. 사실, 저 역시 그 문제에 아주 큰 관심을 갖고 있어요. 저에게 재능이 좀 있는데, [이어서 그 재능을 구체적으로 적는다] 귀 단체에 제가 도움이 될 수 있다면 어떻게 동참할 수 있을지 알려주시면 정말 좋겠습니다.

당신이 속한 공동체에 그런 모임이 없다면 당신이 직접 나서면 된다. 기어와 징크스가 그랬던 것처럼 사람들을 단결시키는 역할을 맡아보자.

당신의 공동체에는 자신의 재능을 발휘할 기회를 기다리는 사람들이 있다. 콜퀴트 주민들을 생각해보자. 이들도 뮤지컬이 없었다면 무대 위에서 빛을 발휘할 기회를 얻지 못했을 것이다. 모두에게 나눌 만한 중요한 재능이 있었기에 모두가 기꺼이 배역을 맡은 것이다. 기어는 오디션에 참가한 주민 모두에게 아주 중요한 테스트를 통과해야 한다고 말했다. 자신이 참가자의 얼굴 앞으로 거울을 들어 올릴 때 거울에 김이 서려야 한다는 것이었다.

이 프로젝트에 관한 논문에서 기어는 다음과 같이 썼다.

한 문화 공연에서 노련한 아마추어의 목소리를 통해 지역의 견문이 넓어지는 것을 경험했고, 그 영향력에 아주 깊은 감동을 받았다. 주민들이 훌륭한, 아니 위대하다고 할 만한 연극을 만들어내며 개개인이 어떻게 발전해가고 한 공동체가 응집하는지, 내 눈으로 직접 지켜보았다. 이 경험을 표현하려면 따로 어휘를 만들어야 할 정도로 이루 말할 수 없는 감동이었다. 확신컨대 이 사람들의 공동체를 만나게 되어 가장 크게 변한 사람은 다른 누구도 아닌 나 자신이다. 나는 그들에게 감사함을 빚졌다.

당신의 공동체는 당신의 연민을 필요로 한다

케이티 스텔러는 미니애폴리스에서 미용실을 운영하고 있다. 그녀는 어릴 때 심한 궤양성 대장염을 앓아 툭하면 병원을 들락거려야 했다. 이 병을 앓으면서 머리카락이 아주 가늘어졌는데 어느 날 그녀의 엄마는 딸의 기분을 조금이라도 좋게 해주려고 딸을 전문 미용실에 데려갔다. 이 일을 계기로 그녀는 자신도 다른 사람들에게 같은 경험을 선사해주길 희망했고, 헤어 스타일리스트를 꿈꾸게 되었다.

몇 년 전에 만난 스텔러는 미용실을 운영하던 중 정신건강에 이상이 생겨 힘들어하고 있었다. 그녀는 그때의 심정을 이렇게 들려주었다. "세상에 대해 생각하면 절망과 우울증이 밀려들었고, 그 고통은 감당하기 힘들 정도였어요."

그러던 어느 날, 그녀는 거실을 둘러보다가 붉은색 미용실 의자에 시선이 머물렀다. 언젠가 자신의 미용실에 설치할 날을 기다리며 한구석에 놓아둔 것이었다. 그 순간 의욕이 생겨 스스로에게 질문을 던졌다. "그래, 좋아. 내가 뭘 할 수 있지? 내가 모든 문제를 해결할 순 없지만 무언가를 할 수는 있어."

그녀는 매일 차를 타고 지나가면서 마주치던 많은 노숙인을 떠올렸다. 평상시에는 그들을 생각하면 더 절망스러웠는데 이날은 다른 식으로 반응하자고 마음먹었다. 그녀는 결연한 마음으로 집 밖으로 걸어 나가 자신의 미용실까지 차를 몰고 가던 중, 매일 지나치던 한 남자 앞에서 차를 세우고 그의 이름을 물었다. 그러고 나서 이렇게 말했다. "저기요, 무료로 커트를 하지 않으실래요? 제가 미용도구를 가져와서 여기서 바로 해줄게요." 에드워드라고 자신을 소개한 그 남자는 허허 웃으며 마침 다음 날 장례식장에 가야 해서 정말 커트를 받고 싶다고 말했다.

공공의 가치에 관심을 갖게 되는 초반에는 큰 고통에 직면할 가능성이 있다. 때로는 스텔러가 겪었던 것처럼 상황을 감당하기 버거울 수도 있다. 현실을 외면하거나 무시하고 싶은 충동을 느낄 수도 있다.

스스로 소속되고 싶고 남들도 어딘가에 소속되게 해주고 싶다면 그 충동과 다르게 반응할 줄 알아야 한다.

누군가와 거리를 두고자 하는 본능은 사실 우리의 자연스러운 공감대가 발현된 결과이다. 누군가에게 공감하게 되면 말 그대로 그 사람의 감정을 공유한다. 다른 사람이 힘들어하는 모습을 보면

누군가의 기분을 일일이 이해해주지 않아도 된다.
그저 곁에 머물면서 당신이 할 수 있는 방법으로 도와주면 된다

고통을 느끼는 뇌의 영역이 활성화된다. 그러면 경우에 따라서는 감당하기 힘든 수준의 고통을 느끼게 되어, 도움이 가장 필요한 사람들에게 손을 내밀 컨디션이 되지 않거나 행동에 나설 수 없는 상태가 된다. 말하자면 자신에게 초점이 맞춰진다. 당신에게도 힘들었던 시기에 사랑하는 사람에게 속사정을 털어놓았더니 상대가 당신처럼 힘들어해서, 그 모습에 오히려 위안을 얻었던 경험이 한번쯤은 있었을 것이다. 공감에는 바로 이런 힘이 있다.

본능적 공감을 연민으로 진전시킬 수 있다면 다른 사람들을 돕고자 하는 의욕과 힘이 생겨난다. 연민에는 어떤 사람을 향한 다정하고 긍정적인 감정과 더불어 그 사람의 고통을 덜어주고 싶은 마음이 동반된다. 즉, 상대에게 자연스레 초점이 맞춰진다.

한 연구에서 불교 수도승이자 철학자인 마티외 리카르Matthieu Ricard에게 고통받는 아이들의 사진을 보여주고 공감과 연민의 차이점을 설명해달라고 부탁했다.

그는 공감에 대해 이렇게 말했다. "공감한다는 것은 아이들의 고통을 공유한다는 뜻이지요. 금세 제가 견딜 수 없는 지경이 됩니다. 정서적으로도 피폐해지고요. 번아웃 상태와 흡사한 느낌입니다."

연민에 대해서는 많이 다른 말을 했다. "고통받는 아이들의 모습이 조금 전처럼 생생하게 다가왔지만 더는 고통이 느껴지지 않았어요. 오히려 이 아이들에게 자연스럽고 무한한 사랑이 느껴지면서, 다가가 위로해주고 싶은 용기가 생겼어요."

정말 주목할 만한 발견이다. 고통스러워하는 타인을 지켜보면서 당신도 덩달아 힘겨워지는 게 아니라 긍정적이고 애정 어린 마음이 차올라서 도움을 베풀 준비를 할 수 있다면, 고통을 당하는 사람들 곁에 머무를 수 있다는 뜻이 아닌가. 공감에서 연민으로 옮겨가는 일은 공동체를 함께 이루기 위한 필수적인 조건이다.

공감을 연민으로 진전시키려면 11장에서 소개한 이미지를 떠올리면 된다. 빛으로 가득한 당신 내면의 집을 떠올리고, 그 빛이 당신 앞에 있는 사람을 비춰주는 모습을 상상하는 것이다.

당신이 타인의 고통이나 괴로움을 떠맡을 필요는 없다. 그러다간 오히려 돕기가 더 어려워진다. 그 사람을 고쳐주려고 애쓰지 않아도 된다. 그 사람은 고장 난 사람이 아니다. 그저 당신 앞의 그를 사랑하며 마음이 이끄는 대로 다음 행동을 취하면 된다.

스텔러가 바로 그런 행동을 취했다. 그녀는 그날 이후로 쉬는 날이면 붉은색 미용 의자를 싣고 미니애폴리스 곳곳을 돌며 노숙인들에게 커트를 해주고 있다. 에드워드는 그녀의 최장기 단골이자 친구가 되었다. 스텔러는 자신이 할 수 있는 방법으로 공동체 범위를 확장하면서 소속되고 싶은 공동체를 만들어가고 있다.

당신이 속한 공동체의 고통을 보살피다 보면 결국 그 고통을 완화시키게 되어 있다. 이런 이유로 코레타 스콧 킹(Coretta Scott King, 인권 운동가이자 마틴 루터 킹 주니어 목사의 부인-옮긴이)이 "공동체의 위대함을 측정하는 가장 정확한 척도는 공동체 구성원들의 연민 어린 행동"이라고 말한 것이다.

핵심 포인트

- 당신은 여러 공동체에 소속되어 있다. 각 공동체에 대한 권리를 자처하며 스스로 '누군가'가 되어보자.
- 공동체 구성원들은 자신들의 지역 문제를 가장 잘 해결할 수 있는 사람들이다.
- 우리의 공동체가 느끼는 문제의식이 있다면, 당신에게 그 문제를 해결할 방법이 있는지 찾아보자. '지금 우리의 행복을 가로막고 있는 곳이 어디지?'
- 고통스러워하는 누군가를 마주한다면, 공감을 넘어 연민을 느낄 수 있도록 연습해보자.

17

세계_
우리는 당신을 기다리고 있다

셰프이자 식당 경영자인 호세 안드레스는 워싱턴 D.C.에서 거주하지만 전쟁이나 참사 현장의 최전선에서 인생 최악의 순간에 놓인 사람들에게 영양식을 챙겨줄 때가 훨씬 많다.

젊은 시절 안드레스는 스페인 해군에서 요리사로 일하며 극도의 굶주림에 시달리는 나라들을 다녔고, 이때의 경험을 통해 자신만의 재능을 키웠다. 아무도 굶지 않게 해주고 싶다는 동기와, 그런 사람들에게 요리를 해줄 수 있는 특기였다. 그는 미국으로 이민 간 이후 굶주림 문제를 다루는 비영리 단체인 DC 센트럴 키친DC Central Kitchen에서 자원봉사를 시작했다. DC 센트럴 키친은 나이트클럽 매니저이자 이제는 그의 멘토가 된 로버트 에거가 설립한 단체이다.

이후 안드레스는 자신의 독자적인 비영리 단체인 월드 센트럴 키친World Central Kitchen을 설립해 세계 곳곳에서 재난으로 타격을 입은 수백만 명에게 음식을 나눠주고 있다.

푸에르토리코가 허리케인 마리아로 쑥대밭이 되어버렸을 때 안드레스는 그곳에 머물며 음식을 만들어주고자 가장 빨리 출발하는 민간 항공편에 올랐다. 그의 팀은 도착하자마자 곧바로 2만 명의 자원봉사자를 모집해 400만 인분이 넘는 식사를 제공했다. 월드 센트럴 키친은 러시아가 우크라이나를 침공한 지 24시간도 지나지 않았을 때 현장으로 달려갔고 국경 지대로 몰려온 여성과 아이 수백만 명에게 따뜻한 음식을 나눠주기도 했다. 월드 센트럴 키친은 참상을 당한 사람들이 있는 곳이라면 어디든 찾아가서 도움의 손길을 내민다. "저희의 사명이자 아주 단순한 한 가지 목표는 배고픈 사람들에게 먹을 것을 주고 목말라하는 사람들에게 물을 주는 것이에요."

우리는 오케스트라다

세상에는 직장이나 공동체에 도움을 주는 데서 사명감을 느끼는 사람들도 있고, 안드레스처럼 전 세계를 대상으로 사명감을 갖는 사람들도 있다. 당신이 어떤 방법으로 도울지 선택하든, 모든 도움은 누적된다.

당신 혼자 온 세상을 바로잡지 않아도 된다. 사실, 그렇게 할 수도 없다.

한 사람이 해결할 수 있는 문제는 단 하나도 없다. 영웅 한 사람이 등장해 우리를 구해준다는 생각은 개인주의에 토대를 둔 낡은 행복의 잘못된 통념이다. 안드레스처럼 엄청난 규모로 활동하는 사람들이 그 정도의 일을 해낼 수 있는 이유는 아주 많은 사람들이 힘을 보태주기 때문이다. 수만 명의 자원봉사자, 현지 식당과 식재료 납품업자, 보조금, 성금이 한데 어우러진 덕분이다.

이 세상을 더 나은 곳으로 만드는 일은 독주회가 아니라 오케스트라에 비견할 만한 일이다. 오케스트라에서는 바이올린, 트롬본, 오보에, 베이스, 하프, 티파니, 첼로 등 모든 악기가 전부 필요하다. 교향곡에서 하나의 악기가 해당 파트를 연주하는 부분만 듣는다면 전체 곡과 분리된 상태에서 감상하는 것이므로 제대로 된 감상이라 할 수 없다. 교향곡의 묘미는 독자적인 부분이 모두 어우러지는 데 있다.

당신이 없다면 우리의 오케스트라는 불완전하다. 세상은 당신만이 연주할 수 있는 파트를 연주해줄 당신을 필요로 한다.

주변을 둘러보면서 자문해보자. '내가 이 세상에서 가장 해결되길 바라는 문제가 무엇일까?'

여기에서 바로 답을 찾을 수도 있다. 당신의 재능으로부터 답이 떠오를지도 모른다.

세상의 수많은 문제는 한 사람이 해결하기에는 너무 거대하다.
하지만 우리의 재능을 모두 모으면 더 나은 세상을 만들 수 있다

- **인성**: 다른 사람의 고통에 감응했던 순간 떠올린 답
- **지혜**: 경험을 통한 교훈으로부터 떠올린 답
- **특기**: 의술이나 연구 결과처럼 특정한 기술을 활용해 떠올린 답

다음은 세상이 우리의 도움을 필요로 하는 문제들을 모은 것이다. 아래 리스트 중 당신에게 강하게 와닿는 항목은 무엇인가? 전체 리스트는 thenewhappy.com/theproblems에서 확인할 수 있다.

건강

- 정신건강
- 전염병(HIV/에이즈, 말라리아, 라임 병, 코로나 등)
- 비전염성 질환(암, 노인성 치매 등)
- 저렴한 의료보험
- 의료보험의 형평성

폭력

- 전쟁
- 지뢰
- 군비 축소
- 총기 사용

권리와 대표성

- 인종차별 및 그의 부당성
- 차별
- 성평등
- 성소수자 및 그들의 권리
- 투표권
- 생식권
- 장애인들의 권리

접근성

- 교육
- 이민
- 주거
- 식수

경제

- 빈곤
- 근무환경 개선
- 노숙인
- 양질의 일자리

지구

- 지구의 회복
- 화석 연료
- 식품 접근성
- 생물종 멸종 문제
- 삼림 보호
- 지속가능한 농업
- 해양 오염
- 플라스틱 쓰레기

사회

- 노령화
- 중독
- 고독
- 난민 지원

곧바로 짐작했겠지만, 어떤 문제도 우리의 일터나 각자가 속한 공동체에서 다룰 수 있는 것들이다. 앞에서 소개한 볼풀의 예시를 기억하자. 때로는 당신이 할 수 있는 최선의 행동이 더 큰 문제가 가득한 볼풀 안의 플라스틱 공 하나를 집어드는 것일 수도 있다.

우리 각자는 세상의 여러 문제에 도움을 줄 수 있는 저마다의 재능과 특기를 가지고 있다. 지금부터 세 사람이 기후변화 문제를 다루기 위해 각자 어떻게 재능을 발휘하는지 살펴보자.

샘 알프레드는 남아프리카공화국에서 비디오 게임 디자이너로 일하고 있다. 그가 케이프타운에서 살았던 2018년 겨울, 이 도시에 위기가 닥쳐 물이 거의 고갈되는 지경에 이르렀다. 그는 파괴된 환경을 재생시키는 게임인 〈테라 닐Terra Nil〉을 개발했다.

싱가포르에 사는 아티스트 탄 지 시는 해양에서 모은 2만 6,000개가 넘는 플라스틱 조각으로 설치물을 만들어 미술관에 전시했다. 모든 플라스틱 조각을 벽과 천장에 매달아 쓰레기에 둘러싸인 환경에서 산다는 것이 어떤 느낌인지를 간접적으로 느낄 수 있게 해주는 작품이었다.

인도네시아의 원주민이자 사회운동가 미나 수잔나 세트라는 자신의 고향이 야자유 농장으로 개조된 이후 기후변화에 맞서 싸워왔다. 그 과정에서 여러 가지 정책이 시행되도록 도왔고, 사회적으로 소외당하는 사람들이 자신의 경험을 나눌 수 있게 기회를 제공하는 TV 채널을 개설했다.

알프레드, 지 시, 세트라는 자신에게 중요한 문제를 다른 누군가가 나서서 해결해주길 기다리지 않았다. 바로 지금 자신이 처한 상황에서, 자신이 할 수 있는 일을 하고 있다. 당신도 세 사람을 보면서 이들이 혼자 힘으로 기후변화 문제를 해결하기를 기대하진 않을 것이다. 당신 자신에게도 그런 기대를 갖지 말자! 이런 생각을 가지고 있어봤자 어떤 행동도 취하지 못한다.

세상에는 자신의 재능을 발휘해 여러 사회 문제를 해결하는 데 도움을 주고 영감을 불러일으키는 사람들이 아주 많다. 이들의 사례를 살펴보면 우리 각자의 여정에 길잡이가 되어줄 만한 일곱 가지 중요한 교훈이 담겨 있음을 알 수 있다.

- 누군가의 롤모델이 되기
- 자신의 재능을 나눌 만한 분야를 찾아 변화를 일으키기
- 늘 해왔던 방식을 거부하기
- 옳은 일을 위해 싸우기
- 행동함으로써 희망을 키우기
- 도전을 받아들이기
- 꿈은 크게, 시작은 작게 하기

교훈 1. 누군가의 롤모델이 되기

1964년에 배우 니셸 니컬스는 흑인 여성으로는 최초로 TV 프로그램의 주역으로 캐스팅되며 〈스타 트렉〉에서 우후라 중위 역을 맡게 되었다.

시즌 1이 끝난 후 니컬스는 이 시리즈에서 하차하고, 브로드웨이 무대에 서고 싶은 꿈을 펼쳐보기로 결심한다. 제작자인 진 로든베리에게 그런 마음을 털어놓자 진은 주말 동안 잘 생각해보고 결정을 내려달라고 했다. 마침 그 주의 주말에 니컬스는 베벌리힐스에서 열린 NAACP(전미 유색인 지위 향상 협회)의 모금행사에 참석했다가 누군가와 마주친다. "니셸, 여기에 당신을 만나고 싶어 하는 팬이

와 있어요."

그 팬은 마틴 루터 킹 주니어였다. 그는 이 시리즈가 시청자들에게 심어주었던 평등한 세상이라는 이상에 감격해하던 트레키(〈스타 트렉〉의 열성 팬을 지칭하는 단어)였다.

서로 대화를 나누던 중 니컬스가 이 시리즈의 하차 계획을 밝히자 킹은 이렇게 말했다. "그러면 안 돼요. 이 시리즈가 무슨 일을 해냈는지 몰라요? 우리가 알아야 할 세상을 처음 보여주고 있잖아요. (중략) 이 시리즈는 제가 아내와 어린 자녀들에게 밤늦게까지 자지 않고 시청하게 해주는 유일한 프로그램이에요."

그의 말에 니컬스는 하차하지 않기로 결정했다. 킹 덕분에 그녀는 자신이 수백만 흑인들에게 롤모델이 되어주었고 인권 운동에서도 중요한 역할을 하고 있다는 사실을 의식하게 되었다. 이러한 대표성은 중요한 의미를 지닌다. 최근의 한 연구에서 STEM(과학, 기술, 공학, 수학) 계열을 공부하는 흑인 여학생들은 자신의 분야에서 롤모델로 삼을 만한 흑인 여성을 접할 경우 더 큰 소속감을 느끼는 것으로 나타났다. 니컬스는 우후라 역을 맡았던 일을 돌아보면서 이렇게 말했다. "배우로서의 일이 가치 있다고 느껴요. 직접 시청자들을 만나지 않아도 수많은 사람들에게 감동을 줄 수 있으니까요."

니컬스는 이 시리즈에 계속 출연하기로 결심하면서 결과적으로 수많은 사람들에게 긍정적인 영향을 미치게 되었고, 심지어 흑인 여성 최초의 우주인인 매 제미슨에게도 영감을 주었다. 〈스타 트렉〉의 열성 팬이었던 제미슨은 1992년 엔데버호에 탑승했을 당시, 통신

재능을 발휘함으로써 자신의 분야에서 앞서 나아갈 수 있고,
어떤 일이 가능한지 보여줄 수도 있다

에 접속할 때마다 우후라 중위의 상징적 대사인 "주파수 열어놓았습니다Hailing frequencies open"를 말하면서 자신의 롤모델을 기념했다.

진정한 자기 자신이 되어 한 번도 가본 적 없는 곳으로 대담하게 나아가는 것은 그 자체로 세상에 도움을 주는 행동이다. 이런 행동은 다른 사람들에게도 자신이 꿈꿔온 길을 따르도록 용기를 불어넣는다. 우리 모두에게는 '나는 이 자리에서 나 자신이 되고 있어. 너도 진정한 자신이 될 수 있어'라고 알려주는 누군가가 필요하다.

교훈 2. 자신의 재능을 나눌 만한 분야를 찾아 의미 있는 변화를 일으키기

반 시게루는 세계에서 가장 유명한 건축가 중 한 명으로 손꼽힌다. 그는 여러 미술관과 기념물을 디자인하며 상을 받았지만 자연재해와 전쟁으로 피해를 입은 사람들을 위한 임시 피난처를 짓는 일에 훨씬 더 많은 관심을 기울였다.

1985년, 반은 다른 건축가의 전시 작업을 도와주며 고급 재료를 구입하지 않고도 전시물을 제작할 방법이 없을지 고민한다. 그러던 중 자신이 스케치 작업을 했던 종이를 모아 종이 튜브를 만들었는데, 이것이 그의 삶을 바꾸어놓을 우연한 혁신이 되었다.

이 종이 튜브는 놀라울 만큼 강하고 친환경적이며 저렴하다. 1994년 르완다 대학살 직후, 반은 종이 튜브를 활용해 르완다에서 피신한 사람들이 머물 임시 피난처를 만들자고 제안한다. 그 후로 전 세계에서 지진, 해일, 참사 등으로 피해를 당한 수만 명을 위해 지속가능한 피난처를 설계하는 일에 매진한다. 2023년 튀르키예와 시리아에서 발생한 지진으로 집을 잃고 갈 곳이 없어진 수백만 명을 돕기 위해 그가 가장 최근에 설계한 피난처는 조립하는 데 5분밖에 걸리지 않았다.

반은 참사 피해자들을 돕기 위해 앞장서기 시작한 이유가 자신의 직업에 대한 실망감 때문이라고 말한다. "우리 같은 건축가들은 돈과 힘이 있는 특권층을 위해 일해요. 저는 제 지식과 경험을 특권층만이 아닌 일반 대중을 위해서도 쓰고 싶어요."

당신도 자신의 재능을 특정 장소에서 혹은 특정 방식으로 공유하는 데 익숙할 것이다. 하지만 반의 사례가 보여주듯, 누구나 창의적인 발상을 통해 저마다의 재능을 가장 필요로 하는 사람들을 돕는 데 쓸 수 있다. 앞에서 소개한 문제들을 살펴보며 스스로에게 자문하자. '내 재능이 필요한 곳은 어디일까? 내 재능이 어떤 일에 쓰임새가 있을까?'

교훈 3. 늘 해왔던 방식을 거부하기

뉴욕주 북부에는 10억 달러 규모의 기업을 운영하면서 안티 CEO로 유명한 남자가 있다.

함디 울루카야는 1994년 튀르키예에서 미국으로 이민 온 후, 농장에서 일하며 영어 수업을 받았다. 이후에는 튀르키예에서 치즈 수입 사업을 시작했지만 부진을 면치 못했다. 그로부터 몇 년 후 인근의 요거트 공장이 매각되어 시장에 나왔다. 울루카야는 어린 시절 가족 농장에서 만들었던 요거트를 미국인들도 즐겨 먹을지 궁금해졌다. 걸쭉하고 크리미한 전통 요거트는 그 당시 시중에서 쉽게 구할 수 없는 상품이었다. 그는 대출을 받아 요거트 공장을 인수한 후, 우리가 익히 알고 있는 초바니Chobani라는 회사를 설립한다.

울루카야는 초반부터 남들과 다른 방식으로 사업을 해보기로 마음먹었다. 기업은 인류에 기여할 의무가 있다는 것이 그의 경영 신념이었다.

그는 난민들을 돕는 일에 매진하며 이 신념을 증명해 보인다. 그 지역에 일자리를 구하지 못한 난민이 있다는 소식을 접하자 그들을 채용한 후 번역가를 초빙해 기술을 가르치고 출퇴근 교통편을 마련해주는 등 다양한 지원도 아끼지 않았다. 난민들을 위한 프로그램인 텐트 파트너십Tent Partnership for Refugees을 시작해 300개 기업으로부터 난민을 채용하겠다는 약속을 받아내기도 했다.

울루카야의 방법을 참고해 현상 유지를 거부해보자. 세상을 위해 재능을 발휘하고자 할 때 다른 사람들의 거부감을 자주 마주할 것이다. '그런 식으로는 성공하지 못할 거야', '늘 이렇게 해왔어' 같은 말을 들을 수 있다. 이런 고정관점을 거부하자. 언제나 더 좋은 방법이 있을 수 있다.

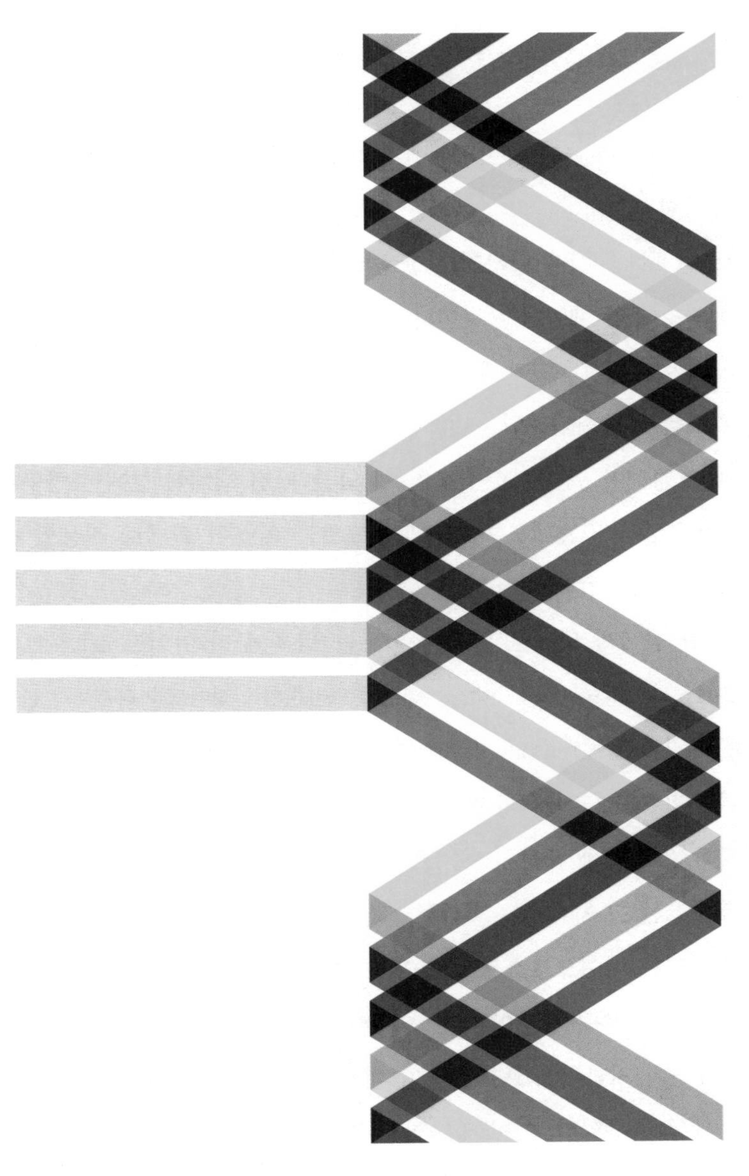

늘 해오던 방식에 의문을 던지자. 어떠한 경우에도 우리는 더 잘할 수 있다

교훈 4. 옳은 일을 위해 싸우기

2014년 마이크로소프트의 엔지니어인 매트 하이트가 워파이터 인게이지드Warfighter Engaged라는 비영리 단체를 우연히 알게 되었다. 이 단체는 부상을 당하거나 장애를 얻은 참전용사들을 위한 비디오게임 기구를 제공하는 곳이다.

하이트는 이 단체에 연락을 취했고, 설립자로부터 장애인들의 필요를 충족시키려면 대다수 콘트롤러의 작동 모드를 손으로 일일이 조정해야 한다는 사실을 알게 되었다. 전 세계에 장애인 인구가 10억 명이 넘는데도 마이크로소프트는 이들이 실제로 사용할 수 있는 상품을 출시하지 않고 있었다.

이 점에서 영감을 얻은 하이트는 팀을 꾸려 마이크로소프트의 2015년 해커톤(Hackathon, 해킹과 마라톤의 합성어로 마라톤처럼 한정된 시간과 장소에서 개발자, 디자이너, 기획자 등이 모여 단기간에 끊임없이 아이디어를 내고 수정을 거듭해 활용 가능한 수준의 결과물을 만들어내는 대회-옮긴이)에 참여해, 비범한 이벤트 시리즈를 개시한다. 그의 프로젝트는 그 자체로는 별다른 진전을 보이지 못했으나 브라이스 존슨이라는 마이크로소프트의 다른 직원에게 영감을 일으켰다. 존슨은 접근성 부문 팀장이었다.

1년이 지난 2016년, 존슨이 해커톤에서 새로운 팀을 구성해 이 문제를 다루었다. 이번에는 한 임원이 이 프로젝트에 자원을 지원해주기로 했다. 존슨의 팀은 워파이터 인게이지드뿐만 아니라 여러 병원과 장애인 지지단체와 협력해, 장애인들의 필요성을 면밀하게 파악했다. 존슨과 팀원들은 모든 개개인의 필요를 충족시킬 만한 상품을 디자인하기 위해 신중하고 끈기 있게 매달렸다.

어느 시점에서는 마이크로소프트의 예산 삭감으로 프로젝트가 중단될 위기도 있었다. 이때 존슨과 팀원들은 반발하면서 무슨 일이 있어도 계속 프로젝트를 진행하겠다고 밝혔다. 이들에겐 더 본질적인 목적이 있었다. 사용자들과 끊임없이 대화를 나누면서 장애인의 건강하고 윤택한 생활을 위해 비디오 게임이 얼마나 중요한지, 그들을 포용하는 것이 얼마나 절실한 문제인지, 그로 인한 사회적 비용이 얼마나 큰지를 절감하게 되었다. 프로젝트 중단은 이들의 선택지에 없었다.

3년 후, 이 팀의 상품이 공개되었다. 엑스박스 어댑티브 콘트롤러였다. 누구나 자신의 필요에 맞게 모드를 설정할 수 있으면서도 거짓말처럼 단순한 박스형 제품이었다. "이 어댑티브 콘트롤러가 정말 좋아요. 이제는 모든 사람이 게임을 할 수 있으니까요." 한 아이가 했던 말에 정말 공감되었다.

엑스박스 어댑티브 컨트롤러는 마이크로소프트의 사내 팀에도 크나큰 영향을 미쳤다. 실제로 팀 리더인 야론 갈리치는 이렇게 말했다. "저는 많은 제품을 출시했지만 이 제품이 제가 작업했던 것들 중 가장 특별해요. 가장 큰 영향을 준 제품이고요. (중략) 이런 경험을 한 이후로 삶이 정말 달라졌어요. 제품을 바라보는 관점이 예전 같지 않아요. 저희는 여기에서 멈추지 않을 거예요. 더 많은 장치와 더 많은 제품을 개발할 생각입니다."

총 100명이 넘는 마이크로소프트 직원들이 자신의 재능을 통해 어댑티브 콘트롤러 개발에 기여했다. 이 제품을 계기로 마이크로소프트에서는 접근성 부문에 대한 더 폭넓은 고민과 성찰이 이어졌고, 이후 출시하는 새로운 제품과 서비스에도 영향을 미쳤다. 현재 존슨은 마이크로소프트에서 이 중대한 활동을 총괄하는 중심축인 인클루시브 테크 랩Inclusive Tech Lab을 운영하고 있다.

마이크로소프트의 사내 팀은 무슨 일이 있어도 옳은 일을 하기로 결심했다. 세상의 문제를 해결하기 위해 힘쓰다 보면 당신에게도 옳은 일을 위해 맞서야 하는 순간이 생길 것이다. 그럴 때는 더 위대한 목적, 다시 말해 당신이 돕고 있는 사람들에게 초점을 맞추어야 한다. 모든 이들의 건강한 삶을 위해 싸울 때만 발견할 수 있는 용기가 있다. 그 용기가 얼마나 막강한지, 얼마나 멀리까지 당신을 데려가는지 직접 느껴보면, 분명 스스로도 놀랄 것이다.

교훈 5. 행동으로 희망을 키우기

2007년, 기업가인 리처드 브랜슨과 뮤지션인 피터 가브리엘이 넬슨 만델라를 찾아가 어마어마한 부탁을 했다. 디 엘더스The Elders라는 글로벌 그룹을 만들 텐데 이 그룹이 핵전쟁 방지, 기후변화 해결, 평화 구축 등 세계의 최대 난제들을 해결할 수 있도록 그룹의 도덕적 지도자 역할을 해달라는 부탁이었다.

만델라는 당시 여든아홉 살이었다. 이미 남아프리카공화국에서 아파르트헤이트를 종식시켰고 남아프리카공화국 대통령으로서 훌륭한 역할을 수행했으며, 진실화해위원회를 통해 정의를 이행했고 빈곤과 HIV/에이즈 해결을 위한 재단을 설립했다. 이 모든 활동을 펼치는 와중에 그렇게 많은 수난을 겪었고, 또한 그렇게나 많은 것을 내어주고도 만델라는 이 부탁을 수락했다. 세상을 위해 계속 돕고 싶다고 했다.

그는 미국의 전 대통령 지미 카터, 사회 기업가인 무하마드 유누스, 대주교 데스몬드 투투를 비롯해 세계에서 가장 존경받는 리더들을 초대했다. 이들에겐 공식 직위가 없었으며 모두가 디 엘더스의 가장 큰 충심衷心인 공공선을 향해 있었다. 이들은 자신들의 재능을 발휘해 고통에 대한 사람들의 인식을 일깨우고, 정부와 국민 간 갈등을 중재하며, 건강한 삶을 위한 가장 지혜로운 길을 옹호했다. 만델라는 이후 세상을 떠나는 날까지 6년 동안 세상을 위해 노력했다.

만델라는 더 좋은 세상이 올 것이라는 희망을 잃은 적이 없었다. 비결이 무엇이었을까? 더 좋은 세상을 향한 노력을 멈춘 적이 없었다는 것이 비결이었다.

우리는 희망을 자신의 삶에서 일어나는 어떤 것이라고 생각하지만 연구를 통해 증명되었듯 사실상 당신의 행동 자체가 곧 희망이다. 희망은 다음의 세 가지로 이루어져 있다.

당신의 희망은 행동 하나하나를 할 때마다 점점 커져간다

- 목표
- 목표를 위해 노력하고자 하는 동기
- 목표를 이루기 위한 구체적인 방법 구상

이 세상에 절망감이 든다면 만델라의 모범적인 행동을 따라 해 보자. 절망감은 포기해야 한다는 신호가 아니다. 행동해야 한다는 신호이다.

다시 당신의 목표에, 더 행복한 세상에 초점을 맞추자. 마음을 새롭게 다잡자. 이 목표를 이루기 위한 우리의 노력이 자신과 다른 사람들을 행복하게 해주리라는 희망을 다시 일깨우자. 그리고 계획을 수정하자. 이 목표를 향해 뗄 수 있는 다음 한 걸음을 결정하자.

절망스러워도 행동하자. 겁이 나도 행동하자. 변화를 일으키기에 너무 작다고 느껴져도 행동하자. 그러면 희망이 따라올 것이다.

교훈 6. 도전을 받아들이기

수지 에디 이자드는 어릴 때부터 코미디언이 되고 싶었다. 이후 수년간 길거리 공연을 진행한 끝에 무대에 오르게 되었고, 또 수년을 노력한 끝에 결정적인 기회를 얻었다. 그녀의 끈기는 마침내 보상을 받아 코미디 특집으로 에미상을 수상하고 TV, 영화, 연극에서 굵직한 배역을 맡았다.

이자드는 배우 외에 인도주의자로도 활동하며 사람들이 부당한 일에 주목할 수 있도록 극단적인 도전을 했다. 2016년에는 남아프리카공화국의 음베조에서 운동화 끈을 질끈 동여매고 27일 동안 27차례의 마라톤을 뛰었다. 넬슨 만델라의 27년의 투옥을 기리는 의미로 마라톤을 이어가며, 날마다 그의 정신을 따르려고 노력하는 단체들 앞에 멈춰 섰다. 잠깐 병원에 입원하느라 마지막 날에는 더블 마라톤을 달려야 했지만 끝내 계획을 완수하면서 130만 파운드의 자선기금을 모금했다.

팬데믹이 한창이었던 2021년에도 같은 도전을 시작했다. 이번에는 31일 동안 러닝머신 위를 달리며 31차례의 마라톤을 벌이다, 자신이 할 줄 아는 4개 국어 중 하나로 라이브 코미디를 하며 마지막 순간을 마무리했다. 그녀가 이 도전에 붙인 이름은 '인류를 다시 위대하게' 투어였다.

트렌스젠더 여성인 이자드는 모든 사람이 "진정한 자신이 되는 것은 위대한 일"이라는 사실을 알기를 바랐다. 보다 수용적이고 애정 어린 세상을 만들기 위해 이런 야심찬 도전을 펼치고 있다. 일부 사람들이 그녀의 정체성을 문제 삼아 희롱과 막말을 던지지만, 자신의 노력으로 삶이 달라지고 있는 사람들이 있음을 알기에 그녀는 꿋꿋이 버텨내고 있다.

이자드는 우리에게 인생의 도전을 기꺼이 받아들일 수 있는 끈기를 가르쳐준다. 확신컨대 그녀도 마라톤을 그만두거나, 코미디 무대를 그만두거나, 사람들이 더는 자신을 잔인하게 대할 일이 없도록 공인으로서의 삶에서 은퇴하고 싶은 순간이 숱하게 많았을 것이다. 하지만 자신의 활동이 중요하다는 것을 알았기에 포기하지 않고 계속 도전했다.

세상을 바꾸는 일은 최고난도의 마라톤과 같다. 달리는 도중에 쉬거나 기운을 회복할 필요성도 느낄 테고 그만 멈추고 싶은 순간도 생길 것이다. 이럴 땐 스스로를 이렇게 다잡자. '나는 지금 세상에 도움을 주고 있어. 이건 나만이 할 수 있는 일이야. 이건 내 선택이고, 내가 할 수 있는 일이야. 나는 이 일을 해야만 해.' 그런 후 이 자드를 생각하며 다시 달리자.

교훈 7. 꿈은 크게, 시작은 작게

왕가리 마타이는 줄곧 개척자로 살아왔다. 동중부 아프리카에서 여성 최초로 석사학위를 취득했고 나이로비대학에서 여성 최초로 박사학위를 땄다. 또 이 대학에서 여성 최초로 부교수가 되었고 여성 최초로 학과장 자리에 올랐다.

30대 중반에는 이 모든 '최초'들을 내팽개쳤다. 당시 케냐의 시골 여성들은 그녀에게 자신들의 어려움을 털어놓고 있었다. 갈수록 돈을 벌기도, 먹을 것을 구하기도, 땔감을 모으기도, 물을 모으기도 힘들다는 하소연이었다.

마타이는 그들의 얘기를 들으면서 이런 현실은 인간과 자연의 관계가 파탄 났음을 알리는 신호라는 사실을 깨달았다. 농업 혁명이 일어나기 전인 1만 2,000년 전만 해도 나무가 6조 그루에 달했으나 현재는 그 절반에도 못 미친다. 영국의 식민주의자들은 케냐의 전체 삼림을 90퍼센트나 밀어냈고 농민들이 상업적으로 판매되는 농산품을 생산하기 위해 토양의 질을 악화시킬 수밖에 없도록 내몰았다.

마타이는 이렇게 파탄 난 관계를 치유할 수 있겠다고 생각했다. 그녀가 떠올린 아이디어는 돈을 주며 나무를 심게 하는 것이었다. 이러한 방법으로 시골 여성들의 건강한 삶을 회복시키고 그 결과로 케냐의 환경도 복구하는 것이 그녀의 목표였다.

처음엔 아무도 관심을 갖지 않았다. 그래도 마타이는 단념하지 않고 혼자라도 시작하겠다는 마음으로 자신의 뒤뜰에 묘목 몇 그루를 심었다. 그렇게 몇 년간 끈기 있게 운동을 이어가자 지역 여성들이 하나둘 모이면서 여러 무리를 이루게 되었다. 이들은 깡통과 컵에 묘목을 키운 후 어느 정도 자라면 옮겨 심는 방식으로 나무가 영구적으로 뿌리를 내리고 크고 튼튼하게 자라도록 했다. 나무들이 조금씩 자라면서 숲이 되살아났다. 여성들은 자신의 재능에 서서히 눈을 떴다. 이 운동도 조금씩 알려졌다.

뒤뜰에 심은 몇 그루의 묘목으로 시작한 일이 어느새 그린벨트 운동Green Belt Movement이 되면서 현재까지 5,000만 그루가 넘는 나무가 심겼고, 3만 명의 여성에게 도움을 주었다. 마타이는 이후에 또 하나의 최초 타이틀을 얻어, 아프리카 여성 최초로 노벨 평화상

꿈은 크게, 시작은 작게

을 수상했다.

마타이는 큰일은 언제나 작은 일에서 시작된다는 사실을 증명해 보였다. 다음은 그녀가 노벨 평화상 수락 연설에서 한 말이다.

> 오늘날 우리는 난관에 직면했습니다. 지구는 우리에게 인류의 생명유지 시스템을 위협하는 일을 중단하도록 생각을 변화시킬 것을 요구하고 있습니다. 우리는 부름을 받고 있습니다. 지구의 상처를 치유하고, 그 과정에서 우리 자신을 치유하라고 말이지요. 실로 다양하고 아름답고 경이로운 모든 생명체를 포용하라고 말입니다. 우리와 함께 진화 과정을 거쳐온 보다 거대한 생명체가 인간과 한 가족이라는 소속감을 되살려야 할 필요성을 이해한다면, 그런 일이 가능해질 것입니다.
>
> 역사의 흐름을 따르다 보면 인류가 새로운 단계로 의식을 바꾸어 더 높은 도덕성을 유지하도록 요구받는 순간이 있습니다. 두려움을 버리고 서로에게 희망을 주어야 하는 순간이 있습니다.
>
> 지금이 바로 그러한 때입니다.

마음 깊은 곳에서는 우리 모두 그녀의 말이 옳다는 사실을 알고 있다. 적어도 나는 그렇게 생각한다. 우리의 시간은 지금이다. 함께 그 부름에 응답하지 않겠는가?

핵심 포인트

- 한 사람의 힘으로는 지구를 구하지 못한다. 우리 모두가 필요하다.
- 당신이 다루고 싶은 전 지구적 문제를 찾아보자. 그 문제의 해결을 돕기 위해 자신의 재능을 어떻게 발휘하면 좋을지 고민해보자.
- 더 행복한 세상을 만들고자 할 때는 다음의 중요한 교훈들을 명심하자. 진정한 나 자신이 되기, 나의 재능을 새로운 형식으로 발휘하기, 현상 유지를 거부하기, 옳은 일을 위해 싸우기, 희망을 놓지 않기, 도전을 받아들이기, 꿈은 크게 꾸되 작게 시작하기.

맺음말

당신 앞에 있는 사람

레프 톨스토이의 단편 '세 가지 질문The Three Questions'에서, 어느 왕이 세 가지 질문의 답을 찾는 데 골몰한다. 이 질문의 답을 알면 절대 실패할 일이 없을 것이라는 믿음 때문이다.

- 모든 일을 시작하기에 가장 좋은 때는 언제일까?
- 어떤 사람들의 말을 귀담아들어야 할까?
- 가장 중요하게 해야 하는 일은 무엇일까?

왕국에 사는 현자란 현자는 모두 나서서 나름의 답을 제시했지만 그 누구도 왕을 만족시키지 못했다. 왕은 지혜롭기로 소문난 은둔자에게 견해를 물어보기로 마음먹었다. 변장한 왕은 호위대를 은둔자의 집에서 제법 떨어진 숲에서 기다리게 하고, 앞마당에서 고랑을 파고 있던 은둔자에게 다가간다.

왕이 은둔자에게 세 가지 질문의 답을 아느냐고 물었지만 은둔자는 대답하지 않는다. 그때 은둔자의 지친 기색을 눈치챈 왕은 자신이 대신 하겠다며 삽을 달라고 한다. 왕은 두 개의 고랑을 판 후 은둔자에게 다시 질문한다. 세 가지 질문의 답을 아십니까? 이번에도 은둔자는 대답이 없었다.

그러던 어느 순간, 숲에서 한 남자가 비틀거리며 나왔다. 배에 상처를 입은 채 피를 흘리고 있었다. 왕은 남자를 오두막 안으로 데리고 들어가 침대에 눕힌 뒤, 상처를 닦고 붕대를 감아주며 보살핀다. 물을 가져다주고 자신은 바닥에 누워 잠을 청했다.

다음 날 왕이 깨어나자 부상을 당한 남자가 자신을 용서해달라고 애걸했다. 알고 보니 남자는 왕을 죽이려고 은둔자의 집에 찾아왔다가 숲속에 있던 호위대에게 공격을 당한 것이었다. 그런데 왕이 그의 목숨을 구한 셈이다. 남자는 자신을 용서해준다면 목숨을 바쳐 왕을 섬기겠다고 맹세했고 왕은 기꺼이 용서해준다.

왕궁으로 돌아가기 전, 왕은 은둔자에게 마지막으로 질문한다. 그러자 은둔자가 허허 웃으며 말한다. "그대는 이미 답을 얻었소!"

"그게 무슨 말씀이지요?" 왕이 물었다.

은둔자는 이렇게 설명해주었다. 왕이 고랑을 파다 지친 자신을 도와주겠다고 나서느라 숲에서 암살당할 위험을 피했고, 그 남자가 피를 흘리며 다가왔을 때 치료와 회복을 도와준 덕분에 결과적으로는 충신을 얻었다는 것이었다.

"그러니 명심하시오. 가장 중요하고 좋은 때는 딱 하나, 지금뿐이오! 지금이 가장 중요한 때인 이유는 지금이 우리가 힘을 발휘할 수 있는 유일한 시간이기 때문이오.

가장 필요한 사람은 지금 당신과 함께 있는 사람이오. 자신이 앞으로 또 어떤 사람과 관계를 가질지는 아무도 모르기 때문이오.

그리고 가장 중요한 일은 선행이오. 그것이 인간이 이 세상에 태어난 유일한 목적이기 때문이오!"

우리는 이 책을 시작하면서 저마다 나름대로 세 가지 질문을 탐색했다. 나는 어떤 사람일까? 내가 해야 할 일은 무엇일까? 나는 다른 사람들과 어떤 관계일까?

이 세 가지 질문은 왕이 던진 질문과는 다르지만, 추구하는 목표는 동일하다. 우리의 질문과 왕의 질문 모두 인간이 갈망하는 행복을 찾으려면 어떤 존재로서 무엇을 하고 누구와 함께해야 할지를 고민한다. 그리고 우리도 왕이 깨달은 결론과 똑같은 결론에 이르렀다. 우리는 서로를 돕기 위해 이 세상에 왔다.

우리는 함께 위대한 여정을 이어왔다. 이 책을 통해, 이제 당신은 자신이 있는 그대로 가치 있는 존재이며, 당신의 내면에는 비범한 재능이 있음을 알게 되었다. 그 재능은 성과를 추구하기 위해서가 아니라 진정한 자신을 드러내고 발전시킬 방법으로 쓰여야 한다는 점을 깨달았다. 우리는 모두 연결되어 있기에 자신의 재능을 발휘하는 가장 좋은 방법은 나만이 할 수 있는 고유하고 의미 있고 즐거운 방식으로 다른 사람들을 돕는 것이라는 점도 알게 되었다.

이쯤에서 이런 생각이 들지도 모르겠다. '어떻게 시작하면 좋을까?' 톨스토이의 우화가 이 수수께끼 같은 네 번째 질문의 답을 알려준다. 당신이 어디에 있든 그곳에서 시작하라.

당신 앞에 있는 한 사람을 바라보라. 그 사람에게는 당신이 필요하다. 당신의 재능이 필요하다. 당신의 도움이 필요하다. 그리고 당신에게도 그 사람이 필요하다. 당신의 재능을 나누어야 한다. 그 사람을 도와야 한다. 이 공동의 필요성을 통해 우리는 서로가 행복을 찾도록 도움을 주게 되어 있다.

다시는 당신이 이곳에 속하는지, 여기에 필요한지, 인생의 목적이 있는지에 의문을 갖지 말기를 바란다. 당신이 하는 모든 일은 쌓이고 쌓여, 더 행복한 세상이라는 공동의 목표에 기여하게 되어 있다.

1분이 60초로, 한 시간이 60분으로 이루어져 있듯, 1개월이 평균 30일로, 1년이 365일로 이루어져 있듯 이 세상은 수많은 개인으로 이루어져 있다.

한평생을 완성하는 순간은 수없이 많지만 그렇다고 해서 매 순간을 무시할 수 없듯, 이 세상에는 수십억 명의 우리가 있지만 한 명 한 명은 무시 못할 존재이자 모두가 소중한 존재이다.

우리는 공통된 인간성으로, 공동의 목표로 연결되어 있다. 개개인이 함께 단결할 때 세상을 더 행복한 곳으로 만들 수 있다. 한 번에 하나씩 도움을 주는 행동으로 말이다.

참고자료

이 책을 읽어준 당신에게 진심으로 감사한 마음을 담아, 도움이 될 만한 자료를 좀 더 소개하고 싶다.

참고문헌

이 책의 참고문헌을 알고 싶다면 다음 주소로 접속하길 바란다.

thenewhappy.com/bookreferences

도구tool

책에서 소개한 도구를 다운로드하려면 다음 주소로 접속하길 바란다.

thenewhappy.com/resources

추가 챕터

다음 주소로 접속하면 보충 내용을 담은 세 개의 장을 다운로드할 수 있다.

thenewhappy.com/bonuschapters

- 행복한 일터 만들기: 팀원들이 일을 통해 자신의 재능을 더 잘 발휘하게 해주고 싶은 리더들을 위한 가이드
- 친구와 가족을 돕기: 사랑하는 사람들을 위해 당신의 재능을 발휘할 수 있는 실용적 방법
- 회복탄력성을 키우고 자신의 내면을 보살피는 방법: 힘든 시기를 겪을 때 도움이 될 만한 도구와 전략

우리 커뮤니티로의 초대

100만 명이 넘는 사람들이 뉴해피의 철학을 실천하고 있다. 당신도 우리의 커뮤니티에 함께하길 초대한다. thenewhappy.com에 방문하면 우리의 뉴스레터, 팟캐스트, 예술 작품, 기사, 커뮤니티에서 함께하는 도전 과제 등에 참여할 수 있다.

감사의 말

이 책이 존재하는 단 하나의 이유는 나를 도와준 이들 덕분이다.

알렉스에게

자기가 나에게 준 모든 것을 이야기하려면 책 한 권을 더 쓸 수 있을 거야. "우리는 더 나은 세상을 만들 수 있어. 우리의 세상이 무너지고 있더라도." 몇 년 전 자기가 나를 바라보며 이 말을 하지 않았다면, 이 모든 일은 일어나지 않았을 거야. 자기는 나에게 무조건적 수용과 진실된 사랑을 주었고 그 덕분에 나의 재능을 발견하고 세상과 나눌 수 있었어. 자기의 인성, 지혜, 특기로 이 책에 아주 큰 도움을 주어 고마워. 이 책은 자기의 책이기도 해.

부모님께

두 분이 저에게 쏟은 엄청난 사랑과, 저에게 주신 모든 것에 감사드려요. 두 분 모두에게 마음속 깊이 감사하게 생각하고 있어요. 제가 저의 소명을 따르도록 격려해주신 열여섯 살의 그날 이후로도 숱하게 지지해주신 모든 시간에 감사해요.

애니에게

찬성과 반대, 그리고 이런저런 질문까지, 책을 쓰는 동안 전해준 모든 의견을 고맙게 생각해요. 당신 덕분에 내 목소리를 찾을 수 있었어요.

제프에게

수많은 아이디어를 놓고 이야기를 나누며 토론해주고 한결같이 격려해주어 고마워요. 당신 덕분에 소신을 밝힐 용기를 얻었어요.

나의 가족, 친구, 멘토, 동기, 동료에게

여러분의 도움이 있었기에 내가 이 철학을 발전시키고 세상에 전할 수 있었어요. 여러분은 나에게 중요한 질문을 던져주고, 나와 함께 좋은 아이디어를 떠올려주고, 다른 관점을 제시하고, 내 글을 편집해주고, 새로운 아이디어를 제안해주었지요. 모두의 재능이 이 책에 고스란히 담겨 있어요. 이 모든 것을 소중히 생각하는 내 마음을 전하고 싶어요.

로렌 애플턴에게

뉴해피라는 가치를 믿어주고 이 책을 통해 꿈을 현실로 만들어주어 고마워요. 당신의 재능을 누리게 되어 나는 정말 운이 좋은 사람이라고 생각해요. 특히 당신의 변함없는 격려, 삶에서 가장 중요한 질문에 대한 지혜로운 관점, 탁월한 편집 덕분에 큰 덕을 보았어요. 펭

권랜덤하우스의 다른 팀원들에게도 감사 인사를 전하며, 지속적으로 협력하고 지원해준 애슐리 알리아노에게 특히 더 고맙다고 말하고 싶어요.

코트니 파가넬리에게

한결같은 지지와 변함없는 도움을 베풀어주어 고마워요. 당신은 정말 다정하고 사려 깊고 재기 넘치는 사람이에요. 그런 자질의 덕을 누리게 된 건 행운이었어요. 레빈 그린버그 로스탄의 다른 팀원들, 특히 스테파니 로스탄, 모니카 베르마, 멜리사 롤랜드, 미크 코치아에게 진심을 다해 감사드려요.

학자, 아티스트, 철학자, 사회운동가, 꿈을 꾸는 사람, 인도주의자, 공상가, 작가, 변혁가, 리더 들에게

여러분의 인성, 특기, 지혜에 감사드려요. 이 책을 쓰면서 "나는 다른 사람들의 꽃을 모아 꽃다발을 만들었을 뿐이고, 꽃다발을 묶은 끈만이 나의 것"이라고 했던 미셸 드 몽테뉴의 말을 자주 떠올렸어요. 여러분의 꽃을 모으는 지난 10년은 정말 즐거운 시간이었어요. 여러분에게 경의를 표합니다.

〈더 뉴 해피〉 커뮤니티 멤버들에게

자신만의 재능을 발휘해 세상에 도움을 줄 수 있는 공간을 만들어주어 고마워요. 여러분은 나에게 정말 필요한 사람들이고 아주 큰

도움이 되었어요. 덕분에 힘든 시간을 버텨내며 날마다 기쁨을 얻었어요. 여러분에게 도움을 줄 기회를 갖는 것은 나에게 가장 큰 영광이에요. 여러분을 통해 인간성에 대한 흔들림 없는 믿음과 우리가 함께 더 행복한 세상을 만들 수 있다는 절대적 확신을 가질 수 있었어요.

그리고 당신에게

이 책을 읽어주어 정말 고마워요. 당신에게 세상의 모든 행복이 함께하길 기원합니다.

뉴해피

초판 1쇄 인쇄 2024년 6월 25일
초판 1쇄 발행 2024년 6월 30일

지은이 스테퍼니 해리슨 | **옮긴이** 정미나
펴낸이 오세인 | **펴낸곳** 세종서적(주)

주간 정소연 | **편집** 이다희
표지 디자인 유어텍스트 | **본문 디자인** 김미령
마케팅 유인철 | **경영지원** 홍성우
인쇄 천광인쇄 | **종이** 화인페이퍼

출판등록 1992년 3월 4일 제4-172호
주소 서울시 광진구 천호대로132길 15, 세종 SMS 빌딩 3층
전화 (02)775-7011
팩스 (02)776-4013
홈페이지 www.sejongbooks.co.kr
네이버 포스트 post.naver.com/sejongbooks
페이스북 www.facebook.com/sejongbooks
원고 모집 sejong.edit@gmail.com

ISBN 978-89-8407-498-9 (03840)

• 잘못 만들어진 책은 바꾸어드립니다.
• 값은 뒤표지에 있습니다.